El tesoro de los nazareos

El tesoro de los nazareos

Jerónimo Tristante

rocabolsillo

© Jerónimo Tristante, 2008

Primera edición: septiembre de 2009

© de esta edición: Roca Editorial de Libros, S. L.
Marquès de la Argentera, 17, Pral.
08003 Barcelona
info@rocabolsillo.com
www.rocabolsillo.com

Imagen de cubierta: Mario Arturo

Impreso por Litografía Roses, S.A.
Energía 11-27
08850 Gavá (Barcelona)

ISBN: 978-84-96940-72-7
Depósito legal: B. 6.025-2009

Todos los derechos reservados. Quedan rigurosamente prohibidas,
sin la autorización escrita de los titulares del copyright, bajo
las sanciones establecidas en las leyes, la reproducción total o parcial
de esta obra por cualquier medio o procedimiento, comprendidos
la reprografía y el tratamiento informático, y la distribución
de ejemplares de ella mediante alquiler o préstamos públicos.

$\mathcal{U}$na figura sentada a la manera del pueblo lakota mira hacia el lago Ontario. Su pelo flota al viento brillando en colores claros y rojizos. Viste como los verdaderos hombres: camisola, pantalón de piel de ciervo y mocasines de gamuza.

Al fondo, al oeste, el sol se pone sobre la inmensa masa de agua. La hierba refleja los rayos del sol del atardecer, ha llegado la estación de la luz. Mientras él pronuncia una vieja oración, la brisa agita su luenga barba.

Con los brazos extendidos hacia delante, abre las manos y recita las mismas palabras una y otra vez. Con un tono monocorde, grave, canta mirando al sol:

Que haya salud y curación para esta Tierra,
que haya belleza encima de mí,
que haya belleza debajo de mí,
que haya belleza en mí,
que haya belleza a todo mi alrededor.
Pido que este mundo se llene de Paz, Amor y Belleza.

Entonces alguien le toca el hombro y lo llama por su nombre indio:
—*So a e Wa´ah*.[1]
Él se vuelve y ve a *Chu´ma ni*.[2] Ella le sonríe y le dice:
—Vamos a cenar.

El espigado extranjero se levanta y la sigue colina arriba, en dirección al bosque, caminando sobre la hierba de la suave ladera. La negra melena de la chica se agita al caminar y sus exuberantes formas guían a su marido. Al fondo, el hombre ve a los niños

---

1. El que habla poco.
2. Gota de rocío.

montando su nuevo potro. El más pequeño agita un brazo y exclama:

—¡*Ah-deh!*[3]

En ese momento, el extranjero que vino del otro lado del mar se siente feliz y satisfecho y se dirige con su familia hacia el mar de tipis que cubren el fondo del valle, junto al río. Los cuatro sonríen.

*Benasque, a 3 de marzo del Año
de Nuestro Señor de 1140*

A la atención del reverendísimo e ilustrísimo
Lucca Garesi, de parte de su secretario
y servidor en Cristo Silvio de Agrigento

Admirado y queridísimo padre:

Acabo de llegar al inhóspito lugar al que me trajo la misión que me encomendasteis hace tres meses. No quisiera extenderme en la narración de las penalidades que hemos sufrido en nuestro viaje hasta este pequeño pueblo perdido entre inaccesibles montañas, pero debo hacer constar que el retraso que sufre la misión es ajeno a mi persona y se debe, en su totalidad, al crudo invierno que asola estas tierras.

Hace apenas unos días que arribamos a este pequeño pueblecito donde reside nuestro hombre y que los lugareños llaman Benasque o Benás.

El camino hasta aquí ha sido penoso, ya que nos hemos visto obligados a perder jornadas y jornadas buscando refugio en ésta o aquélla posada o en algún granero o casucha de los paisanos, pues, según dicen, este está siendo el invierno más duro de los últimos años. Después de pasar por Jaca y entrevistarme con Su Majestad el rey Ramiro de Aragón —ya os envié misiva referente a dicho encuentro— y siguiendo vuestras sabias instrucciones, prescindí de la escolta armada que me acompañaba y reduje mi comitiva a mi cria-

---

3. Padre.

do, el fiel Tomás; un caballerizo que nos cuida las monturas, Arrigo, y el bravo sargento de vuestra guardia, Giovanno de Trieste. Todos vestimos ropas seglares para pasar inadvertidos, aunque luego haré una aclaración al respecto.

No sé si es debido a que me crié en la cálida Silicia, pero desde el primer momento me resultó trabajoso avanzar por estos valles aislados con la sempiterna presencia de la nieve, el granizo o la lluvia. Las últimas jornadas se me hicieron especialmente duras, pues el camino transcurre por un encajado cañón por el que fluye el río Ésera. Este pasaje, apenas un estrecho sendero excavado en la piedra, es el único acceso al valle en el que se sitúa nuestro destino, de manera que nuestro avance sobre dicho lecho rocoso enteramente cubierto de hielo se hizo lento y arduo. Hasta perdimos una mula que resbaló y cayó al río con uno de mis arcones. Aún recuerdo los berridos de la pobre bestia en el lecho pedregoso del arroyo donde yacía con las dos patas traseras fracturadas. Los guías tardaron varias horas en recuperar mis humildes pertenencias; la mayoría de ellas quedaron mojadas o estropeadas para siempre.

Raro era el día en que podíamos caminar sin tener que refugiarnos aquí o allá según las instrucciones de nuestros guías. Por poner un ejemplo, perdimos más de seis jornadas en un pueblo cercano a Benasque que llaman El Run, donde nos sorprendió una nevada que hubiera hecho desesperar al más paciente de los cristianos. En otra ocasión, el penoso paso de las bestias entre la nieve nos hizo perder tanto tiempo que cayó la noche y aún nos hallábamos a más de una legua del cobertizo que hacía las veces de posada. Pasamos la madrugada bajo unos inmensos abetos sin poder hacer fuego por el viento y, a resultas de aquello, mi querido Tomás cogió tal pulmonía con fiebre y flemas que perdimos más de una semana esperando a que se recuperara en el pueblo siguiente. Allí, bajo los cuidados y tisanas de la posadera, que supo hacerle sudar aquellos malos humores, pudo recuperarse con garantías de seguir el camino. A pesar de ello, aún arrastra una tos que, espero, mejore en primavera.

Hace ahora cinco jornadas de mi llegada a este pequeño pueblo donde, nada más entrar, nos sorprendió una profusa nevada. Sólo hay una posada donde nos refugiamos y nos pusimos al día con los parroquianos, que nos vieron como una novedad en su rutinaria vida invernal. El posadero me cedió su propio cuarto, donde comparto un aceptable lecho con Tomás. Disponemos de un arcón para guardar nuestros ropajes y de un brasero que nos permite pasar las frías noches. Al soldado y al mulero se les encontró acomodo en el establo con las bestias. Ésta es una pequeña localidad de apenas doscientas almas que viven de lo que da el campo, del ganado y, algunos, del trasiego de mercancías con el cercano reino de Francia. En invierno, la actividad se reduce al mínimo. Más arriba se ve otro pueblo llamado Cerler. Me hubiera gustado visitarlo, pero, según me cuentan, el camino que comunica con dicha localidad está cerrado por la nieve. Quizá pueda hacerlo en primavera. A pesar de todo, los lugareños se mueven por la zona con cierta facilidad, sobre todo unos que llaman recaderos que van de una granja a otra o de este pueblo a aquel y no se arredran por la nieve o el mal tiempo, ya que conocen todos los caminos y los mejores pasos.

Muchos fueron los parroquianos que pasaron por la posada a echar unos vinos, más para inspeccionar a los extranjeros que para otra cosa, por lo que no me resultó difícil identificar a nuestro hombre, sobre todo pagando jarras de cerveza a unos y otros. Hace dos años llegó un forastero y compró unas tierras más arriba, en el remoto valle de Estós. Tomó como guardas a un matrimonio del lugar que subieron con él para ayudarle en las tareas agrícolas y en el manejo del ganado. Habitan una casa junto a la suya.

Estos pobres lugareños se quedaron sin sacerdote allá por noviembre, ya que el cura se les murió de una infección —las malas lenguas dicen que del mal francés—. Tienen una pequeña iglesia dedicada a san Pedro y llevaban más de tres meses sin oír misa y sin confesarse o comulgar. Una comitiva de cinco vecinos vino a verme y me rogaron que atendiera sus almas; vamos, que me habían descubierto como hombre de iglesia. Son más listos de lo que parece, así que, una vez perdido el factor sorpresa, entendí que no era útil seguir fingiéndome seglar, por lo que celebré misa y les escuché en confesión.

Una parroquiana a la que confesé, la cual pecaba con el hermano de su marido, me proporcionó la información que me faltaba: nuestro hombre, el forastero, no tiene mujer ni se le conoce. Se sabe que tiene buena bolsa, pues llegó, buscó un terreno de su agrado y lo compró sin regateos. Adquirió una docena de vacas de las buenas y un toro excelente; tampoco escatimó gastos para construir su casa ni para hacerse con saludables gallinas, conejos y ovejas.

Dijo que venía del otro lado de los Pirineos, de la zona que llaman el Languedoc, y a pesar de que no se relaciona en demasía con la gente del pueblo —excepto con el matrimonio que le guarda la hacienda—, suele bajar al mercado los domingos, oye misa si la hay y trata con amabilidad a los vecinos con los que ha tenido algún negocio. Según se dice, es de trato fácil, aunque le agrada perderse en sus tierras y se dedica a sus dominios y su ganado. Le gusta cazar.

Mañana es el día. No sé muy bien cómo, pero los lugareños predicen el tiempo con una fiabilidad pasmosa. Miran al cielo, sea de día o de noche, otean el viento y al rato te dicen «hará bueno» o «va a nevar durante tres días», y aciertan. Mañana por la mañana dicen que hará un día soleado, por lo que podremos acercarnos al valle de Estós para entrevistarnos con nuestro hombre. Espero que Nuestra Señora me ayude e ilumine en esta misión de la que depende el futuro de Nuestra Santa Madre Iglesia. Os mantendré informado.

Vuestro humilde servidor en Cristo,
SILVIO DE AGRIGENTO

Rara avis

—Debo reconocer que, pese al frío, estas tierras tan dejadas de la mano de Dios no están exentas de belleza —dijo Silvio de Agrigento.

—No os falta razón, mi señor —contestó Tomás montado en su mula.

La mañana era extrañamente soleada, al menos tras tantas jornadas de nieve y frío. El guía los había conducido por un angosto camino que ascendía por un inmenso valle. Abajo, a la derecha, el río. Amplias masas de coníferas jalonaban las laderas. No tardaron mucho en llegar a un valle que se abría hacia la izquierda: Estós, lo llamaban. El silencio allí arriba era sepulcral. Pronto, en un par de semanas a lo sumo, comenzarían a cantar los pájaros, o eso había dicho el paisano que los guiaba. Al parecer, los lugareños estaban contentos porque la llegada de la primavera era inminente.

Tras una hora y media de camino llegaron a una pequeña planicie, una suerte de ensanchamiento en el cerrado camino siempre rodeado de verde espesura. A la derecha se adivinaban tres construcciones, una especie de gran establo y dos casas de madera, una de ellas más grande y la otra de dimensiones más reducidas. Según dijo el guía, esta última era la de los guardas, Matías y Eufrasia.

Un enorme mastín ladraba atado a la valla de un corral.

El lugareño que les asistía en aquella misión bajó de su mula y se encaminó hacia la más pequeña de las viviendas. Un hombre de talle recio y rostro coloradote salió de la misma e intercambió saludos con el recién llegado. Enseguida, tras hablar con el guía, se dirigió hacia la pequeña comitiva formada por cuatro extranjeros. La mujer apareció bajo la puerta de su casa y permaneció expectante.

—Síganme sus eminencias —dijo Matías a los recién llegados sin distinguir al diácono de sus sirvientes.

Silvio de Agrigento descabalgó e indicó a sus subordinados que hicieran lo mismo.

Mientras Matías llamaba a la puerta de la casa de su amo, el enviado de Roma echó un vistazo a las altas y nevadas cumbres que rodeaban aquel valle. Percibió una intensa sensación de paz.

En un momento, el guarda de aquella alejada finca dijo:
—Pasad, pasad.

El mulero quedó fuera con las bestias mientras el sargento y Tomás acompañaron a su amo al interior de la confortable casa de madera instalada sobre recios cimientos de piedra. Un hombre permanecía sentado frente a un acogedor y cálido fuego. Leía un libro de pequeño tamaño, quizás un breviario.

—Adelante, adelante —dijo levantándose—. Bienvenidos a mi humilde morada.

Silvio de Agrigento comprobó que su anfitrión era bien parecido, de unos treinta y tantos años, y que, pese a vestir un tosco jubón de cuero con calzas de lana y polainas de piel de vaca, conservaba un aire que delataba ciertas maneras cortesanas. Era el hombre, sin duda.

—Soy Silvio de Agrigento —dijo a manera de presentación el enviado del cardenal Garesi—. Estos son mis criados.

—Es un honor. Pier de Cernay —contestó el dueño de la casa iluminando su rostro con una amplia sonrisa—. ¡Eufrasia, vino para nuestros invitados!

La mujer, que había salido de la nada, se apresuró a servir vino caliente con canela a los huéspedes de su amo. Silvio de Agrigento tomó asiento junto al dueño de la casa. La estancia en la que se hallaban ocupaba toda la planta baja de la vivienda, era una especie de acogedor salón a la vez que cocina, pues tenía fogones y una inmensa mesa de roble presidía el amplio cuarto. El suelo de juncos había sido cambiado recientemente y olía a hierbas aromáticas.

—¿Y bien? —espetó el dueño de la casa sin previo aviso.
—Excelente vino —dijo el clérigo intentando ganar tiempo. No sabía cómo empezar. Se hizo un embarazoso silencio.
—Somos viajeros.
—¿Aquí? —preguntó De Cernay—. Estos caminos no llevan a ninguna parte, al menos en invierno. Todos los pasos a Francia están cerrados. ¿Por qué venís a verme a mí precisamente?
—No, no, simplemente busco aire puro para mi torturado pecho; los médicos...
—¿Aire puro en esta época del año? ¿Con este frío? En otro momento, en otra estación, no digo que no, los aires de este lugar son de beatífico efecto para la salud en primavera, en verano y en otoño. Sin embargo, ¿en pleno invierno? Para coger una pulmonía quizá sean buenos. Habéis esperado cinco días en el pueblo a que mejorase el tiempo para subir a verme.
—Estáis aislado aquí arriba. ¿De dónde sacáis esa idea? —repuso Silvio de Agrigento.
—Aquí lo sabemos todo. Matías va y viene al pueblo, se encuentra a otros vecinos... en fin, que aquí todo se sabe. La llegada de tan ilustres viajeros no pasa desapercibida en un pueblecito como éste. Además, en esta época del año poco más podemos hacer que cuidar del ganado resguardado en los establos y echar unos vinos con los vecinos. Cotillear, ya sabe vuecencia.
—No sois hombre sociable en demasía.
—Sí, sé que habéis hecho preguntas sobre mí. Digamos que vivo y dejo vivir.

Silvio de Agrigento se sintió en desventaja al comprobar que había perdido el factor sorpresa. Entonces, miró a sus dos sirvientes y dijo:
—Dejadnos a solas.

Los dos hombres salieron de la estancia intercambiando miradas de recelo.

Pier de Cernay hizo un gesto con la testa a su ama, que salió del cuarto acompañada por Matías, su marido.

Otro embarazoso silencio.

Los dos hombres se miraron a la cara como estudiándose mutuamente. El de Agrigento leyó cierto temor en el rostro de su adversario.

—La Santa Madre Iglesia os necesita —dijo de golpe.

Pier estalló en una violenta carcajada. Después de echar un trago de vino contestó:

—¿A mí, a un pequeño e insignificante propietario de cuatro tierras perdidas en mitad de los Pirineos?

—Sois Rodrigo Arriaga.

Antes de que el clérigo hubiera terminado de pronunciar esas palabras, su interlocutor había saltado por encima de la mesa lanzándose sobre él y derribándolo de su silla.

Cuando quiso darse cuenta, Silvio de Agrigento estaba inmovilizado bajo el cuerpo de su agresor y sentía el frío acero de una daga en el gaznate. Apenas acertó a ver de reojo cómo su sargento, Giovanno de Trieste, alarmado por aquel ruido, derribaba la puerta de un puntapié y apuntaba al rostro del dueño de la casa con una ballesta cargada que ocultaba bajo su capa.

—Tranquilos, tranquilos... —acertó a decir el pobre clérigo sintiendo que un sudor frío le resbalaba por la frente.

Rodrigo Arriaga no reparó siquiera en la amenazante presencia del sargento papal, sólo miraba a los ojos a Silvio de Agrigento, como un lobo mira al cordero al que va a morder en la yugular. Entonces el cura decidió jugársela y dijo:

—Si me matáis, Giovanno os acertará de pleno en la cabeza.

—Sí, pero vos estaréis muerto —repuso el anfitrión—. Además, si pudierais girar la cabeza lo suficiente veríais a mi fiel Matías apuntando con su arco a vuestro bravo sargento. Y por cierto, ¿quién os ha dicho que esta vida me importa algo?

El sacerdote italiano se sintió morir. Estaba en manos de un loco.

—¡Un momento, un momento! Matar a un hombre de Dios supone...

—¿La excomunión, dómine? —dijo sonriendo Rodrigo Arriaga, que no dejaba de mirar a los ojos de su prisionero.

—Sí, claro, olvidaba que ya estáis excomulgado.

—¿Cómo me habéis encontrado? ¿Quién...?

—No temáis —contestó Silvio de Agrigento—. Vuestro secreto está a salvo, sólo tengo un recado para vos, un mensaje. Si no estáis de acuerdo con lo que se os propone nos marcharemos igual que hemos venido.

—¿Cómo me hallasteis? —insistió el prófugo.
—También os lo contaré si me soltáis. Sólo unas palabras, Rodrigo, sólo eso... Escuchadme, dejadme hablar.

Entonces, el dueño de la casa alzó la mirada y gritó:
—¡Una Biblia para este jodido cura!

El sargento hizo un gesto a Tomás, que esperaba en el porche de madera que daba acceso a la vivienda. El criado salió corriendo y al momento volvió con el repujado ejemplar que habitualmente usaba su amo.

Sin dejar a su presa, Rodrigo Arriaga dijo:
—¡Jurad!

El sacerdote estiró el brazo como pudo y a malas penas acertó a situar su diestra sobre el añoso volumen.

—Juro que sólo os quiero hablar y que con las mismas me iré y nadie sabrá de vos.
—Sea —dijo Rodrigo levantándose.

Tomás y Giovanno se acercaron a Silvio de Agrigento y le ayudaron a incorporarse. Éste se acariciaba el cuello con la mano, como si se estuviera ahogando.

—¡Eufrasia, vino para el cura y todo el mundo fuera! —gritó el señor de la casa.

Silvio de Agrigento tomó asiento e instó a sus criados a salir.
—Pero, señor... —dijo Giovanno de Trieste.
—No temáis por vuestro amo, está en mi casa y tenéis mi palabra de que nada malo le ocurrirá —contestó Rodrigo Arriaga de malas maneras. Parecía un tipo peligroso.

El enviado de Roma sintió que un escalofrío le recorría la espalda. Quedarse de nuevo a solas con aquel energúmeno era lo que menos deseaba en este mundo, pero una misión era una misión, no tenía elección. Se encomendó a la Virgen e improvisó una rápida Salve.

Cuando todos salieron dejando solos a los dos hombres experimentó el pánico más atroz. Aquel tipo había estado a punto de seccionarle el cuello.

—No tengáis miedo, cura —dijo el otro—. Y hablad. ¿Qué os ha traído aquí?

Silvio de Agrigento bebió todo el vino de un trago y tendió el vaso de madera a su anfitrión.

Entonces, mientras éste le reponía su copa, acertó a decir:
—Tampoco vos tenéis que temer nada. Insisto en que si el negocio que os voy a proponer no os interesa me iré y continuaréis con vuestra vida.

—¡Imposible! Si me habéis encontrado vos, cualquiera puede hacerlo. Esto me obliga a cambiar de nuevo de escondite, a irme...

—No, no, esperad al menos a escuchar lo que os tengo que decir. Escuchad, os lo ruego.

Rodrigo hizo otra pausa y dijo:
—Sea.
—Os lo contaré todo.
—Mejor así.
—Me llamo Silvio de Agrigento y soy secretario del ilustrísimo Lucca Garesi. —Rodrigo puso cara de no saber de qué le hablaban, así que el sacerdote aclaró—: Supongo que en estos remotos parajes los miembros más renombrados de la curia no son demasiado conocidos.

—Más bien no —repuso irónico Arriaga.

—Mi señor es la mano derecha de nuestro querido papa Inocencio. Digamos que se encarga de ser los ojos y los oídos de nuestra Iglesia. Coordina una eficaz red de...

—El jefe de los espías de Su Santidad.

—Yo no lo hubiera dicho mejor. Comprenderéis que mi amo es hombre bien informado y que, por tanto, goza de una excelente posición. Se le incluye incluso entre la lista de posibles sucesores del actual Pontífice.

—Vaya... Pero no me explico qué negocio puedo tener yo con semejante prohombre de la Iglesia.

—Cada cosa a su tiempo, cada cosa a su tiempo... Empezaré por vos. Necesitamos a un hombre para una difícil misión y llegamos a la conclusión de que sois el ideal.

—¿Quién os dio mi nombre?

—Como ya he dicho, cada cosa a su tiempo. Dejadme hablar —dijo el cura mirando a la cara del joven de melena alborotada. Su pelo era entre rubio y castaño y sus ojos azules denotaban determinación—. El caso es que lo averiguamos todo sobre vos. Sois hijo de Fermín Arriaga, soldado y noble aragonés nacido en

Monzón. Contrajisteis nupcias con Veronique Arnau, una joven de noble familia originaria del Languedoc. Según se dice, de ella heredasteis el amor por las lenguas extrañas; de hecho, os enseñó la lengua de oc y el latín, aparte del aragonés que fue vuestro idioma paterno. Según mis informes vuestra madre era, como todos los nobles del Midi francés, persona cosmopolita y de ideas abiertas; y tenía una buena formación académica. Se insinuó que era cátara. Ella os instruyó en vuestros primeros años. Sé que murió cuando contabais doce y que no perdonasteis a vuestro padre que no estuviera presente cuando ella enfermó, por hallarse guerreando, de campaña en campaña... —Rodrigo Arriaga puso cara de pocos amigos—. El caso es que, entonces, vuestro padre os envió a estudiar a París, suponemos que porque pensaba que era lo que hubiera querido vuestra madre.

—Algo de eso hay, pero no es fácil para un guerrero que siempre está fuera hacerse cargo de un chiquillo de doce años. Le resultó más cómodo enviarme a estudiar lejos de casa.

Silvio de Agrigento se sintió cohibido ante la confidencia que le hacía aquel desconocido. Bebió un nuevo trago de vino y continuó:

—En París estudiasteis francés normando, árabe y hebreo.

—Vaya, qué minuciosos son vuestros informadores.

—Trabajamos para Nuestro Señor y eso nos obliga a hacerlo lo mejor que podemos.

—Pero sabed que practiqué el árabe luchando contra el moro en el sur de la Península, si bien el hebreo debo de haberlo olvidado.

—Pues lo necesitaréis para la misión.

—Yo no cumpliré ninguna misión.

El cura siguió hablando como si no hubiera escuchado las objeciones de su anfitrión:

—En París hicisteis buenas amistades y seguisteis entrenando con la espada. Según se dice, vuestro padre os enseñó a pelear desde bien pequeño y al parecer os agradaba el vigoroso ejercicio de las armas. Eso es lo que os hizo tan valioso. Quizás a través de vuestro padre, su señor el rey de Aragón, Alfonso, al que llamaban el Batallador, os llamó a su corte. La mayoría de los hombres de armas son analfabetos; no es usual hallar a un soldado tan instruido, y la gente de letras no sabe pelear. Erais un diamante en bruto; un candidato excelente para ser adiestrado como espía. Se dice que os hicieron experto en el manejo de la daga y que no hay veneno que os sea desconocido.

—Exageraciones.

—Cumplisteis difíciles misiones para vuestro bravo señor, a veces como espía, a veces como soldado. Y entonces se concretó vuestra desgracia. —Arriaga volvió a poner cara de pocos amigos y Silvio de Agrigento continuó—: Acompañabais a vuestro señor en su famosa cabalgata hasta Granada. Se dice que fue una campaña hermosa y audaz contra el infiel y que por poco llega a alcanzar su objetivo.

—Mi señor fue siempre un hombre atrevido. Ahí está el origen de sus múltiples éxitos en el terreno militar.

—Algo ocurrió entonces que os hizo abandonar vuestro puesto al lado del Rey.

La mirada de Arriaga tornaba a parecer cada vez más fría y dura. El cura tragó saliva y siguió con su exposición:

—Al parecer, una joven a la que frecuentabais se lanzó al vacío desde...

—¡No se lanzó! ¡Ella nunca hubiera hecho algo así! —interrumpió enfadado Arriaga.

—Perdonadme, he dicho «al parecer». Sólo estaba relatando lo que se dijo oficialmente. Nos consta que la realidad fue bien distinta. Es un secreto a voces que vuestro señor, en fin... digamos que si hubiera sido capaz de yacer con doña Urraca como debía por sus votos matrimoniales, hubiera aunado los reinos de Castilla y Aragón, pero el rey Alfonso tenía gustos más particulares.

Arriaga permanecía impertérrito.

—La joven, Aurora de Bielsa, esperaba un hijo vuestro, ¿verdad, Rodrigo?

El curtido soldado asintió.

—Ni siquiera pudo ser enterrada en sagrado.

—Su padre os culpó a vos.

—Dicen que sigue obsesionado con encontrarme para matarme por haber deshonrado a su hija. No fue así. Yo iba a casarme con ella, pero...

—Vuestro señor se interpuso en vuestro camino.
—Así fue.
—Se rumoreaba que bebía los vientos por vos, aunque bien es verdad que se desahogaba con jóvenes más tiernos.
—Al principio, no tuvo un mal gesto conmigo —repuso Arriaga—. Ni se me insinuó, aunque, la verdad, yo sabía de los rumores que corrían sobre mí y notaba que me tenía en muy alta estima. Debí sospecharlo. Nunca pensé que estuviera tan obsesionado con...
—Cuando supo lo de Aurora no pudo soportarlo y mandó que la eliminaran, ¿no?
Rodrigo asintió:
—Los dos esbirros que hicieron el trabajo están muertos. Y sufrieron de veras, creedme. Me encargué de ello personalmente.
—Pero un rey es demasiado, incluso para vos. Tuvisteis que huir. Se os acusó de sodomita y eso se pena con la muerte.
—Sí, torturaron e hicieron confesar a un zagal, de los que frecuentaba mi señor, que había yacido conmigo...
—Una infamia.
—Claro. Tuve que huir. Mi señor sabía que tenía que deshacerse de mí o de lo contrario lo mataría, por eso urdió la falsa acusación de sodomía y lanzó a sus perros tras mi rastro. Me costó trabajo cambiar de piel.
—Pero, según se dice, os veneraba. ¿No intentó...?
—Cuando supo lo de Aurora estábamos camino de Granada. Mandó matarla por celos; me quería para él. Me lancé a darle muerte pero me frenaron. Hizo que me ataran para hablar conmigo a solas. Me juró amor eterno. Él sabía que yo no compartía sus gustos pero creyó que Aurora era algo pasajero, y cuando supo lo de su embarazo se volvió loco.
—Y vos huisteis de allí, desertasteis.
—Sí, claro. Cuando llegué me encontré con que la habían enterrado como a un perro, sin una mala oración. Luego vinieron los alguaciles a por mí, el padre de ella también me buscaba y tuve que huir. Cuando murió el rey Alfonso lo sentí de veras: hubiera querido matarlo con mis propias manos.
—No me gustaría teneros por enemigo.

—No es para tanto, dómine. Y ahora decidme, ¿cómo me habéis encontrado? ¿Quién podía saber que me hallaba en un lugar tan recóndito?

—Sabed, buen hombre, que los servicios que prestasteis a la Corona de Aragón aún se recuerdan con cariño y admiración. Un buen servidor de Nuestra Santa Madre Iglesia nos ayudó a dar con vuestro paradero.

—¿Quién?

—Su Majestad don Ramiro, al que vosotros llamáis *el Monje* por su condición de eclesiástico.

—¿Don Ramiro sabía que yo estaba...?

—Los curas lo sabemos todo, hijo mío. Tenemos sacerdotes, frailes y monjas situados a lo largo y ancho de este mundo de Dios. Hasta la más remota aldea cuenta con algún servidor de Cristo. Esa red, bien utilizada, es el mejor servicio de espías que ha conocido la humanidad.

—¿Y no mandó a sus hombres a prenderme?

—Digamos que no compartía los vicios de su hermano. Don Ramiro es hombre virtuoso y, al parecer, quiso hacer la vista gorda y dejaros vivir en paz.

—Pero vos no, claro.

—Esto os debe de resultar muy aburrido. Un hombre de vuestra valía enterrado en vida en este paraje.

—Soy feliz aquí. Al menos todo lo que yo podría esperar. Me agrada este lugar y tengo tiempo para reflexionar y encontrarme a mí mismo.

—Si vos cumplierais una misión yo os podría ofrecer lo que más queréis.

—¿Y qué es lo que más quiero? —respondió Arriaga algo intrigado.

—Recuperar vuestra vida. La Iglesia estudiaría de nuevo vuestro caso y se os absolvería del delito por el que se os condenó.

Rodrigo rio socarrón.

—¡Cómo se nota que no me conocéis, dómine! Eso me importa un bledo.

—No me habéis dejado terminar. Lo que más queréis... la Iglesia reabriría el caso de Aurora, vuestra amada. Se declararía públicamente que no se arrojó de la torre sino que fue asesinada; se restauraría su buen nombre. Pensad: la enterrarían en sagrado.

Arriaga puso, en efecto, cara de pensarlo. El de Agrigento aprovechó para insistir:

—Mirad, Rodrigo, volveríais a ser vos, vuestra Aurora descansaría como merece, su padre os lo agradecería, el hijo vuestro que llevaba en las entrañas, también. Es un buen arreglo para vos. El rey Ramiro está de acuerdo.

—¿Y si dijera que no?

—El Rey me aseguró que no lo haríais, pero me consta que eso le desagradaría mucho. Me temo que tendríais que huir, a ser posible en cuanto terminara esta conversación. No debéis temer nada por nuestra parte, pero el monarca aragonés... Pensadlo bien: en este momento vuestra amada arde en el infierno. No se le administró sacramento alguno y yace en tierra no consagrada. Vuestro hijo, la criatura que anidaba en sus entrañas, estará en el limbo. Vos podéis acabar con los sufrimientos de ambos. Si os hacéis cargo de esta misión tened la certeza de que se harán públicos los nombres de los sicarios que arrojaron a vuestra amada de la torre, se exhumará el cadáver, se le administrarán los últimos sacramentos, se restituirá su buen nombre y el de su familia y se la enterrará en sagrado. Ella y el niño irán al cielo. Tenedlo en cuenta.

El anfitrión quedó un rato en silencio, pensando. Era obvio que le torturaba la idea de que su amada estuviera en aquel mismo momento ardiendo en el infierno.

Entonces Rodrigo Arriaga se levantó, abrió la puerta y ordenó a su ama que preparara algo de cena. Después volvió a la mesa y tras servirse un buen vaso de vino dijo:

—¿De qué se trata?

Milites Templi

La Eufrasia entró en la estancia sirviendo un capón asado con verduras cuyo aroma hizo estremecer el malparado estómago de Silvio de Agrigento. Una vez que la sirvienta salió de la estancia, el anfitrión hizo los honores y el cura comenzó a hablar entre bocado y bocado:

—¿Sabéis qué es el Temple? —preguntó.

—Pues claro, es una orden militar. Goza del favor del pueblo, los he visto en la tierra de mi madre, el Languedoc, donde han conseguido muchas adhesiones en poco tiempo, la verdad.

—Sí, han progresado mucho en apenas veinte años. ¿No conocéis a ningún templario?

—No, no conozco a ninguno personalmente.

—¿Os suena el nombre de Jean de Rossal?

—Claro —respondió sonriente Arriaga—, fue mi compañero de estudios. Crecimos juntos.

—¿Habéis mantenido contacto durante todos estos años?

—Sí, hasta que tuve que esconderme. Nos escribíamos a veces y en una ocasión vino a verme a las tierras de mi padre. Hace tiempo que le perdí la pista.

—Bien, bien. Eso está bien.

—¿Qué ha hecho mi buen amigo que importuna a la Iglesia?

—Él, nada. Su padre, Jacques de Rossal, de Flandes, es uno de los nueve caballeros que fundaron la Orden de los Pobres Caballeros de Cristo, los templarios.

—¿Y?

—Que hace unos años vuestro amigo profesó en dicha milicia. Está al mando de una pequeña encomienda no muy lejos de París. Vuestra cercanía a él nos puede resultar extremadamente útil.

—Vaya, cuando era joven era bastante mundano. Me sorprende. No me lo imagino como un monje guerrero de costumbres ascéticas.

—No creáis todo lo que se dice sobre los caballeros templarios.

—Parece que no les queréis bien.

—No tengo nada en contra de ellos.

—Salvo...

—Salvo que es muy probable que mi señor, el cardenal Garesi, termine siendo Papa. Eso sucederá cuando Nuestro Sagrado Hacedor llame a su lado a nuestro querido Inocencio, claro, pero para ello se hace necesario que se cumpla un pequeño detalle.

Un silencio se hizo entre los dos hombres.

—Y bien, ¿cuál es? —dijo el aragonés.

—Que la Santa Madre Iglesia siga existiendo.

—¡¿Cómo?!

—Oís bien. Nos tememos que una oscura conspiración se cierne sobre la Obra de Dios.

—¿Y pensáis que los templarios...? —Silvio de Agrigento asintió—. No digáis tonterías, dómine. Nuestra Iglesia ha pervivido durante mil cien años, sobrevivió a la persecución de los césares, al fin del milenio, a las ansias del emperador de Germania y de los reyes de Francia. ¿Cómo van los templarios a amenazar su continuidad?

—El asunto es serio. Escuchad con atención.

Arriaga sirvió dos vasos de vino y aguardó expectante a que su interlocutor comenzara a hablar.

—Desde hace un tiempo hemos venido notando movimientos un tanto... extraños. Mirad, hacia el año 1120, nueve caballeros fundaron el Temple de Jerusalén.

—¿Y?

—Que lo hicieron al amparo del monarca de dicha ciudad, Balduino II, y éste los alojó en sus propios aposentos, en una parte de la mezquita de al-Aqsa, en lo que anteriormente fue el Templo de Salomón, de ahí que se les llame templarios. Allí hay unas caballerizas enormes bajo las cuales deben de estar las ruinas del templo de los judíos. Oficialmente, su propósito era proteger a los peregrinos de Tierra Santa, vigilar los caminos y defender a los necesitados de los ataques de esos malditos musulmanes, a los que Dios confunda.

—Me parece loable.

—¿Con nueve caballeros? ¿Sabéis de la extensión de aquellas tierras?

—He visto caballeros que tenían a su servicio a más de tres mil hombres.

—Ya, de acuerdo —repuso el clérigo—. Pero ¿sabéis lo que hicieron estos nueve hombres durante nueve años? ¿Acaso pensáis que se dedicaron a salir por los caminos a tragar polvo y luchar por los desposeídos? No, querido amigo, no. Pasaron casi nueve años excavando bajo las citadas caballerizas, las que hay sobre el templo; sabed que esas cuadras son inmensas, pueden albergar más de tres mil bestias.

—¿Excavando para qué?

—Es un misterio. Además, durante esos nueve años no aceptaron nuevos miembros. ¿No hubiera sido más lógico acoger a todos aquellos caballeros que quisieran profesar para hacer la guerra de Dios como hacen las otras órdenes?

—Sí, eso es raro.

—Aún hay más. De pronto, a los nueve años de haber comenzado a excavar, cambiaron su comportamiento. El jefe de este grupo, un tal Hugues de Payns, viajó a Occidente acompañado de cinco caballeros. Visitaron a Bernardo de Claraval buscando su apoyo, querían que les diera legitimidad. Lo consiguieron. Más tarde De Payns acudió a visitar al Papa, que lo recibió con honores. ¡Ya veis! ¡A una orden integrada por nueve hombres! Aquello parecía más un negocio particular que una orden militar. El caso es que en aquel momento ocurrió algo extraño: el actual Papa (por aquellos días un cardenal de futuro prometedor) y su mano derecha, mi señor, el ilustrísimo Lucca Garesi, servían a Honorio II, el pontífice en aquellos azarosos tiempos. Hugues de Payns venía recomendado por Bernardo de Claraval, el joven y prometedor abad que comenzaba a influir en toda la cristiandad. Entonces, Honorio hizo salir a todo el mundo para poder hablar a solas con el noble franco. Durante la conversación se escucharon voces y gritos; Hugues de Payns habló altaneramente al Pontífice; no se oyó lo que le decía pero el tono no era el correcto, en eso coincide todo el mundo. Cuando el De Payns se fue acompañado por sus cinco caballeros, Honorio II se encerró sin querer hablar con nadie y tras unos días convocó a toda prisa un concilio y reconoció a la orden oficialmente. Según me contó mi señor, todos veían con buenos ojos el que unos caballeros lo abandonaran todo para defender los Santos Lugares, así que no extrañó demasiado que el Papa les otorgara su favor. Hasta aquí el negocio no es tan raro, pero, de pronto, los nueve templarios cambiaron de táctica y aceptaron nuevos freires en la orden. Hugues de Payns recorrió Europa y las adhesiones se contaron por cientos; especialmente entre gente noble que donaba sus posesiones a la orden. Volvió a Palestina con más de trescientos caballeros. Florecieron en apenas unos años. Así, estos monjes que también son soldados han ido progresando de manera espectacular hasta que, hace cosa de un año, su Gran Maestre, el sustituto de De Payns...

—Ese Hugues, ¿ya no es el mandamás?

—Murió hace tres años.

—Entendido.

—Lo sustituyó un tal Robert de Craon. Bien, pues decía que este nuevo Gran Maestre de la orden visitó a Su Santidad hará cosa de año y medio y, una vez más, fue recibido a solas por el Sumo Pontífice; en este caso nuestro actual Santo Padre Inocencio II. Nada ha trascendido de la reunión pero mi señor, Lucca Garesi, y un servidor comprobamos horrorizados que Inocencio se acostaba sin cenar. Esa noche sufrió un ataque de fiebre que lo tuvo sumido entre delirios varios días. En cuanto se halló repuesto encargó una bula que fue promulgada de inmediato: *Onme datum Optimi*. Esta bula es la carta magna de la orden. En ella, Inocencio II libera al Temple de toda sujeción a la autoridad eclesiástica, excepto la del Papa, y concede además otros importantes privilegios que han escandalizado al resto de órdenes y a la Iglesia toda.

—¿Privilegios? ¿Cómo cuáles?

—En primer lugar se les permite conservar el botín tomado a los sarracenos.

—Me parece razonable.

—La orden se sitúa bajo la tutela exclusiva de la Santa Sede, de forma que únicamente depende de la autoridad del Papa. O sea, que estos freires no responderán de sus actos ante sus superiores; ni ante obispos, ni ante cardenales. Sólo el Papa tendrá autoridad sobre ellos.

—Ciertamente, eso sí es un privilegio.

—Y no pequeño, Arriaga, y no pequeño. Y además, por si esto fuera poco, la bula prohíbe modificar «la regla». Solamente el maestre, con la venia del capítulo, ostentará esa facultad; prohíbe que se exija a la orden ningún tipo de servicio u homenaje feudal; prohíbe que los que abandonan el Temple sean admitidos en otras órdenes salvo con la autorización del maestre o del capítulo; confirma la exención de diezmos y el disfrute de los recibidos y les autoriza a tener a sus propios capellanes, quienes quedarían fuera de toda jurisdicción diocesana.

—No está mal.

—Nunca, repito, nunca, ninguna orden ni congregación dentro de la Iglesia ha tenido privilegios tales, y menos una orden con apenas veinte años de existencia. ¿Os parece normal?

—No. ¿Y qué pensáis de ello?

—Mi señor, y yo mismo, creemos que estos bribones han extorsionado al Papa.

Arriaga prorrumpió en una estruendosa carcajada.

—No os riáis. Todo apunta a que así ha sido.

—El Papa podría haberlos detenido en ese caso.

—¿Y si saben algo, digamos, trascendental?

—¿Como qué?

—No tenemos ni idea. Su Santidad no suelta prenda. Algo debieron de hallar en las ruinas del Templo de Salomón.

—¿Algo?

—Sí, quizás algún manuscrito, no sé. Se dice que tesoros. Son muy ricos.

—Pero ¿qué descubrimiento puede permitir a unos simples

caballeros amedrentar de esa manera a todo un Papa? —preguntó pensativo Arriaga.

Silvio de Agrigento ladeó la cabeza como negando.

—No lo sé, Rodrigo, llevamos un año intentando averiguar algo al respecto y no hemos conseguido nada. Esa orden es como un muro; nadie habla. Inocencio II no ha vuelto a ser el mismo. Mi señor necesita saber qué está ocurriendo porque es obvio que no nos hallamos sólo ante nueve soldados que fundan una orden. Estamos hablando de unas cuantas familias de entre lo más granado de Francia que al parecer están embarcadas en alguna suerte de «proyecto».

—No tiene por qué ser algo malo.

—Ni bueno. En cualquier caso, la Santa Madre Iglesia debe saber de qué se trata. ¿Qué hicieron encerrados bajo tierra, excavando durante nueve largos años sin dedicarse a luchar y patrullar? ¿Qué encontraron que les hizo acudir de nuevo a Occidente y les permitió ser reconocidos por el mismísimo papa Honorio? ¿Qué saben que ha provocado que nuestro Santo Padre Inocencio les conceda tales privilegios? Tenéis que averiguarlo.

—¿Yo? —dijo riendo escéptico Arriaga.

—Ingresaréis en el Temple.

—¡¿Cómo?! ¡Estáis loco!

—Vuestro amigo Jean de Rossal está en Carcasona. Iréis allí, os reencontraréis con él y le pediréis ingresar en la orden.

—Estoy proscrito, ¿lo recordáis? Además, no me veo como uno de esos monjes guerreros.

—Pues aquí arriba, viviendo entre las montañas, se podría decir que sois una especie de asceta, ¿no, Arriaga?

En ese momento el clérigo se interrumpió y gritó mirando hacia afuera:

—¡Tomás, mis cosas!

Al poco entró el joven sirviente con una especie de enorme bolsa de piel de vaca, y el prohombre de la Iglesia comenzó a registrarla. Sacó varios pergaminos y una bolsa que al parecer estaba llena de monedas. Después de abrir el sello de cera de ambos documentos se los tendió a su interlocutor y le dijo:

—Aquí tenéis. En este pergamino el rey Ramiro os declara

inocente de todos vuestros delitos y el obispo de Jaca os absuelve y declara nula vuestra excomunión. En este otro documento se os devuelve la posesión de las tierras de vuestro padre, que tendréis que entregar a la orden junto con estas monedas como dote.

—Pero esas tierras eran de mi familia. ¿Cómo voy a donarlas?

—Hace años que pertenecen a la Corona de Aragón. Nada teníais y nada tenéis. Así recuperaréis vuestro buen nombre y vuestra honra. Y al acabar la misión, en cuanto averigüéis qué ocurre, vuestra amada será exhumada y se le harán los honores que se merece. Ella y la criatura que esperaba irán al cielo.

—Ya, la mitad del pago ahora y la otra mitad al acabar el trabajo.

—Así se suele hacer.

—Como en los viejos tiempos —dijo Arriaga con un deje de tristeza.

—Necesitamos que os envíen a Tierra Santa y que logréis entrar en los subterráneos, en las ruinas del Templo. ¿Qué hallaron? Es vital saberlo. Vuestro rey Ramiro nos apoya, no en vano su hermano, vuestro antiguo señor, quiso legar su reino al Temple y al Hospital al morir sin descendencia. Afortunadamente pudimos evitarlo. Seréis recompensado, Rodrigo. Tenemos que averiguar qué se traen entre manos esos facinerosos.

Arriaga quedó en silencio, parecía pensárselo. Entonces comentó:

—Parece negocio difícil. Todo sea porque Aurora y la criatura dejen de sufrir y descansen en paz. Espero no arrepentirme de esto, pero contad conmigo. ¿Cuándo empiezo?

—Ayer —respondió el cura.

Amicus fidelis, protectio fortis[4]

La taberna del Lobo estaba bastante concurrida. Situada a media legua al norte de Jaca, era un buen lugar donde pernoctar si se quería partir de buena mañana. Un embozado entró en ella sacudiéndose el frío del camino, pasó junto a las enormes barricas de vino que quedaban a su izquierda y giró a la derecha ascendiendo las estrechas escaleras que daban acceso a las habitaciones del piso superior. Golpeó tres veces a la puerta —la señal convenida— y entró sin que lo invitaran a hacerlo. Ella estaba vuelta de espaldas, mirando por la ventana. Su rostro estaba iluminado tenuemente por la luz de la luna. Aquella era la mejor alcoba de la posada.

—Esto tiene que acabar, Toribio —dijo con voz queda.

—Anda, Manuela, no seáis mojigata —contestó él quitándose la capa, el jubón y bajándose las calzas—. Venid a la cama.

—¡Ahora! —dijo una voz de hombre.

Un tremendo golpe hizo saltar al amante semidesnudo del lecho y la recia puerta de roble se abrió, dando paso a tres sicarios. La dama quedó justo detrás de un tipo menudo que había salido de detrás de la cortina.

—Pinchadle —dijo el enano.

Toribio rodó sobre sí mismo encima de la cama y ganó unos segundos para evitar a los tres esbirros que, espada en mano, se lanzaron como perros de presa sobre él. Sin tiempo a subirse las calzas, ganó la puerta caminando cómicamente para verse derribado por el primero de los perseguidores en el angosto pasillo.

---

4. Un amigo fiel es una fuerte protección.

Cuando quiso darse cuenta lo habían llevado en volandas a la cama en la que se beneficiaba habitualmente del cuerpo de Manuela, la mujer del avejentado farmacéutico, Bernabé Estébanez.

Mientras su santo marido cogía a la adúltera por el pelo y la obligaba a mirar, los tres inmensos matones sujetaron al bravo de Toribio y lo despojaron definitivamente del calzón. En un momento sintió el frío acero de la espada en su hombría.

—¡Ahora! ¡Capadlo! —gritó el viejo, que tenía la cara picada de viruelas.

Toribio intentó farfullar una excusa, alguna mentira que le salvara la masculinidad, pero le habían metido un trapo en la boca y sólo acertó a decir algo así como:

—*Googhgoog.*

Era su fin.

—Enseñémosle a este fideputa a no joder a las mujeres de los demás —dijo el más grande de los embozados.

—¡Dejadle! —gritó una voz desde la puerta.

Todos se giraron y vieron una figura con los brazos en jarras plantada en el umbral de la puerta. Tras él se adivinaba a un clérigo empequeñecido por el miedo farfullando excusas para salir de allí.

—¿Y quién lo manda? —dijo el que dirigía a los otros dos matones.

—Rodrigo Arriaga.

El inmovilizado amante puso cara de sorpresa.

—Mirad, caballero —espetó el jefe de los matarifes—, nosotros somos los hermanos Valdivia y se nos importan un carajo las tribulaciones de este miserable que al parecer se ha estado jodiendo a la moza del farmacéutico, a la que dicho sea de paso, éste no le daba su ración diaria... ya me entendéis.

Los Valdivia rieron al unísono la ocurrencia.

—¡Cómo, no os consiento...! —intentó protestar el abuelo.

—¡Callad! —dijo el bandido de mayor entendimiento—. Mirad, Arriaga o como quiera que os llaméis, a nosotros se nos ha encargado un trabajo y vivimos de nuestra buena fama. Nunca hemos dejado de cumplir un encargo y el día que lo hagamos correremos el riesgo de quedarnos sin sustento. La competencia es mucha en este quehacer nuestro, así que daos la vuelta y salvad el pellejo... ¡Ah!, y cambiadle la sotana al cura ése, que desde aquí se evidencia que se ha cagado de miedo.

Una vez más, los Valdivia prorrumpieron en una sonora risotada.

—Bien, sea como queréis —dijo el embozado girándose para partir. Entonces, cuando parecía que se iba y que la vida de Toribio no valía un maravedí, un puñal salido de no se sabe dónde surcó el aire atravesando el gaznate del mayor de los Valdivia.

Mientras corría hacia los dos que quedaban, Arriaga lanzó una pequeña hacha de combate en la semipenumbra del cuarto que se clavó en el pecho del que afectaba a la hombría del preso, y antes de que segara la garganta al tercero, Toribio acertó a propinarle tal golpe en la cabeza al único superviviente de los captores que lo dejó sin sentido y descerebrado. Antes de que tocara el suelo estaba muerto.

—¡Súbete los pantalones! —dijo Rodrigo Arriaga a Toribio por todo saludo.

—¡Mi señor! —dijo el «folgador» lanzándose a los brazos de su salvador.

El cura, Silvio de Agrigento, vomitaba apoyando la mano en la pared del pasillo, y el burlado farmacéutico juraba vender su alma bien cara en un rincón, armado con un ridículo puñal engarzado en pedrería. La joven yacía acurrucada junto a su marido.

Entonces apareció un pisaverde en la puerta con unas flores en la mano y un laúd en la otra diciendo:

—Ya estoy aquí, querida...

—Pardiez —dijo Toribio algo enfadado—. ¿Quién es este lechuguino?

Todos miraron a la dama.

—¡Eso, eso! ¿Quién es éste? —gritó el cornudo.

—Querido farmacéutico, amado Toribio y distinguida dama —dijo Arriaga tomando la palabra con aire docto—. Bueno, mejor, otrora distinguida. Si alguno de los aquí presentes se hubiera molestado en proceder con cierta inteligencia y hubiera dado, como yo, unas monedas al posadero, habría averiguado que aquí esta moza, a pesar de sus dieciocho abriles, se ve en esta posada con cinco varones distintos y ninguno de ellos es su marido.

El viejo permanecía con los ojos como platos.

—Sólo los domingos reposan sus activas nalgas porque va a misa. Los lunes, día de descanso de este local (en el que, por cierto, se come a las mil maravillas), jode con el posadero en pago por el alquiler de este cuarto por el resto de la semana.

—¡Y me decíais que cuidabais a vuestra madre! —gritaba el corrido marido.

—Os lo puedo explicar querido, os lo puedo explicar... —gemía ella.

En eso, y tras escuchar los pasos alborotados del juglar que corría escaleras abajo, Arriaga tomó a Toribio por el brazo y le dijo:

—Vamos a echar unas jarras y a llamar al alguacil, que el abuelo la mata.

Cuando bajaban abrazados por la angosta escalera se cruzaron con el posadero y dos criados que subían a impedir que el abuelo estrangulara a su esforzada esposa. Se sintieron aliviados por ello.

—¡Y yo me tomaba las pócimas para satisfacerte, puta! ¡Y decíais que estabais cansada! —gritaba fuera de sí el pobre anciano.

Tras cabalgar más de tres leguas poniendo tierra por medio y sin mediar palabra, llegaron a una venta que les pareció acogedora. Se sentaron a una mesa del fondo y pidieron tres jarras de cerveza y un par de capones asados para el esforzado amante. A pesar de haber echado ya unos tragos, a Silvio de Agrigento no le volvía la sangre al cuerpo. Parecía pálido, incluso ligeramente verdoso.

—Silvio de Agrigento —dijo Arriaga a modo de presentación—. Éste es Toribio Castro, de Monzón.

Los dos viejos amigos chocaron sus jarras y el cura hizo otro tanto, aunque con menos entusiasmo.

—¡Os creía muerto, pardiez! —dijo Toribio.

—He estado oculto.

—¿Dónde? No os veía desde que volvimos de Tierra Santa.
El cura expulsó la cerveza de su boca y espetó:
—Pero... ¿cómo? ¿Habéis estado en Tierra Santa?
Los dos amigos miraron a de Agrigento como al que interrumpe una conversación sin haber sido invitado a ello y continuaron a lo suyo sin hacerle caso.
—Compré unas tierras allá arriba, en Benás.
—Ah —asintió el otro.
—Pero ¿habéis estado en Palestina? ¿Cómo no me lo dijisteis? Eso es fundamental para la misión —volvió a interrumpir el sacerdote.
—¿Quién es esta mosca cojonera? —dijo Toribio.
—Me llamo Silvio de Agr...
—Oí vuestro nombre en las presentaciones. Me refiero a qué hace aquí este cuervo.
—Cumplo una misión para él —contestó Arriaga.
—Como en los viejos tiempos.
—Como en los viejos tiempos, sí.
—¿Cuándo estuvisteis en Jerusalén? No debíais habérmelo ocultado —inquirió el cura.
Arriaga lo miró con cara de fastidio y añadió:
—No me lo preguntasteis. Cuando mi querido rey Alfonso mandó a sus perros tras de mí, pensé en escapar a un lugar donde no me siguieran sus secuaces. Tierra Santa está lejos y allí no llegaba la mano del muy canalla de mi Rey. El bueno de Toribio, mi mano derecha en mil batallas, me acompañó. Allí purgué mis penas por haber llevado a mi Aurora a una muerte inmerecida.
—Y yo hice cuentas con el Todopoderoso por ciertas correrías que de joven...
—Veo que volvéis a estar en deuda con nuestro Creador —interrumpió Rodrigo.
Toribio soltó una tremenda carcajada.
—Tiran más dos tetas...
Entonces Arriaga repuso:
—Nunca me explicaré vuestro éxito con las mujeres. Aquí mi fiel Toribio es capaz de atraerlas como la mierda a las moscas, dómine. No se le escapa una: solteras, casadas, mozas, putas y hasta monjas. Ricas, pobres, esclavas y moras. Es un don.

—Eso decía mi abuelo, sí —añadió Toribio pasándose el dorso de la mano por el morro tras apurar su jarra.

Silvio de Agrigento no podía creer que aquel energúmeno poco agraciado, de torso ancho, piernas cortas y con un rostro no muy favorecido, fuera un galán con las damas. Una sola ceja surcaba su frente y más que nariz lucía algo parecido a un pegote de arcilla en la cara. Entonces, temiendo que el amigo de Arriaga le leyera el pensamiento, añadió:

—¿Y era Toribio vuestro escudero, Arriaga?

—Algo así. Comenzó siéndolo. Pero acabamos siendo amigos de veras.

—¿Cuál es el negocio que tenéis con el cura? —preguntó el antiguo escudero.

Rodrigo Arriaga ordenó a Silvio de Agrigento que trajera tres jarras más de cerveza, y mientras veía al cura alejarse diciendo «¡Ha estado en Tierra Santa! ¡Ha estado en Tierra Santa!», susurró:

—Verás, Toribio, éste es el negocio.

Carcasona, a 26 de abril del Año de Nuestro Señor de 1140

A la atención del reverendísimo e ilustrísimo
Lucca Garesi, de parte de su secretario
y servidor en Cristo Silvio de Agrigento

Estimado y admirado padre:

No he podido escribir antes porque no tenía la seguridad de que nuestro hombre fuera a hacerse cargo de la misión, pero es ahora, a las afueras de Carcasona, en una posada donde hemos pernoctado, que me despido de Arriaga para dejarlo solo ante su destino.

Ni que decir tiene que no resultó fácil de convencer; es un tipo testarudo, independiente y resabiado por los avatares del destino, que gusta de trabajar solo y al que no agrada meterse en líos. Desde luego, el argumento que minó su determinación —más que el oro, las tierras y las prebendas— fue la posibilidad de que su amada y la criatura que ésta albergaba en su seno descansen en tierra consagrada. A pesar de ello, desde el día en que hablé con él y aceptó el negocio, se ha arrepentido varias veces y a punto ha estado de abandonar. No resultó asunto fácil que dejara sus tierras y he tenido que gastar mis buenos dineros en contratar a dos hombres que ayuden a sus caseros a recoger las cosechas en verano y a mantener reses y tierras en buen estado hasta su vuelta, que no auguro yo inminente, la verdad, pues es éste un encargo de calado que puede llevar sus buenos cuatro o cinco años, y él lo sabe.

Después de disponer que todo quedara en orden me vi obligado a invertir una fortuna en comprarle un caballo de combate y arreos de los que necesita un caballero, pues es indispensable que vaya bien pertrechado de cara a que lo tomen en serio y lo acepten en la orden. Y por si esto fuera poco, tuve que comprometerme a asignarle una renta de por vida —con cargo a las arcas de su Ilustrísima— para el caso de que vuelva con éxito de esta tribulación en la que se embarca. Cuando ya creía que íbamos a partir, viendo que el deshielo era inminente, nuestro hombre se empeñó en que bajáramos hasta Jaca para buscar a un hombre de su confianza que, junto con Giovanno y el bueno de Tomás, lo acompañará en la misión. Este tipo, de nombre Toribio, es como su mano derecha, y Arriaga no aceptó del todo el encargo hasta que se aseguró de contar con su concurso en el viaje. Con tanta vuelta, tira y afloja, hemos llegado a este mes de abril en el que, gracias al Altísimo, he podido comprobar que Jean de Rossal permanece aún en Carcasona, aunque, según me dicen nuestros espías, su partida es inminente. Así que esta mañana, y tras desayunar como es debido, Rodrigo Arriaga, Toribio, Giovanno de Trieste y Tomás se han dirigido al interior de la bien fortificada ciudad de Carcasona para comenzar con la misión.

Permaneceré de momento al tanto de lo que ocurra. Por cierto, debo decir que he sabido que nuestro hombre estuvo en Tierra Santa. Fue de peregrino con su fiel Toribio. Eso es bueno para nuestra misión, sin duda, porque ya conoce el terreno. Espero que Dios nos asista.

Vuestro humilde servidor en Cristo,
SILVIO DE AGRIGENTO

Carcasona

La comitiva formada por el gallardo caballero y los tres hombres que lo acompañaban llamó la atención al entrar en Carcasona. Lo hizo por el sur, por la puerta de San Nazario o del Razes, como la llamaban algunos. El bueno de Tomás, que iba a hacerse pasar por palafrenero, quedó maravillado al encontrarse tras la muralla con la basílica dedicada a san Nazario y san Celso, pues el trasiego de mercancías, hombres y bestias era considerable en aquella hermosa villa dedicada al comercio de telas. Rodrigo Arriaga, como el que conoce el camino, enfiló su inmenso corcel de combate hacia la derecha, por la calle que allí llamaban Piô. Vestía una cómoda sobreveste de gamuza, calzas de cuero y botas con suelas de piel de vaca. Los arreos de combate, pertrechos y armadura iban en el caballo de reserva. El gallardo caballero saludaba con amabilidad a las damas que salían al paso, mientras Giovanno, Toribio y Tomás luchaban por evitar con sus monturas al gentío que con sus idas, venidas y regateos obstaculizaba el camino. A un lado y a otro de la calle abrían sus puertas las tiendas de los artesanos, con sus toldos y mercancías situados al pie de los transeúntes. Maravillados por tan colorista espectáculo e importunados por dos niños mendigos que insistían en hacerles de guía, llegaron a la plaza Marceu, para seguir por otra estrecha calle, la Puits, en cuya esquina Rodrigo detuvo su montura, descabalgó y entró en una posada llamada El Perro Negro. Tomás se hizo cargo de los caballos y fue hacia el patio mientras Toribio y Arriaga se entendían con el posadero, un corso rechoncho y con un inmenso bigote que loaba la llegada de tan noble comitiva. Después de apalabrar dos cuartos y refugio para las bestias y una vez que los mozos de la posada hubieron ayudado a Tomás a ubicar a los animales en el establo, los cuatro hombres se reunieron en el salón de la posada delante de unas jarras.

—Bueno, ya estamos aquí —dijo Toribio.

—Debemos localizar a De Rossal —repuso Giovanno.

—Eso no es problema —contestó Arriaga—. Tomás, vete donde esos dos pilluelos que aguardan en la calle y dales esta moneda. Diles que buscamos a Jean de Rossal, que es amigo de tu amo.

El joven caballerizo, antaño criado de Silvio de Agrigento, apuró la jarra y salió agachándose para evitar el marco de la pequeña puerta que daba acceso al exterior.

—Ya sabéis que debemos ser cautos —continuó Arriaga—. Diremos que sois sirvientes míos y que ingresáis en la orden con vuestro amo. Intentaremos que os acepten como sargentos y el zagal será armiguero.

—¿Cómo? —dijo el sargento papal, que no entendía.

—Es el equivalente a escudero dentro de la orden.

En eso, volvió Tomás.

Dicen que en un par de horas lo habrán encontrado.

Bien. Propongo que nos hagamos servir la cena y que en cuanto tengamos noticias de mi amigo De Rossal nos retiremos a descansar. Vamos a tener trabajo y no nos vendrá mal reponernos del camino.

Todos se mostraron de acuerdo, pues estaban agotados por el viaje.

Después de desayunar frugalmente, Rodrigo se hizo acompañar por Toribio para ir al encuentro de su viejo amigo Jean de Rossal. Según uno de los pilluelos, el ahora miembro de los templarios se alojaba en una de las casas que tenía la orden en la ciudad; concretamente en la calle del Chat Noir, justo en el lado oeste de la villa, al sur del magnífico castillo condal cuya construcción acababa de finalizar. Los vizcondes de Carcasona, del linaje de los Trencavel, habían abandonado su vieja residencia situada junto a la puerta de Narbona para construir un confortable e inexpugnable castillo que los lugareños llamaban el Palatium. Por el camino, Arriaga iba mostrando a su fiel amigo los lugares, tascas y comercios de interés en aquella populosa ciudad que conocía como la palma de su mano. El Languedoc era un lugar cosmopolita, libre y de economía floreciente, que acogía con los brazos abiertos a los mejores trovadores y artistas impregnados por la creciente influencia de la herejía cátara, cuyo ambiente renovador comenzaba a molestar a la poderosa Iglesia católica. Los templarios parecían integrados en demasía en aquel lugar, cosa curiosa, pues se les suponía guardianes en Tierra Santa de la fe de Cristo, cuando era de dominio público que en Tolosa, en Albi y en la propia Carcasona se profesaba la fe cátara, no sólo entre el vulgo, sino entre las familias más preeminentes que, extrañamente, estaban nutriendo las filas del Temple con sus mejores y más jóvenes caballeros. Todo aquello resultaba raro a Arriaga. Pasaron junto a la barbacana del hermoso y sólido castillo y se encaminaron hacia la casa donde se hospedaba De Rossal. El pilluelo que los guiaba se giraba de vez en cuando para asegurarse de que le seguían. Había movimiento en la ciudad, al parecer André de Montbard, uno de los ya legendarios fundadores del Temple, se hallaba en la urbe y se disponía a partir con más de trescientos caballeros reclutados por toda Europa.

Justo cuando llegaban a la calle en cuestión, el sonido de los timbales y las largas trompetas les hizo apartarse. Tres sargentos del Temple con túnicas negras y montando caballos árabes abrían el paso haciendo a un lado a la muchedumbre. Detrás se adivinaba el *beassaunt*, el pendón que reunía a los caballeros del Temple en combate. La gente gritaba vivas y vítores a los monjes soldados que habían de mantener Tierra Santa en manos cristianas. Enseguida apareció un hombre que vestía túnica y sobreveste enteramente blancas y llevaba la capucha de su cota de malla echada hacia atrás. Tenía el pelo cano, muy corto, y la barba blanca recortada con esmero. Era un caballero bien parecido que montaba un brioso corcel negro. A pesar de que no se engalanaba con gallardetes y que las riendas y arreos de su montura eran más bien sobrios, aquel gentilhombre no carecía de cierto donaire, aunque estaba ya entrado en años.

—¡Viva André de Montbard! ¡Viva el Temple! —gritaban las comadres y los menestrales que se iban congregando ante tan gallarda comitiva.

Luego pasaron los nuevos caballeros en sus monturas. Iban en fila de a dos y formaban un grupo de más de trescientos, vestían enteramente de blanco y algunos llevaban cosida la cruz en la espalda, el hombro o el pecho. Al parecer iban donde la barbacana, en el castillo condal, a despedirse y rendir tributo a los Trencavel que, curiosamente, protegían descaradamente a los herejes cátaros.

La comitiva era impresionante: muchos jóvenes, algunos entrados en años; la mayoría de aquellos caballeros pertenecía a lo más granado de la Europa cristiana. Había francos, normandos, anglos, sajones, frisones, belgas y germanos. Algunos freires delataban por su tez que su procedencia era más meridional; venían de luchar contra los moros en España. Tras los monjes soldado desfilaba marcial la tropa de sargentos, todos de negro y portando cruces rojas en el pecho a la manera de los cruzados. Eran lo menos doscientos. Luego aparecieron los turcópoles, los guerreros traídos de Oriente que servían al Temple como tropa mercenaria. Iban a caballo, armados con largas lanzas en cuyas puntas colgaba la divisa del Temple, con ligeras corazas de cuero y sobre monturas de pequeño tamaño. Tras ellos iban los armigueros, que retiraban las deposiciones de los caballos y que hacían las veces de escuderos de los templarios. La gente estaba eufórica. Los caballeros iban a Tierra Santa. «¿Estaré a tiempo de partir con ellos?», pensó Arriaga, que no vio a su amigo entre los integrantes del desfile. ¿Habría partido ya? Esperaba que no.

¿Serían ciertas las sospechas de Silvio de Agrigento? ¿Se hallarían ante unos vulgares chantajistas? Era evidente que al Papa y a la Iglesia les interesaba que existieran las órdenes militares. Mantener Tierra Santa en manos de los creyentes suponía un esfuerzo económico y militar insostenible para los Estados cristianos de Occidente. Era lógico que el Papa les beneficiara, aunque, ¿por qué a los templarios y no a la orden de San Juan? Era obvio que existía malestar entre los obispos porque el diezmo había pasado a manos de la orden del Temple allí donde se fundaban encomiendas y eso suponía que los ricos prelados habían visto mermados sus enormes beneficios. ¿Acaso no sería todo cuestión de celos? Arriaga volvió al presente desde sus profundas ensoñaciones.

El gentío se iba disolviendo tras el paso del desfile. Unos volvían a sus quehaceres y otros seguían al cortejo hacia el Palatium. Arriaga supuso que Giovanno y Tomás se encontrarían deambulando por ahí, maravillados ante aquel espectáculo y ante la ciudad misma. Rodrigo y Toribio llegaron en unos minutos a su destino: una amplia casona en una calle estrecha, junto a la muralla, de la que pendía una bandera con los colores del Temple. Rodrigo llamó a la puerta, que estaba cerrada pese a la algarabía que reinaba fuera. Se abrió un ventanuco a la altura de su cara y aparecieron unos ojos grises y escrutadores.

—¿Quién va? —Se oyó decir a una voz desde detrás del portón.

—Rodrigo Arriaga. Vengo a ver a un amigo, Jean de Rossal. Creo que se hospeda aquí.

El ventanuco se cerró de golpe. Pasó un rato.

De pronto el chirrido del inmenso portón les hizo girarse y contemplar a un tipo alto, espigado y de pelo rojo, cortado al rape, que miraba a Rodrigo.

—¡A mis brazos! —dijo el recién llegado, que asemejaba una aparición.

Jean de Rossal vestía una suerte de sobreveste blanca ceñida únicamente por un amplio cinturón. Llevaba botas de cuero y se le adivinaba una fina camisola del mismo material tachonada de piezas metálicas. «Siempre listo para el combate», pensó Rodrigo al verle, a la vez que se lanzaba en brazos de su amigo de juventud.

—¡Qué bien se os ve! —exclamó abrazando al templario, que llevaba una pequeña cruz escarlata junto a uno de sus hombros. Aunque oficialmente debían vestir de blanco, la mayoría de los caballeros se iban sumando a la costumbre de tomar la cruz y llevarla con orgullo sobre la capa y los ropajes, a la manera de los cruzados.

—¡Cuánto tiempo! —dijo De Rossal—. Pero... ¿qué clase de anfitrión soy? Acompañadme dentro...

Rodrigo hizo un gesto a Toribio y dijo:

—Jean, éste es mi fiel sirviente, Toribio, que nos dejará solos para hablar de nuestras correrías y hará unos recados.

Toribio captó la indirecta y se despidió entre parabienes. Los dos hombres se adentraron en la casona agarrados del hombro.

—¡Estáis más gordo, bribón! —dijo el templario amagando un puñetazo al estómago de Arriaga, que lo frenó sujetándole el antebrazo. A Rodrigo le llamó la atención el cambio experimentado por su amigo. Sus viejos bucles habían dejado paso a un pelo cortado a cuchillo casi al rape, al estilo de la gente de armas, y lucía una hirsuta barba que en algunas zonas mostraba alguna cana que otra—. ¡Vino! —ordenó De Rossal dando una palmada como el que está acostumbrado a mandar y ser obedecido.

Un armiguero salió corriendo a cumplir la comanda, mientras los dos amigos entraban en una especie de amplio comedor presidido por una inmensa mesa de nogal rodeada de una amplia bancada. Tomaron asiento.

—¡Vaya, vaya! ¡Dichosos los ojos! —dijo el templario sonriendo—. ¿Qué ocurre? —añadió comprobando que su amigo lo miraba con aire divertido.

—Nada —repuso Arriaga—. Es sólo que no os imaginaba como... no sé, como un monje guerrero. Os recuerdo más mundano, estáis flaco.

—Todos cambiamos, Rodrigo —contestó Jean sirviendo el vino que había traído el joven criado—. Todos cambiamos. Oí que teníais problemas.

—Sí, con mi rey Alfonso.

—Se decía que os tenía en muy alta estima.

—Demasiada.

—Sí, eso precisamente escuché. Pero yo sabía que gustabais de las buenas mozas, aunque el rey Alfonso, pese a buen guerrero, no fuera tenido por demasiado galante... ya sabéis, con las damas. Salud.

Ambos brindaron.

—¿Podéis beber vino? ¿Está permitido?

—Rodrigo, estamos celebrando un reencuentro, ¿no? Además, esta no es una encomienda, es una casa de paso, una suerte de albergue para los caballeros y miembros de la orden que viajan de un lugar a otro. Por cierto, no os veo proscrito precisamente...

—No, compré unas tierras en los Pirineos y me oculté. Siempre he contado con buenos amigos en la corte que hicieron que el rey Ramiro retirara los cargos contra mí —mintió.

—¿Y la excomunión?

—Mi obispo hizo otro tanto.

—Vaya, se puede decir que os volvió la suerte. Algo oí de una moza...

—Murió. Mi Rey la hizo matar.

—No era un buen tipo, la verdad, aunque con nosotros se portó bien. Al morir soltero nos tendría que haber dejado un tercio del reino, pero...

—Entonces apareció el Monje, el hermano, que aceptó el trono e invalidó ese testamento.

—Así es. No nos quiere bien, no. Pero en fin, el caso es que aquí estáis, con la honra restituida y con vuestro viejo amigo.

—Ahora templario.

—Ahora templario, en efecto. Decidí tomar los votos y dejarlo todo. ¿Y qué os trae por Carcasona? Se os ve bien. ¿Algún negocio de la herencia de vuestra madre?

—Quiero unirme al Temple —soltó de pronto Arriaga.

—¡No! —exclamó Jean de Rossal sin ocultar su cara de satisfacción.

El templario no pudo evitar levantarse y abrazar a su amigo. Un sargento que permanecía de guardia en el pasillo los miró con cara de pocos amigos.

—Dejadnos a solas —dijo De Rossal—. Estas efusiones no nos están permitidas —aclaró a su amigo—. Pero ¿queréis entrar en la orden del Temple? ¡Me tomáis el pelo! ¡No puede ser!

—Sí, sí, de veras. Cuando tuve noticias de que mi caso se reabría y que el rey Ramiro me exculpaba supe que podía salir de mi escondite. Nada me sujeta ya a este mundo, quiero consagrar mi vida a un noble ideal, la defensa de Tierra Santa, y nada tengo que me retenga. Quiero ir a pelear a Jerusalén.

—Un momento, un momento, hermano. Eso no es tan fácil.

—He visto a unos caballeros que partían...

Jean alzó la mano.

—No es tan sencillo —dijo—. Primero debéis pasar un período de prueba. No es problema, yo os avalo, pero como mínimo un año no os lo quita nadie. Luego, ya se verá. Nuestra regla dice que si uno desea ir a Tierra Santa, se le envía a las islas Británicas; que si uno quiere pelear, se le manda a la cocina; que si uno quiere ser escribiente, se le envía a la guerra. Los deseos personales no se cumplen en el Temple, creedme. Lo digo por experiencia.

—Pero yo, yo sólo sé pelear...

—Y espiar. Sois un hombre valioso, Rodrigo. Mis superiores se alegrarán cuando sepan de vuestra solicitud. ¿Tenéis bienes?

—Las tierras de mi padre. He traído los papeles, las donaré a la orden. Yo nada quiero ya de este mundo. Tengo dos caballos de guerra y traigo a dos hombres de armas y un crío que es mi mozo de cuadra.

—¡Fantástico, fantástico! —exclamó el templario frotándose las manos—. Sois el candidato perfecto, dejadlo todo de mi cuenta. Pero debo advertiros de que el Temple no es un camino fácil, es una forma de vida dura, de entrega.

—Si vos lo habéis podido soportar...

—He cambiado, Rodrigo. Sé que de joven era un crápula y bien es cierto que no aproveché como vos las buenas lecciones de nuestros profesores en París, pero el tiempo hace cambiar a las personas. Como sabéis, mi padre fue uno de los fundadores de la orden.

—Pero entonces... ¿se puede ingresar estando casado?

—La mayoría de los fundadores tenían mujer e hijos. Sí se puede, Rodrigo. Hay hombres casados que profesan votos temporales. Juran servir al Temple durante un año, dos o tres y mantienen durante ese período el voto de castidad. Aunque hay otros que, teniendo esposa, lo abandonan todo e ingresan en la orden. Eso es lo que hicieron los fundadores.

—¿Y qué ocurre con la esposa?

Jean sonrió.

—Cuando un hombre casado ingresa en el Temple dona al mismo la mitad de sus posesiones.

—¿Y la otra mitad?

—Queda a disposición de sus legítimos herederos. Algunos, al decidir ingresar, envían a su esposa a un convento.

—Vaya.

—Es lo que hizo mi padre. Al principio no lo entendí, pero luego, en una peregrinación que hice a Tierra Santa acompañado por él mismo y otros compañeros suyos, vi la luz, Rodrigo. Pero insisto en que éste no es un camino fácil, si buscáis la gloria del combate os equivocáis de parte a parte.

—Lo sé. No busco laureles; quiero luchar de manera anónima, como uno más. Vuestra fama os antecede y es lo que más deseo.

Jean de Rossal miró con satisfacción a su viejo compañero y dijo:

—No sabéis la alegría que me dais. ¡A mis brazos, amigo!

*7 de mayo del Año
de Nuestro Señor de 1140*

A la atención de su Paternidad
Silvio de Agrigento

Estimado señor, os escribo desde la ciudad de Rodez, en cuya posada pernoctamos para recuperar a las bestias y a nos de la fatiga del camino. Como podéis comprobar, la misión —tal y como vos gustáis de llamar a este encargo— ha comenzado con muy buen pie. Mi buen amigo Jean de Rossal se ha mostrado muy feliz con nuestro reencuentro y mucho más con mi decisión de engrosar las filas del Temple. Me siento culpable al comprobar con qué entusiasmo me presenta a sus confreres, que se deshacen en elogios al saber que serví con el Batallador, ya que mi antiguo señor, mi Rey, simpatizaba de veras con esta militia y ellos saben que los quería bien.

Jean es el comendador de una minúscula encomienda situada a apenas una jornada de París, hacia el sur de la urbe. Allí nos dirigimos. Tengo que cumplir un período de prueba, al igual que mis acompañantes, Giovanno, Toribio y Tomás. No he podido contactar hasta ahora con vos porque siempre hemos pernoctado en encomiendas y hospederías de la orden, pero he aprovechado nuestra estancia en esta posada para sobornar a un mozo para que entregue esta carta al cura del pueblo y que él os la haga llegar.

De momento no me permiten lucir la túnica o la sobreveste blanca que visten los *milites templi* porque estoy a prueba, aunque me consta —según dice Jean— que a las altas jerarquías de la orden les ha alegrado mucho mi incorporación. La cesión de las propiedades de mi padre —si levantara la cabeza— ha supuesto, como dijisteis vos, un retoque perfecto a mi candidatura, un añadido que, por lo que sé, no les ha desagradado. Los recursos que se necesitan para combatir en Tierra Santa son enormes y cualquier aportación es recibida con alegría por la orden. Es curioso, pero en el camino, en todos los pueblos por los que pasamos, hasta en los villorrios más deprimidos, los campesinos nos salen al paso y nos entregan sus pocas joyas, sus exiguas monedas, la cruz de la abuela, trigo, animales... todo para que luchemos contra el infiel y mantengamos en manos pías el Santo Sepulcro de Nuestro Señor. Jean no rechaza ninguna donación por pobre que sea el donante. Parece como si sirviera a un fin superior que no obedece ni repara en las vidas de los insignificantes hombres y mujeres que habitan este valle de lágrimas. Todos los caballeros, sargentos y armigueros parecen imbuidos por ese ideal, que los hace semejar superiores, soldados místicos, monjes guerreros con una sola misión: combatir al infiel aun a costa de sus propias vidas o las de los demás. Viajamos acompañados por cinco sargentos y quince peones, así como por varios armigueros que se encargan de bregar con las bestias y hacer funciones de escuderos de nos, de Jean y otros dos caballeros templarios de la encomienda de Chevreuse que nos acompañan. Uno, de nombre Robert Saint Claire, viene de las islas Británicas y parece gozar de cierto predicamento pese a su juventud. Al parecer, es de familia influyente. El otro, que rondará la cuarentena, es de origen milanés, se llama Gregorio de Bratava y parece tener malas pulgas.

Mi amigo Jean parece entusiasmado y feliz con mi presencia. En parte me hace sentir culpable. Os tendré informado.

Vuestro hermano en Cristo,
RODRIGO DE ARRIAGA

El castillo de la Magdalena

La nutrida comitiva llegó a su destino al atardecer, cuando el crepúsculo iluminaba en tonos rojizos el hermoso valle donde se hallaba situado Chevreuse.

Jean de Rossal quiso dar un rodeo y en lugar de ascender por el sur a la planicie en que se hallaba el castillo, los caballeros atravesaron el valle pasando por el pueblo. Los lugareños parecían contentos con la llegada del comendador y salían a saludarle, pues, según decía el propio Jean, aquella comunidad había prosperado desde que vivían al abrigo de la encomienda del Temple situada en el Château de la Madeleine. Pese a que parecían amables, Arriaga percibió cierto temor en sus ojos cuando saludaban a De Rossal.

Aquellas tierras parecían fértiles y el castillo, a lo alto, imponente. La primavera arrancaba a la tierra miles de florecillas de colores que adornaban los dos lados del camino. Olía a hierba y a tierra mojada. Pararon a dar gracias en la pequeña iglesia del pueblo dedicada a san Nicolás. Rodrigo Arriaga se sintió sobrecogido cuando, rodilla en tierra, todos oraron ante el icono de una virgen negra en la semipenumbra del pequeño templo.

Pensó en Aurora, ardiendo en el infierno en aquel momento. No era justo, un ser tan angelical como ella, tan puro... había muerto sin recibir los últimos sacramentos y yacía en tierra no consagrada. Pensó en la criatura que albergaba en sus entrañas vagando por el limbo. Él tenía la culpa, la había seducido y arrastrado a la muerte. Maldijo a su señor, Alfonso, y se maldijo a sí mismo.

Pensó en los templarios. No creía que Silvio de Agrigento tuviera razón. No pensaba que ocultaran nada. Bien era cierto que Su Santidad el Papa les había otorgado privilegios sin parangón, pero la cristiandad necesitaba a las órdenes militares para mantener Tierra Santa en manos pías. Los grandes nobles del Occidente cristiano y los más acaudalados monarcas no podían soportar la sangría que suponía mantener tropas de continuo en Palestina. El Temple, sí. Y era lógico que el papado los tuviera en alta estima.

—Vamos, Rodrigo —dijo Jean tomándolo por el brazo. Salieron a la plaza empedrada donde habían dejado los caballos y subieron a sus monturas. Mientras ascendían por el empinado sendero de tierra que llevaba al castillo, Arriaga pudo contemplar el valle en todo su esplendor. Aquel lugar era fértil, sin duda, la multitud de casas de labranza que salpicaban el paisaje aquí y allá demostraban que la encomienda que comandaba Jean debía de ser de las más florecientes. El sol se colaba entre las ramas de las hayas y los olmos centenarios, arrancando pequeños destellos de la hierba mojada. Llegaron al pie de las murallas, en la zona norte del *château*, la que se asomaba al valle. Allí, una empinada escalera daba acceso a una puerta con un rastrillo metálico, pero como aquella entrada no era idónea para las bestias, rodearon el imponente muro por el lado este, junto a una enorme torre de sección circular. Pasaron bajo el muro noroeste —un lienzo de muralla imponente con dos altas torres cuadrangulares a los lados— y entraron en el recinto por el sur, atravesando un pequeño puente levadizo que los llevó al patio cubierto de hierba. Allí los esperaban cuatro caballeros, varios sargentos y unos cuantos armigueros. En el centro del recinto, cercano a la cara oeste, se levantaba un inmenso *donjon* de tres alturas que cerraba en un gigantesco tejado de pizarra. Un capellán de la orden se acercó a darles la bendición. Vestía una casulla verde con una capa blanca en la que, junto al hombro, se podía observar una cruz roja patada. Todos se arrodillaron y después de que el cura trazara tres veces la señal de la cruz en el aire, rezaron un padrenuestro. Entonces se levantaron y se acercaron los unos a los otros. No parecían efusivos, aunque era evidente que se alegraban de verse. Rodrigo fue presentado a sus nuevos compañeros y un armiguero lo acompañó para que pudiera dejar sus cosas en el dormitorio. Estaba situado en el segundo piso del *donjon*, la torre del homenaje. Le sorprendió ver que aquel aposento era comunal y que sólo disponía para sí de un pequeño arcón —sin cerradura— al pie de un incómodo catre. Los siete caballeros que había en aquel momento en la encomienda, incluido Jean de Rossal, compartían dormitorio. Según le dijeron, faltaban otros siete que habían acudido al Temple de París a llevar el importe recaudado con el diezmo en los últimos meses.

Llegó la hora y acudieron al refectorio en la planta baja. El capellán inició un padrenuestro antes de partir el pan. Había un mantel blanco sobre la enorme mesa. Se sentaban por parejas para, como prescribía la regla, servirse mutuamente. A Rodrigo le tocó hacerlo con el joven Robert Saint Claire. Nadie habló durante la cena. En aquel castillo se comía en dos turnos, primero los caballeros y luego los sargentos y armigueros o fámulos. Arriaga observó que todos los caballeros arrancaban un trozo a su pedazo de pan, el diezmo, que había de ser entregado al limosnero para los pobres, al igual que las sobras que quedaran tras la comida de los sargentos. Un joven leía textos sagrados mientras los caballeros apuraban una comida espartana: sopa de verduras, pan y manzanas de postre. Al menos hubo vino, aunque aguado y consumido con moderación. Al acabar rezaron otro padrenuestro y, apresurados, acudieron al oficio de completas, pues acababa de oscurecer. Los caballeros hablaron poco o nada entre sí. Cuando Arriaga cayó en su cama, se quedó dormido al instante.

*29 de junio del Año
de Nuestro Señor de 1140*

A la atención de su Paternidad,
Silvio de Agrigento, de parte de Rodrigo de Arriaga

Estimado hermano en Cristo:

En primer lugar es mi obligación pedir disculpas por no haber podido escribir antes a su Paternidad, pero la disciplina que se vive en esta casa es férrea y ni yo ni mis ayudantes hemos podido ausentarnos de la encomienda sin llamar la atención. Ha sido gracias a los vicios de uno de mis confreres por lo que he podido quedar a solas unos momentos y hacer llegar esta carta a Beatrice, una moza que sirve las mesas en la posada del pueblo, quien se ha comprometido a hacerla llegar a vuestras manos a cambio de unos pocos dineros.

En segundo lugar os diré que este negocio se me antoja difícil. No creo que llegue nunca a acercarme a los grandes misterios que según vos y vuestro amo guarda la orden del Temple, y es que incluso el ser nombrado caballero del Temple me parece una tarea casi imposible. De momento, he de ganarme su confianza y para ello lograr el ingreso en esta milicia guerrera, por lo que me aplico sobremanera al afán de aprender sus usos y respetar la regla que nos rige. Mi buen amigo Jean es hombre ocupado y lleno de obligaciones, por lo que me ha asignado una suerte de tutor o compañero, pues es costumbre en la orden que los caballeros vayan por estos mundos de dos en dos.

Robert Saint Claire, a pesar de su juventud, se encarga de mi instrucción. Cada día tratamos uno o dos de los capítulos de la regla y debo decir que hacemos progresos. Aquí la vida es sencilla, como en un monasterio; se habla poco, cosa que me importa aunque me escapo cuando puedo a las cuadras y charlo con Tomás, Giovanno o mi fiel Toribio. A éstos se les hace difícil la vida aquí, y a mí, otro tanto. Sobre todo acuso la falta de sueño, pues las oraciones nocturnas rompen el descanso del hombre y quebrantan su cuerpo —y, si se me apuráis, el espíritu—. El oficio de maitines me resulta especialmente duro; tras éste, volvemos a dormitar otro rato y después del rezo de laudes desayunamos. Entrenamos y luchamos hasta la hora prima; luego repasamos los pertrechos y reparamos el material de guerra hasta la hora tercia, tras la cual comemos; descansamos hasta la hora sexta y vuelta al entrenamiento. Después, vísperas y, tras el rezo, la cena, luego completas y al catre. A pesar de que nuestro régimen de vida es monástico, se nos permite comer carne tres veces a la semana y legumbres otras dos o tres, porque hemos de estar fuertes para el combate. Los viernes, por supuesto, vigilia.

Los hermanos que se hallaban fuera llegaron y somos un total de catorce caballeros en la encomienda. Todos, excepto un servidor, visten la túnica blanca del Temple. Son ascéticos y resignados y cumplen la regla a rajatabla. Sólo en un aspecto he hallado cierta relajación y es en lo referente a los cabellos. Dice la regla que el buen *milites templi* no debe lucir melenas ni adornos en el pelo como las damas, así que estos deben llevar el pelo rasurado y portar barba. Sólo unos siete caballeros van de esta guisa, que, debo decir, se me antoja temible. Algunos llevan el pelo no largo, pero sí hasta por debajo de las orejas. Yo mismo me lo he cortado un poco. Hay dos o tres que exhiben inmensos bigotes a la costumbre de los francos. Todos tenemos una sola montura, y aunque la regla dice que se nos permiten hasta tres, tan sólo Jean tiene dos. Debo decir que en realidad nada es nuestro, nada tenemos, todo es de la orden y es el hermano procurador, Gustavo, de origen eslavo, quien nos da y nos quita.

Yo visto una túnica marrón, aunque me han proporcionado el resto del ajuar que corresponde a un caballero, esto es: dos camisas, dos pares de calzas de burel, dos calzones, un sayón, una pelliza, una capa, dos mantos —uno de invierno y otro de verano—, una túnica que en mi caso es marrón, un cinturón de cuero, un bonete de fieltro y otro de algodón. También me han dado un trapo para las comidas, una toalla, un jergón, dos sábanas, una manta de verano y otra de invierno y, por supuesto, las armas y el utillaje de caballero, que incluyen cota de malla, calzas de hierro, casco, yelmo, zapatos, espada, lanza, escudo, tres cuchillos, gualdrapa para el caballo con los colores del Temple, un caldero, un cuenco y tres pares de alforjas. Ellos visten túnicas blancas bajo la capa, con mangas estrechas y faldón algo corto para que no moleste en el combate. Casi todos llevan la cruz roja en el pecho. Dormimos todos juntos en el dormitorio comunal, en el primer piso del *donjon*. Según la regla las velas deben estar prendidas —para evitar contactos contra natura— y hemos de dormir con la camisa y el calzoncillo puestos por si el combate se hiciera necesario. No se permiten los adornos en monturas, riendas ni gualdrapas que no sean los de la orden, y tampoco los lujos en espuelas, escudos o armas.

Estos caballeros son un ejemplo de voluntaria renuncia. No veo, de momento, nada raro en ellos. Lo único impuro que he detectado hasta el momento es la relación, que según me cuentan Toribio y Tomás, existe entre el hermano cirellero, un caballero llamado Beltrán procedente de la Gascuña, y uno de los armigueros de la encomienda. Además, claro, debo relatar el asunto de mi compañero o «tutor», Robert Saint Claire. Como ya sabéis, el joven inglés ocupa un lugar preeminente y, según me dijo mi buen amigo Jean, tiene un brillante futuro en la orden. El padre de Robert no fue templario como el de Jean, pero está, si cabe, mejor relacionado que aquél. Según me contó mi comendador Henry Saint Claire, el padre de Robert, acompañó al fundador de la orden, Hugues de Payns, en la cruzada, o sea, en su primer viaje a Palestina. Al parecer surgió una gran simpatía entre ambos hombres, una amistad tal que Hugues de Payns desposó a la sobrina de Henry Saint Claire, o sea, a la prima de mi compañero Robert. En la dote se incluían tierras en Escocia, de manera que el primer Gran Maestre del Temple pasó mucho tiempo con los Saint Claire, con los que estrechó aún más los lazos. Los Saint Claire son una familia de origen normando que pasó a Inglaterra desde Francia con las huestes de Guillermo *el Conquistador*, y poseen un feudo en un lugar llamado Rosslyn. Como veis, me hallo rodeado de hombres que descienden de personajes importantes en la creación del Temple, y aunque no comparto vuestra teoría de la conspiración contra la Iglesia, debo reconocer que éste parece un negocio dominado de inicio por unas pocas familias. Como os decía, Robert Saint Claire tiene un problema: fue inducido por su padre a profesar, y hasta hace un tiempo se hallaba contento con su futuro destino de gerifalte del Temple, pero un obstáculo se cruzó en su camino, la joven hija de un burgués afincado en Chevreuse con la que lleva viéndose cerca de un año. Está enamorado hasta los tuétanos, según me confesó después de pasar un mes sin poder ver a su amada, ya que no tenía permiso para separarse de mí, mientras charlábamos en una de nuestras rondas por estos dominios. El joven me lo confesó todo y debo decir que depositó en mí una confianza digna de encomio, porque si yo hubiera sido de otra manera el castigo hubiera sido durísimo. Quiere dejar la orden pero no sabe cómo planteárselo a su padre, que se lo tomaría como una auténtica deshonra familiar. Gracias a que él se está viendo con su amada en este mismo momento y en esta posada, os he podido escribir estas letras. De momento, poco más os puedo contar; no sé cuándo podré volver a enviaros una misiva. Espero que sea pronto.

Hasta la fecha no veo motivos para pensar que estos Pobres Caballeros de Cristo pretendan atentar contra Nuestra Santa Madre Iglesia. Por cierto, he planteado a mi comendador mi deseo de ir a Tierra Santa y me ha desilusionado diciendo que no se está en la orden para cumplir deseos personales y que si uno quiere ir a un lugar te envían a otro. No obstante, ha insistido en que puedo ser muy útil. Me intriga por qué razón.

Vuestro Servidor en Cristo,
RODRIGO ARRIAGA

---

*Primero de julio del Año
de Nuestro Señor de 1140*

A la atención de su Paternidad,
Silvio de Agrigento, de su servidor
Giovanno de Trieste

Su Paternidad, os escribo estas letras al saber que nuestro caballero, Rodrigo, ha conseguido enviar su primera carta. Debo decir que también a mí me ha resultado muy difícil haceros llegar esta misiva, pues estamos sometidos a una vigilancia continua no porque sospechen de nosotros, sino porque aquí se vive como en un monasterio —o peor— y resulta imposible salir de la encomienda o ausentarse a solas, ya que incluso los sargentos van por parejas a fuer de evitar tentaciones, controlándonos los unos a los otros. Paso todo el tiempo junto a Toribio, quien, después de más de un mes de reclusión, escasa comida, poco sueño y obligada castidad, comienza a mostrarse como una bestia enjaulada. Me temo que su concupiscencia pueda incluso dar al traste con la misión, porque cuando pasamos por el pueblo o por los caminos se desvive lanzando miradas e incluso requiebros a las mozas que nos cruzamos.

Solicito instrucciones al respecto.

A mí mismo se me hace a veces insoportable la estancia aquí, y no por la disciplina que, como hombre de armas, me agrada. No soporto la falta de conversación, aunque entre los sargentos el clima es algo más relajado que entre los caballeros. Aquí hablar en vano está mal visto, y ya sabéis que a los militares como yo nos gusta la buena conversación, los dados, las chanzas al fuego del campamento y la camaradería. A pesar de ello, no padezca vuesa merced, estoy aquí cumpliendo una misión y por dura que sea la llevaré a cabo. He podido enviar estas letras, como Rodrigo, gracias a la concupiscencia de mi compañero. En estos momentos se alivia con una puta que ejerce junto a la carnecería, cerca del río. Nos han enviado a recoger unas mulas que donaba el molinero y Toribio me «ha convencido» para que le permitiera pasar unos momentos de solaz.

Rodrigo Arriaga se ha integrado con normalidad. Como novicio está por debajo en el escalafón de todos los caballeros, pero es algo que asume con suma dignidad, aplicándose con rigor al combate en los entrenamientos. A todos ha sorprendido su manejo del cuchillo y debo reconocer que es bueno con la espada; aunque flojea algo más en el uso de la maza y la lanza, monta muy bien.

Ni Toribio ni yo tenemos mucho tiempo para hablar con él más que en las raras ocasiones en que, junto a Tomás, el caballero nos visita en las caballerizas. Apenas si podemos intercambiar vivencias y murmuraciones. En esta orden no hay lugar para hacer el zángano, siempre hay que estar haciendo algo de provecho. Hasta los caballeros se han de zurcir la ropa y velar por el buen estado de sus armas. Tomás es el que nos sirve de enlace con Rodrigo, pues es su escudero. No hemos averiguado gran cosa, aunque el éxito de nuestra misión depende de que nuestro hombre sea nombrado, en efecto, caballero, y se infiltre en la orden como uno más. Se rumorea que esto se producirá pronto. Es en este punto en el que quería resaltar que, a mi parecer, Rodrigo Arriaga se ha metido demasiado en el asunto. Creo que como espía debe de ser bueno, porque se ha aplicado tanto a ser, parecer y comportarse como un templario, que da la sensación de creer lo que dice. El otro día el propio Toribio quedó sorprendido cuando su amo le espetó que nunca había pensado ingresar en un convento pero que la vida en el cenobio, la oración, el ayuno y el silencio le estaban haciendo, por única vez en los últimos años, sentirse bien consigo mismo, en paz.

Mal asunto. Espero que podamos averiguar algo pronto.

Vuestro humilde servidor Giovanno de Trieste,
SARGENTO MAYOR DE LA GUARDIA DE S.S.

Ultimátum[5]

En las escasas ocasiones en que Rodrigo y Robert Saint Claire salían a solas por los caminos del valle de Chevreuse, el joven templario aprovechaba para encontrarse con su amada, Clara. Arriaga no escribía a Silvio de Agrigento. ¿Qué iba a contarle? Nada extraño había en el comportamiento de sus compañeros de encomienda, aparte de los celos típicos que aparecían en todos los cenobios. Rodrigo notaba que su presencia no era muy del agrado de dos de sus confreres: un caballero llamado Roger, hijo de un burgués parisino, y Arnaldo, un pomposo noble de origen bretón. Intentaba no frecuentar su compañía, aunque tampoco tenía demasiado tiempo libre para andar charlando con unos y otros. Su instrucción satisfacía a Jean, que se mostraba muy contento con la presencia de su viejo amigo en la comunidad templaria de Chevreuse. La mayoría de las decisiones referentes a la gestión de la encomienda se tomaban en las reuniones del capítulo de la misma, que tenían lugar en la sala capitular sita en el segundo piso del magnífico *donjon* del castillo. Jean se mostraba receptivo a las sugerencias de sus hermanos y solía aceptar las decisiones alcanzadas por mayoría. A Rodrigo se le permitía asistir a las reuniones del capítulo sin voz ni voto, para que fuera familiarizándose con sus futuros compañeros y con el funcionamiento de la encomienda. Los días transcurrían de manera rutinaria entre entrenamientos, a veces en el patio de armas del *château* y otras en una planicie que había junto al río, al no-

5. Último aviso.

reste del pueblo. Allí era donde los catorce caballeros se ejercitaban con sus caballos, realizando cargas como un solo hombre, cubiertos con sus pesadas armaduras y todos los pertrechos. *Zeus*, el inmenso caballo del Pirineo que montaba Rodrigo, era una bestia imponente, no rehusaba el combate ni se asustaba ante el estruendo del choque de las armas. Estaba satisfecho con aquella bestia.

Arriaga se hallaba moderadamente contento con su nueva vida, no en vano era soldado. El recogimiento y la oración no venían mal a su perturbado espíritu, por lo que comenzaba a agradarle la idea de profesar como caballero templario. No veía nada raro en el proceder de los pobres caballeros de Cristo, luego, ¿qué iba a decirle a Silvio de Agrigento? Era evidente que era un recién llegado y que no iban a confiarle los secretos de la orden pero, por otra parte, la conducta de los caballeros, su renuncia y su duro modo de vida, no le hacían pensar que pudieran ser una amenaza contra la Iglesia. Por otra parte, si no lograba descubrir nada, ¿cumpliría su promesa Silvio de Agrigento? ¿Exhumarían los restos de Aurora y le darían los últimos sacramentos? Si no había nada que demostrar, nada raro, nada oculto, Silvio de Agrigento debería darse por satisfecho. ¿O no?

Siempre le quedaría la opción de aplicarse a ser un buen caballero y rezar a la Virgen para que aceptara su alma a cambio de la de Aurora. Si moría en combate contra el infiel tenía asegurada la gloria y quizá podría ofrecerse a cambio de ella. Seguro que Nuestra Señora aceptaba su sacrificio.

Corrían los últimos días de julio cuando Rodrigo se llevó una sorpresa. Aprovechando que los habían enviado a cobrar el diezmo al molino, Robert se citó con su amada en la posada. En aquellos días salían mucho de la encomienda, pues era el momento de la vendimia y los templarios habían de recoger su parte. Iban acompañados de Toribio y Giovanno, así que los tres aguardaron en la planta baja a Saint Claire. Pidieron una jarra de vino y al segundo trago Toribio solicitó a su amo que lo dejara acercarse donde la puta. Rodrigo lo miró con resignación y, tras pensárselo un poco, le autorizó a hacerlo. Entonces, la moza de la posada, Beatrice, la que enviara la carta a Silvio de Agrigento, se le acercó y le dijo:

—Alguien desea veros.

Rodrigo miró a Giovanno de Trieste, extrañado.

—Está arriba —repuso la joven.

Arriaga se levantó y siguió a la moza de formas redondeadas. Subió las escaleras tras ella, sin poder evitar reparar en el bamboleo de su oscilante trasero. Olía a lavanda y su sedoso cabello le llegaba casi a la cintura. Las maderas del suelo del primer piso crujían. Le pareció escuchar unos gemidos al pasar junto a una puerta: debían de ser Robert Saint Claire y su amada. Entonces, Beatrice se volvió y mostrándole su mejor sonrisa le abrió la puerta del cuarto de enfrente. Sus ojos eran bellos, verdes, y su sonrisa cálida. No pudo evitar sorprenderse al ver a Silvio de Agrigento sentado a una mesa y enfrascado en la lectura de un sinfín de papeles y memorandos.

—Loado sea Dios —dijo el diácono, que vestía una sencilla túnica de cura de pueblo.

—¿Vos aquí?

—Vaya, esperaba un recibimiento más caluroso. Sentaos y servíos un poco de vino.

La puerta se había cerrado tras la salida de la joven y los dos hombres se quedaron a solas.

Rodrigo se encaminó hacia la mesa y, tomando la jarra de arcilla, llenó los dos cuencos de madera.

—Recuerdo nuestro primer encuentro, Arriaga.

—Sí, fue algo violento.

—¿Violento? ¿Acaso no recordáis que a pocas me matáis?

Arriaga sonrió.

—Sí, dómine, sí. ¿Qué os trae por aquí?

—Mi señor Lucca Garesi está preocupado. ¿Cuánto tiempo lleváis en la encomienda?

—Creo que dos meses. Algo más.

—Y en dos meses sólo hemos recibido una carta.

—Señor, haceos cargo de que no es fácil enviar misiva alguna. La Regla nos prohíbe hablar, besar o incluso escribir a la familia sin permiso de nuestros superiores.

—Ya, ya.

—Además, no podemos salir así como así de la enco...
—Ahora estabais solos.
—Excepcionalmente.
—Bien que habéis aprovechado para hacer de alcahueta y permitir a Saint Claire folgar con la moza. —Rodrigo hizo un gesto de desagrado—. No, no. No penséis que me parece mal; al contrario, tendréis algo con qué chantajearle en el futuro. Seguro que sabe cosas.
—No puedo creerlo.
—¿No erais espía? Así funcionan las cosas en vuestro mundo, ¿no?
—Sí, dómine, en efecto. Así funcionaban las cosas en mi mundo.
—¿Y? Habláis en pasado.
—Es que no creo estar seguro de volver a él. Los engaños, los venenos, chantajear a los demás...
—Vaya, mi señor, el Ilustrísimo cardenal Garesi tenía razón. Os han convencido. Sois uno de ellos.
—No. O sí. No lo sé. Sólo digo que los templarios no hacen mal a nadie. Gestionan bien sus tierras y con los beneficios mantienen tropas en Tierra Santa. Si no fuera por ellos, años ha que estaría en manos de los infieles.

Silvio de Agrigento lo miró con detenimiento, paladeando su vino. Entonces, calculadamente, dijo:
—¿Y vuestra Aurora? Si no cumplís vuestra parte del trato morará eternamente...

Rodrigo dio un puñetazo en la mesa.
—¡Basta! —gritó—. Hicimos un trato y Rodrigo Arriaga siempre cumple lo que promete. Haré el trabajo para vos e investigaré hasta donde pueda, pero...
—¿Sí? —contestó el cura con cierto aire cínico.
—Si no hay nada que averiguar cumpliréis igualmente vuestra parte del trato.
—Me parece bien, pero yo diré cuándo acaba este trabajo.
—¡¿Cómo?!
—No seáis ingenuo, Rodrigo. Se hace evidente que habéis hallado consuelo en la oración y en la vida monacal; os reconforta y me alegro. Pero no podéis olvidar que vuestros

nuevos hermanos sufrirían una gran decepción si supieran que ingresasteis en la orden como espía. Pensad en vuestro buen amigo Jean, ahora tan pío, tan responsable, tan feliz de veros progresar.

—Sois un hijo de puta. Si al final de este negocio Aurora no sale del infierno, moriréis como una rata. ¡Lo juro!

Silvio de Agrigento volvió a sonreír. Entonces su rostro se tornó serio y dijo:

—Resultados, Arriaga, quiero resultados. Permaneceré por aquí, cerca.

—¿Y cómo os podré localizar si averiguo algo?

—Tranquilo, hijo, yo me pondré en contacto con vos —contestó el sacerdote, haciendo la señal de la cruz sobre Arriaga para dar por terminada la conversación.

Rodrigo pasó los dos días siguientes de mal humor, taciturno y reflexivo en exceso. No le agradaba Silvio de Agrigento. El enviado del cardenal Garesi parecía muy seguro de que los templarios ocultaban algo con lo que habían chantajeado a Su Santidad, pero, aunque así fuera, ¿cómo iba a averiguarlo él, un recién llegado, un aspirante a *milites*? De momento lo único que podía hacer era aplicarse a la tarea que le habían encomendado: ser un buen novicio para terminar convirtiéndose en caballero lo antes posible. Tuvo pesadillas durante varias noches, en las que se agitaba confuso entre sueños y no recordaba nada al despertar.

Una noche, tras el oficio de completas, Jean le pidió que lo siguiera, quería hablar con él.

—Pero, debo ir a dormir... —dijo Rodrigo.

—Soy vuestro comendador, ¿no? Estáis dispensado de ir a la cama, tenemos que hablar.

Aquello sonó mal de veras a los oídos del aspirante. Subieron al segundo piso del inmenso *donjon*, donde, junto a la sala capitular, el comendador tenía su despacho.

—Pasad, Rodrigo, sentaos —dijo Jean sacando una botella de cristal tallado y dos vasos de un arcón.

Sirvió un poco de un líquido opalescente para ambos y se

dejó caer en su silla, agotado, con los pies en la inmensa mesa de nogal.

—Bebed, amigo —ordenó.

—Pero... ¿se nos permite?

—Desde luego que no. Es moscatel. Bebed. Por los viejos tiempos.

Ambos entrechocaron los rústicos recipientes de madera y, tras beber, se miraron.

«Está dulce», pensó Arriaga.

—Rodrigo, os tengo que decir una cosa.

—¿Cómo? ¿Ocurre algo? —preguntó el confundido espía.

—No, no, no temáis. No es nada sobre vos. Es más, estamos muy contentos con vuestros progresos —¿había dicho «estamos»?— y desde arriba me han ordenado que acelere vuestro ingreso en la orden. A nadie se le escapa que sois hombre de armas, pero sobre todo les interesa vuestra otra faceta.

—¿La de espía?

—Sí, más o menos, pero recuerdo que hablabais bien el hebreo, la lengua de oc, francés normando, el aragonés y creo que el árabe también, ¿no?

—Sí, pero de eso hace tiempo.

—Al menos vos aprovechasteis bien las lecciones que nos dieron en París.

—Eso creo, sí. ¿Qué ocurre entonces, Jean?

—Bueno, Rodrigo, es sólo que me preocupa uno de vuestros hombres, ese...

—Toribio.

—Sí, ese Toribio. Creo que su comportamiento es algo inadecuado. No somos tan severos con los sargentos como con los caballeros, pero los votos... visita a una puta junto a la carnicería y el otro día unos mozos lo sorprendieron folgando con una zagala junto al pajar de su casa.

—¡¿Cómo?! —exclamó Rodrigo haciéndose el sorprendido.

—Lo que oís. Sale de noche de la encomienda.

—¿De noche? ¿Por dónde?

—Esa no es la cuestión, amigo. No queremos libertinos en esta casa. Me resulta difícil manejar a tantos hombres de combate encerrados como bestias, pues cualquier pequeño privilegio puede dar al traste con la disciplina necesaria. Ese Toribio no parece a gusto aquí. Hablad con él. No quiero que puedan pensar que por ser sirviente vuestro tiene un trato de favor. Ya me cuesta bastante trabajo mantener a raya al hermano Roger como para buscar más complicaciones.

—No tengáis cuidado, hablaré con él. Siempre ha sido un hombre de sangre caliente y poco a poco se acostumbrará a esto. Roma no se hizo en un día —repuso Arriaga reflejando la preocupación en el rostro.

Aquella misma noche Rodrigo esperó a que todos estuvieran dormidos para levantarse con mucho sigilo. Aguardó a hallarse en la escalera para encender una vela y se dirigió hacia el edificio de la entrada, al dormitorio de los sargentos. Caminaba de puntillas, esperando que nadie lo oyera. Cuando llegó donde Toribio, comprobó que éste roncaba sumido en un profundo sueño.

Lo despertó con sumo cuidado y le susurró que le siguiera, en un tono que no dejaba lugar a la duda. Salieron fuera, bajo el pórtico de la gran puerta de entrada al castillo. Rodrigo tuvo la prudencia de apagar la vela.

—¿Qué habéis hecho, insensato? —le dijo a Toribio.

—¿Yo?

—Sí, el comendador me ha llamado la atención sobre vuestras salidas noctur...

Rodrigo se quedó de pronto en silencio. A lo lejos, hacia la cara noroeste del castillo, cinco figuras caminaban en fila. Llevaban enormes mantos blancos y cubrían sus rostros con amplias capuchas.

Toribio se giró y dijo:

—¡Pardiez! ¿Quiénes son esos?

—¡Vamos! —ordenó su amo tomándolo por el brazo. Los encapuchados habían bajado ya por la escalera que, junto al muro norte, daba a las estancias subterráneas. Rodrigo y Toribio caminaron con cuidado y al llegar a los primeros peldaños descendieron con sigilo. Ya en el primer piso del subterráneo, que hacía las veces de bodega y despensa, pasaron entre los barriles y cajas y bajaron con cuidado al siguiente nivel donde, tras un estrecho pasillo abovedado, se accedía a un distribuidor al que se abrían tres celdas. Sólo dos presos permanecían recluidos allí: un estafador detenido por vender falsas reliquias y un ladrón de poca monta. Los ronquidos demostraban que los dos proscritos dormían. Un piquero que había de vigilar cabeceaba apoyado en una silla. Al fondo del pasillo se adivinaba luz bajo un pequeño pero recio portón. Arriaga y Toribio se acercaron y escucharon voces, como un murmullo. Luego comenzó a percibirse algo así como un canto monótono que resultaba ininteligible.

Se miraron el uno al otro, intrigados. ¿Qué sería aquello?

Esperaron un buen rato pero no sacaron nada en claro; sólo reconocieron la voz de Jean y de Gustavo, el hermano procurador. No se entendía lo que decían. ¿Qué harían allí reunidos aquellos cinco individuos?

—Vámonos, Toribio, pueden descubrirnos.

Por el camino de vuelta Arriaga recriminó a su sirviente y amigo sus salidas nocturnas. Le ordenó que no contara nada de aquella reunión secreta ni a Giovanno ni a Tomás. No se fiaba de ellos.

No quiso ser muy duro con Toribio, pues gracias a sus correrías nocturnas había descubierto algo. Se apresuró a llegar cuanto antes al dormitorio para ver qué camas se hallaban vacías. Éstas eran la de Jean, la de Gustavo, la del hermano Roger, la de Beltrán el sodomita y la de Robert Saint Claire, por supuesto.

¿Qué hacían esos cinco reunidos en secreto?

Trahit sua quemque voluptas[6]

Las siguientes jornadas no fueron agradables para Rodrigo. La misteriosa reunión nocturna que había presenciado junto a Toribio hacía sospechar al novicio que Silvio de Agrigento podía tener razón. ¿Habría algo oscuro en todo aquello? No quiso decírselo a Toribio pero aquel murmullo que habían escuchado le había sonado a una de las lenguas que aprendiera de joven: el hebreo.

Silvio de Agrigento le había dicho que uno de los motivos que los había llevado a elegirlo para aquella misión era que de joven había estudiado la lengua de los judíos.

¿Qué podían estar haciendo unos templarios cantando en hebreo? No se le ocurría una respuesta lógica. ¿Qué hacían aquellos cinco caballeros en el subterráneo y a aquellas horas de la noche? Fuera lo que fuese no debía de ser algo bueno, porque era obvio que se ocultaban. ¿Qué asuntos se trataban allí que no podían ser vistos en las reuniones del capítulo de la encomienda?

Todo aquello dejó en Rodrigo una mala sensación que, para colmo, terminó con unos sucesos que tuvieron lugar una tarde de finales de julio. Robert y él salieron a recoger con unos peones el diezmo correspondiente a la vendimia de las tierras de una conocida familia del pueblo, los Regard. Aprovechando el tedioso proceso del pesaje de la parte que correspondía a la orden, Robert se ausentó para verse con su moza, Clara. Corría la hora sexta y hacía un calor horrible para aquellos lares. Un

---

6. A cada cual lo arrastra su placer.

buen rato después de que se hubiese ausentado Robert, Arriaga oyó gritos. Estaba tumbado en un ribazo y casi se había quedado dormido, así que se levantó y acudió al camino principal que cruzaba el pueblo. Vio a tres jóvenes con horquillas y hoces que caminaban hacia la posada. ¿Qué ocurría?

Montó en su caballo y se dirigió hacia allí al trote. Vio de reojo que Toribio y Giovanno le seguían caminando a paso vivo. Al llegar a la posada divisó a más de cuarenta personas aporreando la puerta que estaba cerrada. Al fondo, junto a la entrada de las caballerizas, vio a la moza de Robert, Clara. Llevaba un camisón por única vestimenta y tenía el rostro y las manos manchados de sangre. Alguien la había cubierto con una manta y dos mujeres la consolaban.

—¡Asesino! ¡Asesino! —gritaba la joven fuera de sí.

Los envites de aquellos campesinos fueron creciendo y los goznes de la puerta cedieron. Apareció tras ella Luis, el posadero, el padre de la bella Beatrice, un hombre de pelo canoso y largo y cuerpo orondo. Éste decía:

—¡No! ¡No!

—¡A por ese maldito templario! —gritó alguien haciendo entender a Rodrigo que aquella turba estaba allí para linchar a Robert. A pesar de que no llevaba cota de malla bajo la sobreveste y que no disponía de yelmo ni más arma que su espada, Arriaga embistió a los lugareños con su enorme caballo despejando al instante la puerta.

Alguien comenzó a tirar piedras, descabalgó y entró en la posada. Luis el posadero atravesó un banco en la puerta, atrancándola. Pese a ello, quedó entreabierta.

—¿Qué pasa aquí? —acertó a decir Rodrigo esquivando una piedra que casi le rozó la sien.

—¡Ay, señor Rodrigo! ¡Una desgracia! ¡Una desgracia! ¡En mi casa!

El aspirante a templario observó a Beatrice, que miraba asustada desde la cocina, y le dijo:

—Sal por atrás y vete donde la encomienda, avisa de que vengan a auxiliarnos, ¡rápido!

Mientras la chica se daba la vuelta, un inmenso estruendo hizo que Rodrigo se girase y comprobase que habían derribado la puerta y la bancada que la atrancaba. Espada en mano, se dirigió hacia allí y se encontró con un tipo enorme, barbudo, al que le parecía conocer de algo. Éste intentó golpearle con una tranca pero él, más ágil y entrenado, se agachó y le golpeó en la entrepierna con la guarda de su espada. Cayó como un peso muerto. Luego entraron dos paisanos en tromba. Arriaga frenó con la toledana una horquilla que quedó a apenas tres dedos de su cara, y entonces sacó el cuchillo del cinto con la zurda y largó un zarpazo que hirió en la cara al segundo campesino, que iba armado con un hacha. El pobre posadero lanzó un taburete e hizo retroceder a los nuevos agresores que intentaban entrar en su local. Rodrigo se deshizo del agresor de la horquilla partiendo el mango de ésta de un certero mandoble, y aquél huyó despavorido hacia la cocina.

Entonces se oyeron gritos fuera y aparecieron Toribio y Giovanno en la puerta, con las espadas desenvainadas.

—¡Loado sea Dios! —exclamó Rodrigo—. Esperad ahí y mantenedlos a raya. Beatrice ha ido por refuerzos.

Dicho esto, corrió escaleras arriba y se encaminó al cuarto donde Robert solía verse con su amada. El panorama era desolador. Un lugareño de mediana edad y bien entrado en carnes yacía despanzurrado boca arriba en el lecho. Todo estaba cubierto de sangre. Unos sollozos y una suerte de letanía incomprensible le hicieron asomarse al borde de la cama. Suspiró al ver que Robert estaba vivo. Parecía ido. Tenía las manos en la cara y estaba cubierto enteramente de sangre. En el suelo había un hacha; sin duda, del campesino. Dos pasos más allá estaba la espada de Saint Claire, cubierta de sangre hasta la empuñadura.

—Pero... —acertó a decir el aragonés— Robert, ¿qué has hecho?

El joven levantó la cabeza mirándolo como un loco, se incorporó y corrió hacia la ventana para lanzarse por ella. Rodrigo logró sujetarlo con fuerza, pero Robert comenzó a golpearse la cabeza contra las paredes. Entonces creyó escuchar el pesado trote de los caballos de guerra. ¡Los refuerzos!

Afortunadamente, Giovanno, Toribio y Luis, el posadero, entraron en la habitación y lo ayudaron a sujetar a aquel loco que quería quitarse la vida.

Y

Era ya de madrugada cuando lograron sacar a Robert Saint Claire de la posada de Luis. Los campesinos se dispersaron a la llegada de los caballeros, aunque quedaron pequeños grupos aquí y allá que hacían peligroso sacar al joven templario de la posada. La gente del pueblo parecía molesta, harta; aquello no cuadraba con la idílica imagen que Jean había proporcionado de las relaciones de los templarios con sus siervos del pueblo de Chevreuse. Fue después de maitines, más cerca de vísperas quizá, cuando la ausencia de paisanos hizo prudente el traslado de Robert al *château*. Jean dio la orden. Iba escoltado por el comendador, Rodrigo y otros tres caballeros. Tuvieron que atar al joven de pies y manos para evitar que se hiciera daño a sí mismo. No parecía soportar el rechazo de su amada, que lo había maldecido por matar a su padre. Éste, al parecer, había sido informado por algún desalmado de que un templario se veía con su hija en la posada, y el hombre acudió armado con un hacha para vengar su honra. Saint Claire había sido entrenado para matar. No es buen negocio atacar a un hombre de armas; Rodrigo lo sabía por propia experiencia: reaccionan primero y piensan después. El joven templario había reaccionado de manera instintiva, como le habían enseñado, y antes de que hubiera podido darse cuenta, el padre de su moza yacía despanzurrado en el tálamo donde momentos antes se amaba con la mujer que le había hecho perder la razón.

Ella reaccionó mal: salió a la calle presa del pánico y gritó a los cuatro vientos que un maldito templario había asesinado a su padre. Le echó a todo el pueblo encima. Robert no lo podía soportar. Quería morir. Lo dejaron atado al lecho en un cuarto de la sólida y redonda torre que quedaba al noreste. Aun así, Jean ordenó que dos sargentos vigilaran a aquel desgraciado, no fuera que lograra liberarse de las ataduras y saltar al vacío. El comendador eximió a Rodrigo de acudir a los oficios y le ordenó que durmiera todo lo que su cuerpo le pidiera; no en vano había estado sometido a una situación de extrema tensión. Según le dijo Jean, se había comportado como un auténtico héroe, un verdadero templario, al arriesgar su vida para salvar a Robert.

Y

Cuando Arriaga despertó comprobó que la luz del sol entraba por una de las amplias ventanas del dormitorio. Era tarde. Se acercaba la hora tercia, así que tras colocarse la sobreveste y calzarse las botas acudió a la cocina, donde le dieron algo de queso y vino aguado para desayunar. Además, como ya había trascendido lo ocurrido en el pueblo, el cocinero le cortó un par de tajadas de buen tocino, que con el pan recién hecho le supieron a gloria. Aquello era gula, pero estaba cansado y se lo merecía. Cuando salió al patio de armas se encontró a Jean, que venía de ver al cautivo, y éste le hizo una seña para que le siguiera a la muralla norte. Allí, mirando sus dominios desde las alturas, el comendador le hizo situarse junto a él.

—Esto es precioso, ¿verdad?

Rodrigo asintió.

—¿Cómo os encontráis después de los sucesos de ayer?

—No sé, cansado, confuso quizá.

—Deberíais haberme contado lo de Robert.

—No lo creí así. Soy un recién llegado. No quise meterme en asuntos que no fueran de mi incumbencia.

—Lo que hace un hermano es de la incumbencia de todo el capítulo y más si se trata de algo como esto —repuso el comendador con cara de pocos amigos—. Os pidió colaboración, ¿no?

—Sí.

—Loco insensato —dijo Jean refiriéndose al joven Saint Claire—. Lo ha estropeado todo. Tenía un futuro brillante en la orden. Viene de una familia de mucho peso. Su padre y Hugues de Payns eran...

—Íntimos. Lo sé.

—Lo ha echado todo a perder, ya veis, por un simple revolcón.

—Está enamorado.

—¡No puedo creer lo que oigo! Será idiota. ¿No podía haberse limitado a folgar con la moza como hace vuestro Toribio y tantos otros?

—El otro día dijisteis que esa conducta era muy grave.

—¡El otro día no había un muerto por medio! Los votos

son sólo eso: ¡votos! ¡Obediencia! ¡Castidad! ¡Pobreza! Todos los votos se pueden romper; no se debe, pero a veces ocurre. Somos humanos. La Iglesia está llena de curas, frailes y monjas que incumplen a veces sus votos. No está bien, Rodrigo, pero es un pecado como otro cualquiera. Si uno se arrepiente, si hay propósito de enmienda y se acude de inmediato a confesar la falta, Nuestro Señor nos perdona. El pecado queda lavado y ¡hala, a vivir! ¡Pero, no! ¡Este idiota se ha enamorado! ¡Un futuro preboste de la orden, quizás un Gran Maestre, enamorado de una plebeya! ¿Qué le digo yo ahora a su padre?

Rodrigo quedó algo impresionado por la flexibilidad que mostraba De Rossal con respecto a las faltas de la carne. ¿Sabría lo del caballero Beltrán y el armiguero? Seguro que sí. Jean leyó el pensamiento a su amigo.

—No os asustéis. Está en la naturaleza del ser humano. Somos pecadores. Podemos controlarnos unos a otros; podemos estar sometidos a la más dura de las autodisciplinas, pero, a veces, los hermanos pecan. No es condescendencia, Rodrigo. Si no existiera la confesión y el perdón de los pecados no habría caballeros templarios, ni frailes, ni curas, ni cardenales. Esto es así. Siempre ha sido así y siempre lo será. Debemos perdonar como hizo Nuestro Señor con sus propios enemigos.

—Pero...

—¿Sí?

—He visto a la gente del pueblo algo soliviantada, como si nos odiaran... Ayer se sublevaron.

—Sí, Rodrigo, ahora lo sabéis. La gente, en el fondo, nos odia.

—¿Cómo?

—Como lo oís. Y si vais a ser uno de nosotros debéis acostumbraros. La obra de Dios no es un camino fácil. Ese hombre, el campesino al que Robert abrió en canal...

—¿Sí?

—Alguien le contó que nuestro amigo jodía con su hija.

—¿Y?

—Fue el cura del pueblo.

—¿Cómo lo sabéis?

—Yo sé todo lo que ocurre en el valle de Chevreuse, Rodrigo —dijo el comendador mirando a Arriaga con dureza. El espía sintió un escalofrío—. Ese cura nos odia.

—Pero ¿por qué? ¿Acaso no defendemos más que nadie los derechos de la Iglesia?

—No seáis ingenuo, Rodrigo. ¿Conoces la bula *Omni Datum Optimi*?

—Por supuesto.

—El Papa nos otorgó privilegios, digamos que... sin precedentes. Sólo respondemos ante el capítulo general de nuestra orden y, si acaso, ante el mismísimo Pontífice, quien nos permitió cobrar el diezmo en nuestras encomiendas. ¿Me seguís?

—No sé...

—Sí, Rodrigo, el diezmo que antes cobraban muchos obispos glotones, lujuriosos e inoperantes ha pasado a nuestras manos en muchas comarcas, regiones y encomiendas. Han dejado de percibir unos buenos dineros por nuestra culpa. Encima, nosotros nos administramos bien. Allí donde ponemos el pie, la tierra florece y la riqueza surge. Es una cuestión de buena organización, de falta de despilfarro, de administración seria, justa y eficaz. Eso es lo que le ocurre a ese maldito cura, al que el diablo confunda. Desde que llegamos aquí nos ha intentado perjudicar con las más asquerosas calumnias. Tuvimos una gran polémica con el icono de Nuestra Señora que donamos a la Iglesia del pueblo.

—La Virgen Negra.

—El mismo. No lo quería colocar. Tuve que acudir a altas instancias. Su obispo no cobra ya diezmos aquí y eso hace que él mismo reciba menos dinero. Nos odia.

—Y por eso azuzó al padre de la moza a...

—Exacto. Y como él hay muchos, la verdad. El Temple es rico, amigo, y poderoso, y eso nos ha creado muchos detractores.

—Pero la gente del pueblo...

—Rodrigo, ¿conocéis algún pueblo, algún feudo, en el que los deudos estén contentos con su señor?

—La verdad, no.

—Pues eso.

—Pero el Papa, ¿por qué nos dio esas prebendas? ¿Qué sabemos?

Jean estalló en una violenta carcajada y miró a su amigo de la infancia con aire divertido.

—¡Rodrigo, Rodrigo! ¡Habladurías! No sabemos nada. ¡Nada! La explicación es mucho más simple y prosaica. No creas todo lo que te digan por ahí. Preguntad sin miedo, amigo. Nuestro querido papa, Inocencio II, fue monje del Císter, como nuestro protector Bernardo de Claraval. ¿Lo entendéis?

—Sí, claro.

—Bien, los primeros momentos de su pontificado fueron especialmente duros, pues tuvo que vérselas con el antipapa Anacleto. El negocio era difícil, pues ya sabéis como actúan los gobernantes y reyes de la cristiandad en estos casos: intentaron sacar tajada del cisma y no pusieron las cosas precisamente fáciles para Inocencio. La intervención de Bernardo de Claraval fue, una vez más, crucial. Él inclinó la balanza a su favor y el Papa nunca olvidará que está ahí gracias a nuestro querido mentor.

—Y en pago a aquella ayuda...

—Bernardo consiguió que promulgara la bula.

—¡Acabáramos!

—¿Veis? Las cosas son más sencillas de lo que parece. Todos nos envidian, Rodrigo y ¿sabéis por qué? Porque a pesar de nuestros pecados, y me refiero a casos como el de ayer, somos perfectos. ¡Perfectos! O casi. Pensad en la gente de armas. Vos mismo fuisteis soldado. ¿Cómo son los caballeros? Decidme.

—¿La gente de armas? —pensó Arriaga en voz alta—. Pues... ruda, sin duda, acostumbrada a tirar de hierro a la mínima...

—¿Bebedores?

—Mucho. Amantes del vino y las cogorzas más extremas. Comedores de carne en exceso.

—¿Fornicadores?

—Sí, claro, amigos de putas y, en la guerra, violadores. He visto a buenos caballeros comportarse como auténticos bárbaros.

—¿Modestos?

—No, qué va, unos fanfarrones. Muy amigos de los perifollos, los palafrenes y escudos llamativos.

—¿Y sus atuendos?

—Qué os voy a decir... he visto armaduras y sobrevestes

más bonitas que los vestidos de las damas de la más lujosa de las cortes; y espuelas de oro, cintas y gallardetes de seda.

—¿Y los cabellos?

—Largos, como los de las mujeres.

—¿Son píos?

—No, en absoluto.

—Bien. Ahora comparad con el Temple a esa gentuza que asola Europa y, a veces, Tierra Santa. Comparadlos con nosotros: ascéticos, puros, sin afeites, ni cintas, ni alardes. Sin posesiones personales. Los caballos, sin adornos, todos iguales. Cumplimos con la disciplina militar y la vida conventual. Estamos dispuestos a dar la vida por Nuestro Señor Jesucristo en cualquier momento. La orden no paga rescate por sus caballeros cuando éstos caen cautivos. ¡Ni siquiera por el Gran Maestre! No valemos nada, sólo lo que vale un *Milites Christi* en combate. ¿Resiste la caballería seglar la comparación?

—En absoluto.

—Pues he ahí la cuestión. Por eso nos envidian y por eso los jóvenes idealistas de las mejores familias de Europa acuden a alistarse al Temple como las moscas a la mierda. Somos lo mejor que tiene el Papado a su servicio y la Iglesia lo sabe.

—Dicho así...

—Mirad, Rodrigo, este asunto de Robert se nos ha ido de las manos. Os necesito, no tengo a mi disposición a nadie de confianza al no contar con el joven Saint Claire y no podemos esperar. Vais a ser miembro de pleno derecho de la orden. Preparaos para la ceremonia: será mañana. ¿Estáis listo?

Rodrigo se sintió invadido por una gran ilusión, como no sentía desde que era mozo. ¿Qué tenía aquel ideal, aquella orden, que le hacía sentirse así?

—Sí, lo estoy —se oyó decir a sí mismo.

—Robert está en una mala situación. Nuestros enemigos van a pedir su cabeza.

—Pero actuó en defensa propia.

—Violó sus votos y todo el mundo lo sabe. Y a consecuencia de ello mató a un pobre desgraciado.

—Que le atacó.

—Sí, pero el pueblo ha dictado su sentencia. Un caballero

que desflora a una joven, un monje, a fin de cuentas, y encima va y mata al padre de la moza. Merece la horca.

—¡¿Cómo?!

—Tranquilo —dijo Jean alzando la mano—. Vestiremos de blanco al preso ése, al estafador. Pasará por Robert. Desde abajo, el pueblo no notará la diferencia.

—¿Al vendedor de falsas reliquias?

—Exacto. Cuando la cosa se calme, un par de días después de la ejecución, vos escoltaréis a Robert Saint Claire al Temple de París. Allí decidirán qué hacer con él, pues tenemos nuestra propia justicia. Esta noche ahorcaremos al preso. Así, en la oscuridad, el engaño saldrá mejor.

—Pero Jean, ese hombre no tiene culpa...

—¿Qué preferís, la vida de un desgraciado vagabundo por el que nunca nadie preguntará o la de vuestro amigo Robert? ¿Qué me decís del bienestar de la encomienda?

Rodrigo pensó que su amigo tenía razón. Total, había hecho y visto cosas mucho peores en su anterior vida de espía.

—Sea, pues —dijo Jean frotándose las manos—. Preparaos para la ceremonia. El hermano procurador os indicará.

Rodrigo no se atrevió a preguntar por la extraña reunión junto a las mazmorras.

In albis[7]

Un día entero es mucho tiempo a solas. De rodillas, casi a oscuras, excepto por la tenue luz de una vela en la pequeña capilla de la encomienda y ante la figura de una Virgen Negra, Rodrigo tuvo la oportunidad de hacerse una idea de su nueva situación.

Iba a entrar en el Temple. Se sentía ilusionado, como un niño. La vida en la encomienda, la rutina, la oración, el entrenamiento... todo formaba parte de un ritmo pausado de vida, algo duro, con falta de sueño y frugalidad en las comidas, sí, pero una rutina a fin de cuentas que le proporcionaba una agradable sensación de seguridad. No pensaba en Aurora. Estaba haciendo lo posible por sacarla del infierno. Si cumplía con éxito la misión —e iba camino de ello, pues nada hacía sospechar que Silvio de Agrigento estuviera en lo cierto— sería exhumada, se le darían los últimos sacramentos y moraría en la Gloria para siempre, en tierra sagrada. Él, por su parte, expiaría sus culpas, las penas de su vida anterior de espía, de hombre de armas y de asesino, luchando con el Temple en Tierra Santa. A su manera, y por primera vez en mucho tiempo, se sentía feliz. Oyó desde la capilla la llegada de muchas monturas, y supuso que otros caballeros de encomiendas cercanas acudirían a su iniciación. Todo se había precipitado tras los acontecimientos de la posada. Robert Saint Claire había echado a perder un brillante futuro en la orden. De algún modo, lo había envidiado: era un joven de buena familia que ya ingresaba en la misma con las mejores re-

---

7. En blanco.

comendaciones, y cuyo futuro era, a ciencia cierta, ocupar un lugar principal en el Temple. Intentó desechar esos sentimientos oscuros. Debía presentarse al rito de la manera más pura, sin mácula. Era cierto que el Temple había comenzado siendo un proyecto de un grupo de amigos de lo más granado de la nobleza europea, pero ahora había alcanzado proporciones de verdadero estado y su empresa no tenía parangón: mantener Tierra Santa en manos cristianas. El propio Arriaga había peregrinado a Palestina con su fiel Toribio y sabía de las dificultades que entrañaba un viaje de aquellas características. Gracias a las órdenes del Temple y del Hospital, muchos peregrinos podían viajar con escolta por aquellas desoladas tierras en manos de los infieles. Pensó en Jean y en Robert. El primero, hijo de uno de los nueve míticos fundadores de la orden; el segundo, emparentado con el venerado y ya fallecido Hugues de Payns. Eran lo mejor de lo mejor: jóvenes, nobles, valientes y entregados al ideal del Temple. Jean había dicho a Rodrigo que necesitaba una mano derecha en la encomienda y, de momento, no podía contar con Robert; por eso había decidido que ingresara en la orden cuanto antes. Además, De Rossal necesitaba que Arriaga llevara a Saint Claire hasta París. Luego verían.

Después de una noche en vela y todo el día de ayuno la mente alcanzaba una suerte de iluminación, un grado sumo de perspicacia que hacía ver las cosas muy claras. Aquel era un ideal maravilloso al que servir. Sólo una suerte de sombra le hacía sentir algo de temor, como un velo de preocupación: la reunión en el sótano de aquellos cinco hermanos y sus cantos, al parecer, en hebreo.

Volvió a caer la noche y dos compañeros vinieron a por él. Un inmenso tonel abierto y lleno de agua caliente lo esperaba en el dormitorio. Dos armigueros lo ayudaron a tomar el baño ritual de purificación. El agua olía a esencias exóticas venidas de tierras lejanas. Tras el baño le pusieron una túnica blanca y le cubrieron el rostro con un suave velo semitransparente de gasa. Era noche cerrada, aunque hacía horas ya que había perdido la noción del tiempo y se sentía como mareado. Las rodillas le dolían y la espalda también. Iba descalzo. Rodrigo y los dos caballeros subieron a la sala capitular siguiendo la tenue luz de una palmatoria.

La falta de sueño, el ayuno y el cansancio físico le infundían una extraña sensación de irrealidad, como si estuviera soñando.

Entraron en el amplio salón, donde esperaban más de treinta caballeros. En el centro de la estancia había un círculo formado por pequeñas velas; el resto quedaba a oscuras. Jean se adelantó y le dijo a Arriaga que le guiaría en el proceso y que si tenía alguna duda sobre algún aspecto de la ceremonia podía preguntarle sin ningún problema. Dos caballeros se adelantaron para apadrinarlo: Gustavo, el Eslavo, y Beltrán, al que los armigueros y sargentos llamaban socarronamente *el Sodomita*. Roger, el parisino, lo miraba con odio desde la semipenumbra en que se hallaba el resto de los caballeros.

Un tipo inmenso, de cráneo rapado y espesa barba negra, dio un paso al frente. El ambiente era sobrecogedor. ¿Comenzaría en aquel momento alguna extraña y herética ceremonia de iniciación? ¿Qué le esperaba? No conocía todos los detalles del rito.

—Éste es el hermano Joseph, es el maestre provincial y representa al Gran Maestre en esta ceremonia —aclaró amablemente Jean.

Rodrigo inclinó la cabeza con respeto. El otro hizo lo propio.

El iniciado quedó solo en medio del círculo de velas y el hermano Joseph dijo con voz potente y cavernosa:

—¿Buscáis la compañía de la orden del Temple y deseáis participar en sus obras espirituales y temporales?

—Sí, es mi deseo —contestó Arriaga, reparando en las espesas y negras cejas del maestre provincial.

—Buscáis lo que es grandioso pero no conocéis los duros preceptos que se observan en la orden. Nos contempláis con hermosos hábitos, con gallardas monturas, perfectamente equipados, pero no podéis conocer la vida austera de la orden, pues si deseáis vivir a este lado del mar, seréis llevado a ultramar y viceversa; si deseáis dormir tendréis que levantaros, y caminar hambriento si habéis deseado comer. ¿Aguantaréis todo esto por el honor de Dios y la salvación de vuestra alma?

Rodrigo contestó afirmativamente. El otro continuó:

—Queremos saber si creéis en la fe cristiana, si estáis de acuerdo con la Iglesia de Roma, si os habéis comprometido con otra orden o estáis vinculado por matrimonio. ¿Sois caballero nacido de matrimonio legítimo? ¿Estáis excomulgado por vuestra falta o por otra razón? ¿Habéis prometido algo o hecho algún regalo a un hermano de la orden para ser recibido? ¿No estáis afectado por alguna enfermedad oculta que pueda imposibilitar vuestro servicio en la casa o vuestra participación en el combate? ¿No estáis cargado de deudas?

Rodrigo habló en voz alta:

—Sí, creo en la Iglesia de Nuestro Señor Jesucristo, estoy de acuerdo con la Iglesia de Roma; soy hombre libre; soy noble caballero, nacido de matrimonio legítimo; no estoy excomulgado; no he realizado regalo a hermano alguno para ingresar; no padezco enfermedad o dolencia que me impida el combate y no tengo deudas.

—Jurad.

—Lo juro.

Entonces, los dos hermanos que apadrinaban a Rodrigo lo acompañaron escaleras abajo, al patio de la encomienda. Hacía fresco. Lo dejaron allí solo y volvieron a subir. El novicio sabía que acudían a preguntar si alguien tenía algún impedimento para que el nuevo hermano ingresara en la orden. No fue así porque volvieron al poco.

Le preguntaron si insistía en su intención de ingresar en la orden y él contestó de nuevo que sí. Volvieron al capítulo y entonces Arriaga, sin el velo en la cabeza, se arrodilló en medio del círculo de luz y dijo:

—Señor, he venido ante vos y ante los hermanos que están con vos para solicitar mi ingreso en la orden.

Entonces le hicieron jurar sobre un extraño libro de color oscuro. Pensó que serían las Sagradas Escrituras.

El hermano Joseph habló:

—Debéis jurar y prometer a Dios y a la Virgen que obedeceréis siempre al Maestre del Temple; que guardaréis la castidad, los buenos usos y las buenas costumbres de la orden; que viviréis sin propiedad, que sólo guardaréis lo que os sea dado por vuestro superior; que haréis todo lo que podáis para conservar el Reino de Jerusalén y para conquistar lo que todavía no ha sido obtenido; que jamás iréis por vuestra voluntad a los lugares donde se mata, saquea o deshereda a los cristianos injustamente; y que si se os confían bienes del Temple, los guardaréis bien. Y no abandonaréis la orden, para mejor o peor, sin el consentimiento de vuestros superiores.

—Lo juro —repitió.

En ese momento ocurrió algo extraño. Uno de los caballeros más jóvenes se acercó con un crucifijo en las manos. El maestre provincial dijo algo que lo dejó horrorizado.

—¿Rechazáis a este falso profeta?

Rodrigo se puso pálido, con los ojos y la boca abiertos. No sabía cómo reaccionar.

—¿Lo rechazáis? ¿Negáis a este falso Mesías?

Así que Silvio de Agrigento tenía razón: aquellos monjes soldado eran una secta de herejes.

—No temáis, Rodrigo —dijo Jean con tono conciliador—. Esta parte de la ceremonia demuestra nuestra humildad. Pedro negó a Cristo hasta tres veces y nosotros hacemos otro tanto para demostrar que no somos más que él.

Al neófito le pareció razonable. Así que, aun sintiendo algún que otro remordimiento, negó a Cristo tres veces como hiciera el primer Papa.

Joseph sentenció:

—Os recibimos, a vosotros, a vuestro padre y a vuestra madre y a dos o tres de vuestros amigos que deseen participar en la obra espiritual de la orden, del principio al fin.

Los dos padrinos le colocaron el manto blanco de la orden y todos rompieron a cantar el *Ecce quam bonum*. Rodrigo seguía de rodillas. El hermano Joseph le tomó de las manos y le hizo alzarse. Entonces le dio el ósculo de bienvenida, un beso en la boca. Todos los caballeros presentes hicieron lo mismo, pasando junto al nuevo hermano y besándole en los labios a modo de bienvenida. No supo muy bien quién, porque estaba aturdido, pero escuchó a alguien alzar la voz diciendo:

—¡Ha resucitado!

Entonces, en una parte de la ceremonia que se le hizo un poco larga, el maestre provincial hizo un resumen de los setenta y dos puntos de la regla, que por otra parte, todos conocían. Al final, terminó diciendo:

—Marchad, Dios os protegerá.
Rodrigo Arriaga se sentía feliz.

A los dos días del ingreso de Rodrigo en la orden, partieron hacia París. Una vez más tuvieron que salir de madrugada. A pesar de ello, Robert y Arriaga llevaban puestos sendos yelmos para evitar que alguien pudiera identificar a Saint Claire. Los acompañaban Toribio y Giovanno como sargentos. Tomás, escudero de Rodrigo y un joven llamado Luciano, armiguero de Saint Claire, cerraban la comitiva. Habían atado al demente a la montura con cierto disimulo para evitar que pudiera hacer de las suyas, pues seguía mostrándose deprimido y taciturno y Jean de Rossal temía por su vida.

Los lugareños habían mordido el anzuelo y, al parecer, excepto algún que otro desconfiado, creían que Robert Saint Claire había sido ahorcado en la encomienda.

«¡Qué ingenuos! —Pensó para sí Rodrigo—. Los nobles nunca pagan por sus delitos.» París estaba sólo a media jornada, aunque el viaje se le hizo eterno. Estaba deseando dejar al preso en manos de sus superiores y no cargar con la responsabilidad de trasladar a un demente como aquel, que podía dar con todo al traste en cualquier momento.

Llegaron a la capital de Francia a primera hora de la tarde. Cruzaron la urbe de sur a norte. Era como él la recordaba. Toribio, Giovanno y Tomás lo miraban todo con la boca abierta. Habían entrado por el sur pasando junto a la abadía de Sainte Genevieve. Llegaron por la Grand Rue hasta le Petit Pont, giraron a la derecha para pasar junto a Sant Michel y cruzaron el Grand Pont hasta llegar al otro lado del río. Traspasaron la muralla por la puerta que llamaban del Temple. A su izquierda, al norte, quedaba la abadía de Saint Martin, pero ellos se encaminaron hacia las enormes dependencias del Temple de París, que parecía una pequeña ciudad. A la puerta de entrada, que estaba ligeramente acodada para su mejor defensa, se accedía pasando por un pequeño puente levadizo. Justo a la izquierda quedaba la prisión, a la que sin duda iría a parar Saint Claire. Un sargento que los esperaba los guió junto a las Charniers para, doblando a la derecha, pasar entre la capilla y el hospital, junto a una inmensa torre que llamaban del César. Todos estaban impresionados por la magnificencia de aquel complejo y por el enorme trasiego de hombres armados que iban de aquí para allá, todos muy ocupados, como si una suerte de ente superior guiara sus destinos y dominara sus voluntades con un único fin común. Pasaron junto a la iglesia y el cementerio para darse de bruces con la *Grande Tour*, el inmenso *donjon* templario que había de guardar el tesoro más valioso del país, las riquezas de la orden. Era una construcción impresionante, de cinco pisos de altura, con una enorme torre de sección cuadrangular en el centro, cubierta por un tejado cónico de pizarra, agudo y coronado por el *beauséant* del Temple. La torre central estaba rodeada por otras cuatro de sección circular que acababan en punta como la anterior. Dos torres más finas, también circulares, cerraban el conjunto por la fachada principal. A Rodrigo le llamó la atención que las puertas de acceso a aquella mole fueran tan pequeñas, lo que la hacía más difícil de tomar demostrando el innegable carácter militar de aquella mastodóntica construcción. El sargento esperó un poco a que los recién llegados contemplaran el orgullo del Temple, pues debía de estar sin duda acostumbrado a hacerlo con todos los visitantes; entonces los encaminó a la residencia del Gran Maestre de Francia.

Descabalgaron y se encontraron con un individuo de porte aristocrático que los esperaba. Tenía el pelo muy corto, canoso y debía de rozar la cincuentena. Era delgado y de aspecto ascético. Se identificó como Gavin de Flour e indicó a dos sargentos que le acompañaban que llevaran a Saint Claire a la *Grande Tour*. Allí permanecería recluido. El otro sargento había de acompañar a Toribio, Giovanno y a los dos armigueros a dejar las monturas en los establos y a buscarles alojamiento. Rodrigo debía acompañar a aquel preeminente templario que se identificó como el secretario del Gran Maestre de Francia. Pasaron al claustro de la residencia, un bello jardín a la sombra de unos inmensos castaños. Una mesa con un ligero refrigerio los esperaba. Hacía calor.

—Tengo un encargo para vos, Rodrigo —dijo tendiéndole un vaso de agua fría con azahar.

—Decidme.

—El joven Saint Claire ha de permanecer en la Grande Tour. Estará vigilado en todo momento. Se han cursado misivas a Escocia, a su familia, y al Gran Maestre en Tierra Santa. Esperaremos instrucciones. Mientras tanto, debéis permanecer aquí.

—¿Y qué haré?

—Aparte de asistir a los oficios, lo que os plazca. Os habéis ganado un descanso. Vuestros informes son excelentes. Mi gran amigo Jean de Rossal dice que os habéis comportado como un héroe. Al parecer, sois un tipo valioso.

—Pero, aparte de los oficios...

—¿Sí?

—Me gustaría poder entrenarme.

—No esperaba menos. Todas las mañanas podréis hacerlo. En el patio, tras la iglesia, siempre que os plazca.

—Un soldado no debe dejar nunca de practicar.

—No os falta razón, Rodrigo. Se os ve hombre cabal.

—¿Qué pasará con Robert?

—No lo sabemos, pero no debéis temer por su destino. Al parecer actuó en defensa propia. Esperemos instrucciones. Y ahora probad uno de estos pastelillos de almendra. Debéis reponeros.

—Sí, actuó en defensa propia, de eso no hay duda, pero...

—Se ha vuelto loco —dijo el otro.

Rodrigo ladeó la cabeza y el preboste de la orden añadió:

—No temáis, aquí se sabe todo. Haremos lo mejor, para vuestro joven amigo y para la orden.

Magister[8]

Contemplando aquellas inmensas instalaciones, Rodrigo comenzó a comprender que el Temple despertara envidias y ganara enemigos por momentos. Jean tenía razón, allí donde los Pobres Caballeros de Cristo ponían el pie, florecían los campos y se erigían iglesias y monasterios. Todo estaba impecablemente limpio y el suelo de juncos era renovado cada dos días. Los sirvientes barrían y arrojaban hierbas aromáticas, deparando al recién llegado una sensación de pulcritud y bienestar que contrastaba con la suciedad de los suelos de tierra de la mayoría de las casas, incluso las de los más nobles. Allí se cuidaba hasta el más mínimo detalle.

Arriaga dejó sus pertenencias sobre su catre de la hospedería y dio un paseo buscando a Toribio y a Giovanno. Los encontró poco antes de la cena y charlaron durante un rato. Estaban tan impresionados como él. Según le contaron, las caballerizas eran inmensas y albergaban multitud de bestias de los templarios de uno y otro confín, que paraban en el Temple de París a reponer fuerzas, a pedir instrucciones o a depositar el oro que venía ya a espuertas de las encomiendas de todo el Occidente cristiano. Después de advertir a Toribio de que no hiciera ninguna de sus escapadas nocturnas, le encomendó a Giovanno la tarea de vigilar a aquella suerte de sátiro que tenía por amigo y les dio permiso para tomarse el día siguiente libre y hacer lo que quisieran. Les dijo que hicieran otro tanto con el bueno de Tomás.

Cuando quiso darse cuenta, era la hora de la cena, de mane-

---

8. El maestro.

ra que acudió al inmenso refectorio en el que se daban cita templarios de todos los países, así como los que habitaban el Temple de París. Una vez más, el ambiente fue ascético durante el yantar. Un capellán leía un fragmento del Libro de los Salmos y nadie hablaba. Les sirvieron una menestra de verduras, vino aguado y una manzana. Acudió a completas y pudo charlar en el dormitorio con algunos compañeros antes de acostarse. Aquella orden era ya como un estado. La flota empezaba a ser la mejor de Occidente y, según decían sus confreres, las arcas de la Grande Tour estaban llenas a rebosar. Allí había hombres que venían de San Juan de Acre, de Gaza y de las encomiendas fronterizas con el moro de los reinos de Castilla y Aragón. Había caballeros escoceses, irlandeses, italianos y teutones. Todos unidos por un gran ideal.

Arriaga durmió como un niño hasta maitines, luego volvió de la oración y permaneció en una especie de duermevela hasta vísperas que, no obstante, le permitió descansar un poco. Después del amanecer acudió a las cocinas y tomó una rebanada de pan con manteca, algo de queso y vino caliente con canela. Salió del Temple a pie con la idea de estirar las piernas y pasear por los escenarios en los que transcurrió su juventud.

Notó que la gente lo miraba con respeto y se sentía orgulloso de lucir el manto blanco del Temple. Se había hecho coser una pequeña cruz roja en la capa, junto al hombro, a la manera en que ya comenzaban a hacer muchos *Milites Christi*. A pesar de que en la orden todo lo relacionado con la vestimenta —anchura, largo del faldón y pulcritud— era llevado a rajatabla, nadie había puesto inconvenientes a que los caballeros se cosieran dicho símbolo a la manera de los primeros cruzados.

Fue caminando sin prisa, parándose en los tenderetes y entrando en las tiendas a curiosear aquí y allá. Los comerciantes le pedían que regateara con ellos, que hiciera una oferta cada vez que se paraba a mirar un objeto, pero él no se atrevió a comprar nada. «Un templario no puede tener posesión terrenal alguna», pensó para sí.

Se llegó a la calle de la Vanierie, donde residía su profesor de latín y griego, un cura joven muy instruido al que todos llamaban el *Canes domini* porque, según decían las malas lenguas, había pertenecido a la orden de los dominicos, de donde fue expulsado por ser ¡demasiado duro! Sin duda era una de esas exageraciones que los estudiantes inventan sobre sus maestros para hacerlos más risibles. Se llevó una desilusión cuando le dijeron que el dómine Godard había muerto de peste hacía cinco años. No localizó tampoco a su profesor de álgebra y aritmética, un italiano llamado fray Ruggero, así que decidió hacer una visita al viejo Moisés Ben Gurión, su profesor de hebreo, un hombre que ya era anciano cuando él era un niño. Todos bromeaban diciendo que conocía el Libro Sagrado a la perfección porque él mismo había vivido los hechos que en él se narraban.

Llegó a la esquina de la Rue de Saint-Nicolas con la Rue Judas, a la amplia casa de su antiguo maestro, que vivía extramuros, en el barrio de Saint Pol, y llamó a la puerta. Abrió una doncella enteramente vestida de negro y Arriaga le preguntó por el bueno de Moisés. Ella lo miró de una manera que le resultó un tanto extraña, como poniendo mala cara, pero le hizo pasar a un pequeño salón tapizado con una mullida y bella alfombra de indudable origen oriental. Esperó de pie y al momento el viejo Moisés hizo su entrada en el cuarto. Rodrigo sonrió al ver que estaba prácticamente igual que cuando le conoció.

Era un hombre alto, de complexión más bien fuerte y siempre vestía una túnica o sayo negro que cerraba por delante con multitud de botones. Llevaba el pelo y la barba largos y blancos como la nieve. Tenía los ojos azules y utilizaba siempre un pequeño bonete de fieltro negro.

—Shalom, rabí —dijo Rodrigo inclinando la cabeza cortésmente.

El anciano contestó de manera cortante y con cara de pocos amigos.

—¿Qué os trae por aquí? No creo que mi casa pueda interesar a un templario.

—Pero, Moisés, ¿no me conocéis? Soy yo, Rodrigo, ¡Rodrigo de Arriaga!

—¿Rodrigo? —contestó el anciano esbozando una leve sonrisa.

—Sí, ¿no me recordáis?

El rabí puso cara de hacer memoria.

—Pues claro, pero... —repuso el anciano tornando más serio su rostro—. ¿Qué hacéis vestido así?

—He ingresado en el Temple —contestó el aragonés muy orgulloso—. He venido a París a un recado y he decidido hacer una visita a mi viejo maestro. ¿No os alegráis de verme?

—Sí, sí, desde luego... —dijo el anciano cambiando un poco su actitud al ver en el templario a aquel crío desvalido que llegó a París tras la muerte de su madre—. Pero ¿qué clase de anfitrión soy? ¿Habéis comido? ¡Qué tontería, seguro que no! Seguidme, Melisenda nos servirá.

A Arriaga, después de tantas jornadas de vida conventual, la comida en casa de Moisés Ben Gurión le pareció un banquete celestial. La joven sirvienta, Melisenda, había preparado un delicioso cabritillo asado con salsa de nueces que se deshacía en la boca. Brindaron con un buen vino de Burdeos y rememoraron los viejos tiempos. Hablaron a ratos en hebreo, lo que hizo que Rodrigo comprobara que su dominio de dicha lengua era cosa del pasado. Moisés le recriminó por ello. Se pusieron al día. El rabí le contó que su esposa había fallecido hacía cinco años y que había dejado de enseñar para dedicarse a sus estudios de la Torá y, principalmente, a la Cábala. Arriaga le contó su historia; su ascenso como espía y hombre de confianza del Batallador; la muerte de Aurora y su caída en desgracia. Le mintió sobre sus motivos para ingresar en el Temple. La inicial desconfianza del anciano al verlo convertido en templario desapareció en el transcurso de la comida. Pasaron a su gabinete, donde se sentaron en dos cómodos butacones y tomaron frutos secos con un vino dulce que a Arriaga le pareció extraordinario.

—¿Qué tenéis contra los templarios, maestro? —preguntó Rodrigo de sopetón.

—No habéis perdido aquella costumbre que teníais de preguntar lo primero que os viene a la cabeza.

—Pues sí, la había perdido, pero al estar aquí, con vos, me temo que he experimentado una vuelta a la infancia.

—Ese tipo de preguntas, las que hacíais, son las que más incomodan a un maestro, pero viniendo de vos, recuerdo que no me importunaban. Me agradaba vuestra curiosidad, Rodrigo.

—Y vos sabíais eludir una respuesta incómoda con un circunloquio, dando un rodeo. Como habéis hecho ahora.

El viejo judío se miró el pie. Vestía una especie de cómodos zapatos de gamuza de color negro.

—No es fácil hablar de esto. Y menos con un templario.

—Soy yo, maestro. Rodrigo.

—Hace ya bastante tiempo... debió de ser por el año treinta más o menos... creo que aún estudiabais aquí por aquel entonces.

—No, maestro. Por aquel entonces yo ya no residía aquí.

—Bueno... pues fue algo raro. Recuerdo que se habló mucho de ello. Unos caballeros que venían de Tierra Santa habían fundado una especie de orden, ya sabéis, al estilo de la del Hospital.

—Eran los templarios.

—Sí, en efecto. El mismo rey de Francia los recibió con muchos honores y se dedicaron a reclutar gente para la Guerra de Dios, *Bellum Dei*, decían. En aquel momento, aquello era algo nuevo... todo lo que suena a vuestra cruzada provoca un cierto temor en nuestro pueblo. Como ya sabréis, el paso de los primeros ejércitos de cruzados por Europa Central supuso muchas muertes en las comunidades judías de la zona; sobre todo el de aquellos locos que siguieron a ese maldito Pedro *el Ermitaño*.

—Lo sé, rabí, y lo lamento.

—Bien, el caso es que estos caballeros del Temple que acababan de llegar fueron muy favorecidos por la monarquía y por las casas más nobles del reino de Francia. No en vano, algunos de ellos provenían de las familias más granadas de la nobleza.

—Ciertamente.

—Pues bueno, todo eran prédicas, historias de grandes gestas militares, de lo abnegado de la vida de los caballeros cristianos luchando en Tierra Santa. Ya sabéis cómo agradan al vulgo ese tipo de historias. Había predicadores en cada esquina, anacoretas salidos de sus cuevas, monjes cistercienses... todos hablaban maravillas de aquella nueva milicia de monjes guerreros. Ese ambiente causaba cierto nerviosismo en nuestra comunidad. Ya sabéis lo que ocurre: uno de esos predicadores locos tiene un acceso ante la multitud y dice de pronto «¡A por los asesinos de Cristo!», y se produce una masacre. En fin, que, de pronto, en aquel momento, se produjo un hecho algo extraño.

—¿Sí?
—Yo estaba fuera, de viaje. Tuve suerte quizá.
—Pero... ¿qué ocurrió?
—Desaparecieron varios hermanos.
—¿Judíos?
—Sabios.
—¿Sabios?
—Sí, estudiosos de las leyes y de nuestros escritos. Todos el mismo día.
—¿Y qué tiene eso que ver con el Temple?

Moisés hizo una larga pausa.

—Mirad, Rodrigo, ¿qué tiempo lleváis en la orden?
—Como miembro de pleno derecho, tres; no, cuatro días.
—Bien, pues aún estáis a tiempo de abandonar ese negocio. No es lo que parece.
—¿Por qué decís eso?
—Uno de aquellos sabios desaparecidos era mi hermano, David.
—Vaya, maestro, lo siento.
—En una sola noche siete judíos, siete eruditos, desaparecieron, algunos sin dejar rastro; en dos de los casos, el de mi hermano y el del maestro Ariel, unos desconocidos entraron en sus casas y los arrancaron de sus camas.
—¿Identificasteis a esos desconocidos?
—Iban embozados.
—¿Y? ¿Vestían como templarios?
—No, iban de negro, con grandes capuchas y tapados con sus capas. Pero eran gente de armas, seguro.
—Luego... ¿de dónde sacáis que eran templarios?

Moisés se levantó y escarbó en una pequeña arca que había sobre su mesa, siempre llena de papeles y viejos pergaminos enrollados. Sacó algo.

—Mi sobrino Samuel, al ver que esos encapuchados se llevaban a su padre, intentó frenarlos. Le dieron un golpe con la guarda de una espada y al caer arrancó a uno de los asaltantes este broche de su capa. Mirad.

Rodrigo examinó el prendedor con atención. Lo había visto antes: representaba a dos caballeros a lomos de un único caballo. Alrededor del broche de sección circular una leyenda rezaba MILITES CHRISTI.

Arriaga no sabía qué decir.

—Pero... ¿no hicisteis nada? ¿No denunciasteis los hechos?

—Rodrigo, somos judíos...

—Ya, claro.

—Cuando indagamos e identificamos el broche como templario fuimos a hablar con el mismísimo Gran Maestre de Francia. Nos echó como si fuéramos perros. Las autoridades no quisieron saber nada de aquello.

—Cualquiera pudo usar un broche así, quizá para inculpar a la orden.

—Hicimos pesquisas de manera discreta, pero efectiva. El dinero todo lo mueve. Fue el Temple, seguro.

—Pero ¿para qué iba el Temple a secuestrar a unos sabios judíos?

—Los necesitarían para algo. Hablamos de especialistas en textos judaicos, textos sagrados...

—No tiene sentido, rabí.

—Nunca más se supo.

Entonces Rodrigo recordó las palabras de Silvio de Agrigento: él era útil por saber hebreo; algo similar le había dicho Jean de Rossal. Sí, el Temple necesitaba gente que hablara el idioma de los judíos. Por eso habían secuestrado a los sabios, sin duda. Recordó a Silvio de Agrigento de nuevo, quien pensaba que los templarios habían encontrado algo en los sótanos de las caballerizas del antiguo Templo de Salomón, y ese algo había pertenecido a los judíos... de modo que debían de necesitar traductores. No podía creer que algo así fuera cierto, era una locura. No pudo evitar que su mente acudiera a su ceremonia de iniciación: le habían hecho negar a Cristo. ¿Y la extraña reunión en el sótano de Jean y los otro cuatro freires? Canturreaban en hebreo. Algo raro había, sin duda.

Después de asegurar a Moisés que intentaría averiguar lo

que pudiera ambos amigos se despidieron amigablemente. Arriaga tenía que repasar su hebreo. Debía ponerse al día.

Aquella noche no pudo pegar ojo. Su mente volvía una y otra vez a la casa de Moisés Ben Gurión y al caso de los sabios desaparecidos diez años antes.

Silvio de Agrigento y su señor, el reverendísimo Lucca Garesi, pensaban que los templarios habían descubierto algo de valor en las ruinas del Templo. Ese algo les permitía chantajear al mismísimo Papa para conseguir enormes privilegios para la orden. Nueve caballeros fundaron el Temple para proteger a los peregrinos y los caminos de Tierra Santa, pero durante nueve años no permitieron el ingreso de nuevos adeptos. ¿Cómo iban a proteger así a nadie? Eran muy pocos. Ése era un punto fuerte de la teoría de Silvio de Agrigento. Según él, habían permanecido semiocultos durante ese período de tiempo excavando en los sótanos de las caballerizas. De pronto, Hugues de Payns y otros cuatro caballeros volvieron a Occidente y entonces, sí, se dedicaron a obtener apoyos y a reclutar a nuevos caballeros. ¿Por qué? Habían contado con el apoyo total del ya mítico Bernardo de Claraval. Tenía que saber más sobre él. Justo por aquellos días se había producido la desaparición de los judíos. ¿Por qué?

Pensó en las características del secuestro. Hombres embozados, de negro. Si eran templarios se habían tomado molestias en no perpetrar la acción vestidos con sus mantos; iban de oscuro, ocultos... ¿Para qué iba a llevar uno de ellos un broche de la orden que pudiera permitir su identificación? No tenía lógica alguna.

Estaba claro que había sido un golpe de alguien que pretendía cargar las culpas a la orden, aunque en aquella época el Temple no era tan conocido. Hugues de Payns y otros cuatro caballeros recorrerían Europa reclutando caballeros; la orden no era nada entonces, estaba en sus comienzos. En aquel momento ¿quién iba a reconocer un símbolo templario?

Mucha gente odiaba a los judíos, por lo que podría haber sido cualquiera. Éstos eran buenos prestamistas y Rodrigo sabía de buena tinta que muchas de las razias contra los miembros del pueblo elegido se habían producido para acabar de un plumazo con las deudas que muchos cristianos viejos habían contraído con ellos.

Por otra parte, siguió pensando como Silvio de Agrigento. Dos papas habían favorecido ostensiblemente al Temple. ¿Les habían chantajeado? No. Rotundamente. Roma necesitaba a la orden. Eso era obvio.

Sin embargo, ¿por qué iba alguien a secuestrar a siete sabios judíos? Siete especialistas en la Torá. ¿Por qué?

Pensó en su ceremonia de iniciación. Pensó en la negación a Cristo. Se sentía mal por ello, aunque Jean tenía siempre una explicación lógica para todo.

Recordó el grito de alguien al final de la ceremonia: «¡Ha resucitado!».

Sonó la campana. Maitines.

30 de agosto del Año
de Nuestro Señor de 1140

A la atención de su Paternidad, Silvio de Agrigento,
de su servidor Giovanno de Trieste

Su Paternidad; le escribo estas líneas algo preocupado porque me temo que nuestro hombre se ha identificado en demasía con el Temple y ha olvidado por completo la misión que nos trajo aquí. Esta mañana, tras informarme de la ubicación del más próximo y mejor burdel de la zona, convencí a Toribio de que se acercara al mismo asegurándole que contaba con mi total complicidad.

Enseguida me dispuse a seguir a Rodrigo que, tras salir de las excelentes instalaciones del Temple —este tema merecería una carta por sí solo— deambuló por París buscando a sus maestros de juventud. Sólo encontró a un tal Moisés Ben Gurión, en cuya casa comió. Me quedé apostado toda la tarde enfrente, y después de que Arriaga volviera al Temple, salió la sirvienta a hacer unas compras. No me costó acercarme a ella, la moza es algo corta de entendederas y con un par de monedas y unas cuantas chanzas me enteré de lo que habían hablado. Y hay noticias.

Al parecer, cuando Hugues de Payns vino a Europa a reclutar adeptos tras nueve años de excavaciones en el Templo de Salomón, ocurrió algo raro: desaparecieron siete sabios judíos, ¡especialistas en textos sagrados! ¿Os dais cuenta? Creo que estamos en la buena pista, de hecho, he tenido la sensación de que me seguían. Debemos ser cautos.

Me temo que las lealtades de nuestro hombre han quedado claras, así que, para asegurarnos, sólo cabe esperar qué él mismo os escriba al respecto. Veremos.

Vuestro servidor en Cristo,
GIOVANNO DE TRIESTE

Rodrigo acudió al despacho de Gavin de Flour en cuanto leyó la esquela que le había traído un armiguero. El secretario del Gran Maestre de Francia parecía ocupado, pues se hallaba rodeado de multitud de pergaminos.

—Ah, Rodrigo, pasad, pasad. Tomad asiento.

El nuevo templario se sentó y esperó a que su interlocutor terminara de ojear una vitela. Entonces, el preboste tomó un pergamino en blanco y garabateó unas letras. Hizo sonar una campanilla y de inmediato apareció un templario increíblemente joven.

—Que se envíe esto ahora mismo —dijo el secretario, para mirar después a Rodrigo y decirle—: Bien, bien. El Gran Maestre de Francia ha decidido algo: la familia del joven Saint Claire reclama que lo llevemos de vuelta a casa. Mi señor ha resuelto que sería prudente hacerlo, no sólo porque piensa que sería bueno para la recuperación del joven, sino porque no nos interesa enemistarnos con familia tan preeminente. Tenéis que ir a Chevreuse. El inmediato superior de Robert debe darle permiso, así que acudid donde Jean y entregadle esta carta mía. Esperaremos también la autorización, que debe llegar desde Tierra Santa, del Gran Maestre de la orden. No sabemos qué opinará al respecto. Éste es asunto de altos vuelos. Partís de inmediato.

—¿Podría antes visitar a Robert en la *Grande Tour*?

—Claro, no hay problema, pero daos prisa. Por cierto, se me olvidaba, tenéis que llevar una cosa a la encomienda.

—¿De qué se trata?

—No os atañe, Arriaga —respondió Gavin de Flour—. Pasad por la capilla, os lo entregarán.

Rodrigo se encaminó hacia la *Grande Tour* y, mostrando un salvoconducto que a tal efecto le habían expedido los ayudantes del secretario, pudo entrar en aquella imponente construcción. Entró por la pequeña puerta de la fachada principal y, tras atravesar un angosto pasillo guiado por un sargento, subió unas estrechas escaleras de caracol que ascendían por una de las torres de sección circular.

Había guardias por todas partes, no en vano se decía que allí se guardaba el tesoro del Temple, que según se empezaba a rumorear era considerable.

Llegaron a una recia puerta en la cuarta altura. Un sargento que hacía guardia junto a ella le franqueó el paso y se encontró con Robert Saint Claire leyendo un breviario sentado a una pequeña mesa junto a la ventana que, como todas las del *donjon*, estaba asegurada con una reja de hierro.

—¡Rodrigo! —exclamó el joven Saint Claire al ver entrar a su compañero.

Ambos se abrazaron.

—¿Os tratan bien?

—Sí, de maravilla —dijo Robert.

—¿Y cómo os encontráis? ¿Mejor?

El otro ladeó la cabeza.

—No me dejan ni usar un simple cuchillo para comer. Temen que me mate.

—Hacen bien —dijo Rodrigo—. Volvéis a casa.

—¡¿Cómo?!

—Parece que vuestra familia os ha reclamado. No me explico cómo les han hecho caso. Faltan un par de gestiones y en unas semanas estaréis de vuelta al hogar. El Gran Maestre tiene que pronunciarse desde Jerusalén.

—La mía, no en vano, es una de las familias.
—¿Las familias? ¿Qué familias?
—Ya sabéis, las familias, los fundadores... el Proyecto.

En ese momento, cuando Rodrigo iba a preguntar por ello, se abrió la puerta y entraron dos sirvientes con las viandas para el preso. Permanecieron allí mientras comía, junto con el sargento que custodiaba al reo. Rodrigo temió por la salud mental de su amigo, pues enseguida el joven comenzó a decir tonterías; cosas sobre nuevos mundos con pájaros de colores y donde la plata se recogía del suelo. Los dos jóvenes criados se miraron sonriendo. Luego el joven Saint Claire comenzó a hablar de su amada y llegó a sollozar, aunque siguió comiendo con apetito. Parecía algo desequilibrado y murmuraba incoherencias.

Rodrigo no pudo hacer más porque, en cuanto el preso acabó de comer, el sargento le indicó que la visita había terminado, pues iban a venir los barberos a sangrar al enfermo. Además, tenía prisa. ¿Qué sería eso del Proyecto?

El Baphomet

No lograron salir hasta la hora sexta, pues tuvieron que esperar a que les entregaran un cofre que habían de llevar a la encomienda. A Rodrigo le extrañó un poco que no fueran armigueros ni sargentos los encargados de empaquetar el misterioso objeto. Cuando entró en la sacristía de la capilla para hacerse cargo del envío se encontró a tres caballeros templarios que guardaban un saco de tela en un cofre de tamaño mediano, que cerraron con un fuerte candado. Llevaban pañuelos en la boca que se quitaron al cerrar el labrado baúl.

—¿Arriaga? —preguntó uno de ellos.

Rodrigo asintió, tendiéndole una esquela que le habían proporcionado para identificarse.

—Todo vuestro, cuidadlo —dijo un milanés, el más espigado de los tres templarios—. *Il Baphometti* es algo muy valioso.

Rodrigo llamó a Toribio y a Giovanno para que cargaran el cofre en una mula. ¿Cómo lo habían llamado? Supuso que sería algún objeto de culto de la capilla para incorporar a la iglesia de la encomienda, algún icono o candelabro, quizás una valiosa cruz.

Entonces se llevó otra sorpresa. Justo en la puerta de acceso al recinto le aguardaban nueve templarios que habían de acompañarlo. Según le dijeron, pertenecían a una encomienda situada en Rhedae, cerca de los Pirineos, y les habían ordenado custodiarlo hasta Chevreuse porque debían seguir el mismo camino que él. Le extrañó tanta escolta.

El viaje se le hizo corto. No en vano aquellas tierras en verano eran de una belleza extraordinaria. El atardecer, la profusión de arroyuelos y los frondosos bosques le hacían sentirse bien, como si se hallara de vuelta en su casa del valle de Estós sin más preocupación que sus tierras o su ganado, lejos de conspiraciones y miserias de la raza humana.

Había oscurecido ya y apenas si quedaba una hora de camino cuando junto a un pequeño arroyuelo escucharon gritos. Al parecer, unos salteadores estaban golpeando a alguien, así que todos los caballeros picaron espuelas y corrieron hacia la pequeña hondonada. Allí se encontraron con cuatro bandidos que forzaban a una joven ante los gritos de la madre de ésta. Una carreta tirada por bueyes quedaba a la derecha, junto al cuerpo de un hombre sin vida, descerebrado. Al ver tamaña hueste, aquellos desvergonzados trataron de huir, pero los diez caballeros dieron cuenta de ellos. Toribio y los escuderos contemplaron la escena desde lo alto del camino, y Giovanno se quedó atrás, junto a las mulas de carga. Al verse solo, aprovechó la oportunidad y, con la única ayuda de la luz de la luna y un afilado estilete, logró abrir el candado del cofre. Rápidamente alzó el saco, que pesaba muy poco, y desató el lazo que lo cerraba. Sacó lo que había en su interior y lo alzó para verlo a la luz de la luna. Un grito de horror hizo que Toribio y Tomás se volvieran.

—Pero ¿estás loco? ¿Qué haces? —exclamó Toribio encaminando su montura hacia el sargento papal—. ¿No ves que se acercan?

Giovanno volvió a guardar el objeto en la bolsa y cerró el candado.

—¿Qué hay ahí dentro? —preguntó Toribio.

—Algo horrible —dijo Giovanno—. Era...

—¡Nos vamos! —ordenó Arriaga, que volvía del río.

Aclaró a sus sirvientes que dos de los salteadores habían muerto y otros dos habían logrado escapar en la espesura del bosque.

Las dos mujeres lloraban. Era noche cerrada ya y se escuchaban los aullidos de los lobos. Las dolientes no querían dejar al muerto allí, pero lograron convencerlas. Giovanno y Toribio, junto a tres de los templarios de Rhedae, tuvieron que quedarse a vigilar el carro con los bueyes y los cuerpos del asaltado y los dos bandidos, mientras que los demás siguieron camino.

Subieron a las afligidas mujeres a un caballo y Tomás tuvo que caminar hasta Chevreuse. Los lugareños deberían volver donde la emboscada y recuperar el cuerpo del fallecido. Los cadáveres de los dos bandidos serían abandonados a las bestias para que los despedazaran. Se lo merecían.

Rodrigo llegó agotado a la encomienda pero, una vez más, apenas si pudo pegar ojo. Cuando Toribio y Giovanno arribaron al castillo era cerca de maitines. Se acostaron a descansar. Al amanecer, Arriaga sintió que alguien le zarandeaba. Era Tomás.
—Rápido, señor. Es Giovanno.
Medio dormido, siguió al armiguero al dormitorio de los sargentos, donde se encontró con que todos rodeaban al sargento papal. Toribio intentaba auxiliarle mientras el otro luchaba por respirar. Giovanno intentaba decir algo, pero se asfixiaba; tenía los ojos fuera de las órbitas y se llevaba las manos a la garganta. Rodrigo le tomó el pulso. El doliente decía algo medio ahogado, en susurros.

Jean, que acababa de llegar, mandó a avisar al médico del pueblo y acercó el oído a la boca del enfermo.
—La cabez... —acertó a entender que decía en un susurro cargado de muerte. Al instante su testa cayó hacia atrás y quedó inmóvil con los ojos fijos en el techo. Estaba muerto. Todos los sargentos quedaron paralizados. Toribio no sabía qué hacer ni qué decir. Entonces Rodrigo se acercó al muerto y olió su aliento: tenía la lengua morada, lo mismo que el rostro. Giovanno de Trieste estaba exánime.

A la tarde siguiente Giovanno fue enterrado a la manera templaria. Igual que hacían los monjes del Císter, fue colocado boca abajo en una tabla. Su hábito marrón oscuro fue clavado a la misma y lo devolvieron a la tierra sin ataúd, con la máxima austeridad posible. Polvo eres y en polvo te convertirás. *Memento mori.*[9]

---

9 Recuerda que has de morir.

Otra coincidencia más entre la Orden del Císter y el Temple; los monjes blancos y los caballeros de manto blanco. San Bernardo una vez más. Rodrigo pensó que tenía que hacer averiguaciones al respecto. Aquello comenzaba a oler mal, pues Giovanno de Trieste había muerto de manera extraña. El médico del pueblo, que llegó tarde, había dicho que la causa de la muerte era un cólico miserere, pero Toribio, en un aparte antes del entierro, le había susurrado con cara de pánico que «aquella cosa lo había matado».

Como Jean les había eximido de obligaciones y oficios al suponer que se hallaban afectados, Rodrigo decidió dar un paseo con Toribio y Tomás, quienes eran presa de un nerviosismo evidente. Al poco, se llegaron donde la taberna y, tras sentarse a una mesa, pidieron una jarra de vino. La joven y bella Beatrice y su padre, Luis, dijeron que invitaba la casa y se deshicieron en loas para con su salvador. No en vano gracias a Rodrigo la turba no les había destrozado el negocio. Cuando la chica dejó la jarra y los vasos, Toribio espetó:

—Rodrigo, debemos salir de aquí lo antes posible. El demonio acecha en ese castillo. Los siguientes seremos nosotros. Esa cosa lo ha matado.

—¿Qué cosa? —preguntó el templario.

El joven Tomás miró a Rodrigo y murmuró con los ojos muy abiertos por el pasmo:

—Esa cosa que trajimos. Cuando bajamos al río durante el ataque de los bandoleros, él se quedó atrás y abrió el cofre. Dio un grito horrible y entonces lo vi. Tenía algo en la mano, esa «cosa»...

—¿Qué era?

—No lo sé, estaba a oscuras y a más de treinta pasos. Le insté a que la guardara, que nos iban a descubrir. Más tarde me dijo que aquello era algo horrible, pero no pudimos hablar porque en ningún momento nos quedamos a solas: los tres templarios de Rhedae nos acompañaban. Yo no le di mucha importancia, pero él estaba asustado. Tuvo pesadillas en su catre hasta que al alba... ¡Esa cosa lo mató! Debemos irnos de aquí ahora que estamos a tiempo. Silvio de Agrigento tenía razón: este negocio nos supera. Hay algo demoníaco en este asunto, lo sé.

Rodrigo miró a sus sirvientes y dijo:

—No hay ninguna cosa rara, Toribio. En efecto, es cierto que este negocio se pone turbio, pero no hay nada sobrenatural en la muerte de Giovanno. —Los dos lo miraron con cara de asombro, así que continuó—: Nuestro amigo murió envenenado.

—¡¿Cómo?! —exclamó Tomás.

—Su pulso era muy agitado, tenía la lengua azul, el rostro de color púrpura y, para colmo, el aliento le olía a almendras amargas. Creedme, sé de venenos porque los utilicé muchas veces en mi época de espía. Giovanno de Trieste fue envenenado con una mezcla de digital y cianuro.

Se hizo un silencio, y al poco el joven Tomás tomó la palabra.

—Pero, mi señor... ¿no es el cianuro un veneno de efecto rápido?

—En efecto, lo es.

—Entonces... —continuó el joven—, ¿cuándo lo envenenaron?

—Sí, eso —repuso Toribio—, porque los cuatro comimos lo mismo en el camino. Recordad que compartimos el mismo trozo de cecina, el mismo queso y el mismo pan. ¡Si hasta yo bebí agua de su pellejo!

—Sí, reconozco que ése es un punto débil en mi teoría... ¿Bebió algo al llegar?

—No —contestó Toribio—. Y no me separé de él ni un instante.

—Sigo pensando que fue envenenado —dijo Arriaga.

—Lo mató esa cosa horrible —repitió su sirviente.

—Sí —apostilló Tomás.

—Debemos averiguar lo que contenía ese saco —dijo Rodrigo pensando en voz alta—. Me da la sensación de que este juego se complica.

Al rato, tras dejar unas monedas en la mesa, los tres se levantaron para abandonar la taberna. Fue en aquel momento cuando pensó en el cura del pueblo. Ahora que empezaba a sospechar que había algo raro en los manejos del Temple, necesitaría toda la información posible, y aquel sacerdote se había manifestado muy en contra de la encomienda de Chevreuse.

Seguro que se hacía eco de todos los rumores que circularan sobre la orden, por descabellados que fueran. Volvió sobre sus pasos y preguntó a Beatrice, que ya recogía la mesa que habían ocupado.

—Perdonad, el cura... ¿tiene casa en la sacristía o vive en...?
—El cura murió anteayer —repuso ella.
—¡¿Qué decís?! —exclamó Rodrigo mirando a sus amigos.
—Sí, se partió el cuello junto al río. Debió de resbalar y chocó con una roca. Le gustaba pescar.

No podía creerlo. Jean había manifestado estar harto de aquel cura apenas unos días antes y ahora estaba muerto. Algo comenzaba a oler mal en torno a aquella historia. ¿Habrían sido capaces sus confreres de eliminar a aquel hombre? ¿Y Giovanno? Tenía que hacer algo.

—Beatrice —preguntó Arriaga—, ¿recordáis a aquel hombre que vino a verme? ¿Aquel con el que me reuní arriba, en uno de vuestros cuartos?
—Claro.
—Me dijo que se hospedaría cerca de aquí. ¿Os dijo cómo podría localizarle?
—Sí.
—¿Cómo?

La joven no parecía muy comunicativa al respecto. Sin duda, el de Agrigento le había pagado bien, pero era evidente que ella se sentía en deuda con el templario. Se sorprendió mirándola a los ojos y pidiéndoselo por favor. Era hermosa.

—Puedo hacerle llegar una nota —contestó ella esbozando una sonrisa.
—De acuerdo —contestó él.

—Adelante —dijo Silvio de Agrigento.

Una figura embozada entró en el cuarto y se quitó la capa. La luz de una vela iluminaba de manera muy tenue la habitación de la posada en la que se entrevistaran más de dos meses atrás. Comenzaba a refrescar, pues corrían los primeros días de septiembre.

—¿Cómo habéis salido de la encomienda?

—Por el mismo lugar por el que solía hacerlo Toribio en sus correrías nocturnas. Hay una pequeña puerta en el primer sótano, junto al almacén, que da a la cara norte. Tengo que volver antes de maitines, así que no dispongo de demasiado tiempo —respondió Arriaga mientras se sentaba.

—¿Queréis un trago de vino? —preguntó el de Agrigento, recordando de nuevo su primera entrevista con Arriaga, cuando de pocas lo mató.

—Sí, vendrá bien.

El cura sirvió un buen vaso y el otro bebió a pequeños sorbos.

—¿Y bien? —preguntó el secretario del cardenal Garesi.

—Giovanno murió hace diez días.

—Lo sé, leí vuestra nota. He venido lo antes posible.

—Murió en extrañas circunstancias. Yo creo que fue envenenado, pero Tomás y Toribio piensan que fue por la contemplación de un objeto que trajimos de París.

—¿Qué objeto?

—No lo sabemos ni lo hemos podido averiguar. Creo que se llama algo así como *Il Bapho... meti...* No sé. Mirad, dómine, no he sido todo lo honrado que debiera con vos. Comencé esta misión con un propósito, pero no fui sincero con Giovanno y no le di la información que obtuve; no era gran cosa, pero...

—Lo sé.

—¿Qué?

—Sí, Giovanno me mantenía al tanto. Me contó lo del joven Saint Claire, lo de su traslado a París... sé lo de la reunión de esos cinco en la cripta.

—Pero si yo no se lo dije...

—Toribio se lo contó y el bueno de Giovanno me hizo un informe.

—Vaya, ese bocazas no cambiará. Supongo que Tomás también os mantiene al día.

—No, Rodrigo, no. Tomás es un crío, un sirviente.

—Está asustado.

—Me imagino. Éste es un negocio difícil, os lo dije. ¿Comenzáis a creer en mi versión? —preguntó Silvio de Agrigento.

—Al menos creo que he visto demasiadas cosas raras. ¿Qué más sabéis?

—Giovanno me contó lo de vuestra entrevista con Moisés Ben Gurión. Sabemos lo de la desaparición de los siete sabios.

—¡Vaya!

—¿Y aún negaréis que el Temple no es trigo limpio?

—No lo sé dómine, no lo sé. Confieso que me había encontrado bien por primera vez en muchos años, que me importaba un bledo este negocio. Creía que vos y vuestro amo estabais un tanto obsesionados con vuestras intrigas palaciegas y habíais perdido el sentido, pero no sé, ¿cómo queda ahora nuestro trato? Os he fallado.

—No temáis, Silvio de Agrigento cumple su palabra. Mirad, si creéis que el Temple está limpio, proseguid con vuestra vida de monje guerrero; pero si os queda un atisbo de duda, sólo uno, deberéis cumplir la misión, se lo debéis a Giovanno.

—¿Y Aurora?

—Cuando recibí vuestra nota cursé la orden. Ya ha sido exhumada y se le han dado los últimos sacramentos. Se bautizó a la criatura. Bueno, a los restos que quedaban en el féretro. Está enterrada en las posesiones de su padre, en el cementerio familiar. Descansa en paz, Rodrigo.

Arriaga se sintió en paz consigo mismo y se arrodilló para besar las manos de Silvio de Agrigento. No esperaba aquello, la verdad. Una gran sensación de serenidad lo invadió de pronto. Toda la pena, toda la culpa que había sentido y que le oprimía el corazón durante aquellos años fue liberada. Sintió una enorme tristeza por su amada, pues estaba muerta, pero algún día se reuniría con ella. Había ido al cielo. Ya no penaría más por estar enterrada en suelo no consagrado.

—¡Gracias, gracias! —dijo entre sollozos.

—Levantaos, hombre de Dios. Fue una orden de mi amo, dadle las gracias a él.

Un largo silencio se estableció entre los dos. Rodrigo Arriaga parecía confundido, entre triste y alegre. Sollozaba y reía a ratos.

—Bien —dijo el cura—. Ahora sois libre. Aunque no habéis cumplido la misión nosotros os hemos pagado como si lo hubierais hecho. ¿Qué vais a hacer?

Rodrigo permaneció callado por un momento. Miraba con aire hipnótico al brasero que caldeaba la habitación.

—Pues cumplir con la tarea que me encomendasteis. Os lo debo. A vos y a Giovanno.
—Lo sabía. Nunca me equivoco al elegir a un colaborador —contestó el diácono con cara de satisfacción. Era obvio que su señor, Lucca Garesi, había acertado exhumando a la joven. Ahora Arriaga se sentía en deuda con ellos.

Mayor ignoratum rerum est terror[10]

—¿Y no os pareció sospechoso? —preguntó Silvio de Agrigento tras escuchar los detalles de la ceremonia de iniciación.

Rodrigo de Arriaga contestó:

—No, Jean tiene una explicación para todo.

—¡Por Dios, Rodrigo! ¿Negar a Cristo os parece normal?

—Parecía lógico; para ser como Pedro, el apóstol... era un símbolo...

El de Agrigento se tocó la barbilla con la diestra pensando y añadió:

—Y eso de «¡ha resucitado!», ¿qué sentido tiene? Esto resulta herético, sin duda. ¡Herético! ¡Negar a Cristo! Hay que acabar con esos malditos herejes, pero cada cosa a su tiempo, claro... Calma, calma. Tienen amigos poderosos.

—Sí, como Bernardo de Claraval.

—En efecto.

—Jean me contó que el Papa le debe la tiara a Bernardo.

—Y es cierto.

—Eso explica la bula *Omni datum optimi* —repuso Arriaga como el niño que se sabe la lección.

—¿Y la conversación de Inocencio II en privado con el Gran Maestre? ¿Y los gritos que escuchamos desde fuera? ¿Cómo explicáis que Su Santidad se encerrara luego a solas sin querer ver a nadie? ¿Y la fiebre cerebral que le aquejó esa misma noche? ¿Qué sentido le veis a que lo primero que hiciese tras recuperarse fuera dar las órdenes precisas para que se re-

---

10. Se teme más a lo desconocido.

dactara esa bula? Yo os lo diré: el chantaje, un burdo chantaje.
—Sí, puede ser. No digo que no.
Entonces Rodrigo le contó la alusión que Robert Saint Claire había hecho a «las familias» y a un «proyecto».
—¿Qué familias? ¿Qué proyecto?
—Eso mismo le pregunté yo.
—¿Y qué dijo?
—Incoherencias. Además, entró gente en el cuarto.
—¡Vaya! —dijo el de Agrigento haciendo chasquear sus dedos con fastidio—. ¡Familias! ¿Qué familias? El joven Saint Claire podría sernos útil.
Rodrigo tomó la palabra y repuso:
—He hecho algunas averiguaciones al respecto de lo de las familias. Jean me explica todo al detalle. Ve con agrado mis preguntas, pues cree que quiero progresar en la orden. Dice que hay «grandes planes para mí».
—Pero ¿no sospechará de vos? Mataron a Giovanno.
—No lo sabemos seguro. Puede que su muerte fuera natural. Además, Jean me tiene en alta estima y me está convirtiendo en su mano derecha. Eso me da libertad de movimientos para entrar y salir de la encomienda a cumplir con sus recados. Como decía, he hablado largo y tendido con él, y es muy fácil leer entre líneas en la historia que cuenta. Me preguntabais por las familias, ¿no? Bien, pues he averiguado que teníais razón y que hay un espeso entramado, una red de complejas relaciones que une a las familias de los más importantes miembros del Temple. Esta red llega hasta Bernardo de Claraval. Nada es casual. Mirad, Bernardo era un joven de origen noble, conde de Fontaine, que un buen día decidió entrar en el Císter, lo que alarmó sobremanera a su familia, de tal modo que hasta su propio hermano se lo reprochó. Vamos, que se lo quitaron de la cabeza. No obstante, unos años después, así, de pronto, se presentó con nada menos que treinta y cinco familiares directos para ingresar en la orden. ¡Y uno de ellos era su propio hermano!
—Treinta y cinco... vaya. ¿Y el hermano era el mismo que...?
—En efecto, el que no quería que Bernardo entrara en la orden. ¿Qué puede llevar a treinta y cinco varones de una fa-

milia noble, de lo más granado de Francia, a entrar en una orden monástica? Esto me lo cuenta Jean como prueba de la iluminación que Bernardo proyecta sobre los que le rodean, pero yo creo que hay que ver más allá. Hasta aquí me seguís, ¿no? —Al ver que su interlocutor asentía, el templario continuó—: Bien, poco después, Hugues de Champagne, uno de los hombres más ricos y poderosos de Francia, dona al mismísimo Bernardo unos terrenos en el Valle de la Luz, en Clairvaux, donde aquél, acompañado de sus acólitos, funda el monasterio del mismo nombre; en mi idioma, Claraval. Curiosamente, el obispo de la diócesis lo nombra abad. El propio Hugues de Champagne está metido de lleno en el negocio, pues primero hace que un joven imberbe como Bernardo llegue a abad, así porque sí, a los veintipocos años. ¿De acuerdo? Y luego... ¿recordáis a Hugues de Payns?

—Claro, primer Gran Maestre del Temple, el fundador, amigo de Henry Saint Claire, padre de vuestro compañero Robert.

—El mismo. De Payns era vasallo de Hugues de Champagne. ¿Casualidad? Hugues de Payns era un noble de rango medio, no excesivamente rico. ¿Sabéis quién era su señor? ¿A quién tributaba?

—Al mismísimo Hugues de Champagne, el benefactor de Bernardo de Claraval —acertó Silvio de Agrigento.

—Pues sí, ¡qué casualidad! Los dos, Bernardo y el fundador del Temple, dependían de él. ¿Y qué tiene que ver Hugues de Champagne con el Temple? Al ser el señor de Hugues de Payns, ambos viajaron juntos en la cruzada junto a Henry Saint Claire. Luego De Payns y Hugues de Champagne, o sea, el deudor y su amo, fueron hasta tres veces más a Tierra Santa. Está claro que algún negocio tenían allí. Hugues de Payns fundó el Temple con otros ocho caballeros y su señor lo favoreció y le hizo grandes donaciones. Como sabéis, pasaron nueve años sin aceptar a nadie, sólo a un tal Fulco de Anjou, hombre poderoso también. Y apenas un tiempo después, ¿sabéis quién solicitó entrar en la orden como simple caballero?

Silvio de Agrigento puso cara de no imaginar quién, por lo que Rodrigo soltó de sopetón:

—¡El mismísimo Hugues de Champagne! ¿Qué os parece?

¡El hombre más rico de Francia lo deja todo e ingresa en una orden monástico-militar para ponerse a las órdenes de su siervo Hugues de Payns!

—¡Qué raro!

—En efecto. Jean me cuenta esta historia como ejemplo de voluntaria renuncia, de humildad, de pobreza, pero yo veo algo más. Es decir: un hombre inmensamente rico crea un mito, Bernardo de Claraval, y a continuación apoya, también con sus dineros, la fundación de una orden militar. Dicha orden requiere de un apoyo teológico para ser reconocida por el Papa: necesita una regla y entonces, en ese momento... ¿quién aparece?

—Bernardo de Claraval. Está clarísimo. ¡Lo tenían todo preparado! *Manus manum lavat.*[11]

—En efecto.

—De acuerdo. Todo está claro. Hugues de Champagne favoreció a Bernardo, luego a su siervo De Payns y, después, Bernardo legitimó al Temple ante el papado.

—No, no, aún hay más —dijo Rodrigo.

—¿Más?

—Otro de los fundadores del Temple era André de Montbard.

—¿Sí?

—Que es tío de Bernardo de Claraval.

—¡Acabáramos!

—Es una red: Montbard, Bernardo y sus parientes, Hugues de Champagne, De Rossal (el padre de mi amigo Jean), los Saint Claire y por supuesto Hugues de Payns. Intrigan, ascienden, nombran papas...

—Sí, sí, está claro, pero ¿qué pretenden? —se preguntó Silvio de Agrigento.

—No lo sé, pero algo grande, seguro.

Quedaron en silencio y el cura sirvió más vino.

—Bien, bien —dijo—. Veamos, de momento lo más prudente es que continuéis igual: siendo un aprendiz perfecto para vuestro Jean. Cumplid sus órdenes e intentad progresar en la orden. Deberíais averiguar qué era esa «cosa» que vio Giovanno y cuál fue la causa de su muerte. Sea lo que fuere lo que ha-

---

11 Una mano lava a la otra.

bía en ese saco, provocó que reforzaran vuestra comitiva con nueve caballeros. Debéis averiguar de qué se trata, es obvio que es importante. Por otra parte, lo de renunciar al crucifijo, y el «ha resucitado», son aspectos que deberíais ir tratando con Jean poco a poco.

—¿Y lo de los sabios judíos?

—Es otro misterio. Sin duda los necesitaban para traducir o descifrar textos antiguos, algo que hallaran en el Templo de Salomón.

—Creo que nunca llegaremos a entender nada.

—Tened paciencia Rodrigo, tened paciencia. Nos encontramos ante algo grande, muy grande. Vamos a tardar años en averiguar lo que ocurre aquí. Sabed que el Temple es, hoy por hoy, muy poderoso. ¿Qué os parecieron sus instalaciones de París?

—Sencillamente impresionantes.

—No sabemos de dónde sacan tanto dinero. Hay quien comienza a rumorear que han dado con el secreto de la alquimia; no tiene otra explicación. Se han convertido en banqueros. Podéis depositar una cantidad de dinero, digamos, en París, y ellos os dan un pagaré. Luego acudís a cualquier encomienda del Temple, por ejemplo en Jerusalén, y os devuelven vuestro dinero. Así se puede viajar sin el riesgo que supone llevar grandes cantidades de oro. Además, son prestamistas. Creo que el mismísimo rey de Francia les debe un capital.

—Vaya.

—Progresad, haced lo que podáis, amigo.

—Debo irme. Dentro de poco tocarán a maitines.

—Id con cuidado.

—Lo haré.

Rodrigo inició de inmediato sus pesquisas. Decidió que lo primero que tenía que averiguar era qué habían traído de París en aquel cofre. Jean se había puesto muy contento al recibir el baúl. ¿Qué contenía?

Concluyó que lo mejor era preguntarle directamente. De hecho, el no haber mostrado curiosidad por ello podía parecer más sospechoso aún. Jean acostumbraba a dar un paseo a caballo por el valle todos los días, al atardecer. Le gustaba que los lugareños sintieran que vigilaba sus tierras, ya que era un señor duro y despiadado cuando se hacía necesario. De hecho, los tres paisanos que habían asaltado la posada enfrentándose a Rodrigo habían tenido que escapar, pues el comendador había ordenado que se les ajusticiara por haber levantado la mano contra un noble.

Por otra parte, el cura que había provocado la desgracia de Robert Saint Claire había muerto desnucado. Qué oportuna muerte...

Rodrigo sabía que bajo sus maneras amables Jean de Rossal escondía un talante duro y despiadado. Al comendador le agradaba que Rodrigo lo acompañara a todas partes. El aragonés se estaba convirtiendo en una suerte de secretario de Jean, que delegaba en él más y más funciones.

Una tarde, aprovechando sus largas conversaciones en los paseos a caballo al caer el sol, Rodrigo le preguntó:

—Jean, ¿qué contenía el cofre que trajimos de París?

El comendador sonrió.

—Me extrañaba que no me hubierais hecho esa pregunta.

—Me habéis enseñado a obedecer sin preguntar.

—Bien dicho, hermano. Pues contenía algo muy valioso.

—Lo imagino.

—Es algo... muy querido para nosotros.

—¿Un Cristo? ¿Una Virgen?

De Rossal rio a carcajadas.

—No, Rodrigo, no era un Cristo. Es algo que ahora no podéis conocer... no estáis preparado.

—Quiero saber, Jean, quiero conocer.

—Las cosas no son sencillas. El camino de la iluminación no es fácil. Se necesita ir poco a poco, que un maestro os guíe.

—Estoy dispuesto a ello.

—No me cabe duda, Rodrigo.

—Tengo treinta y siete años, no soy un niño.

—Sí, pero habéis de tener paciencia. Estáis llamado a grandes cosas.

—¿Relacionadas con el hebreo?

—Siempre fuisteis muy perspicaz. Sí, en parte.

—Recuerdo que me dijisteis que mis conocimientos de hebreo podían ser útiles a la orden, pero debo deciros que temo haberlo olvidado. La falta de práctica.

—No necesitareis mucho tiempo para poneros al día, seguro.

—Pero necesitaré un maestro. Y que sea bueno. ¿Tiene la orden maestros que puedan enseñarme el idioma de los judíos? —preguntó pensando en los siete sabios desaparecidos diez años atrás. Quizá con esa excusa lograría averiguar su paradero.

Jean pensó por un instante.

—La orden, no. Pero unos buenos amigos, sí.

—¿Quiénes?

—El Císter. Cuando Bernardo de Claraval fundó su monasterio en Clairvaux se dedicó a estudiar numerosos textos hebraicos ayudado por célebres sabios judíos. Creo que dichas lecturas fueron traídas por Hugues de Champagne desde Tierra Santa, tras la cruzada.

—¿Y de eso hace...?

—Pues, tras la Cruzada. Unos veinticinco años.

Rodrigo pensó que aquellos sabios no eran los desaparecidos hacía diez años y que los documentos no podían ser los hallados en el Templo, pues se encontraron más tarde, en 1128.

—Gracias a sus lecturas sobre enseñanzas hebraicas, Bernardo alcanzó un alto grado de iluminación espiritual. Creo que en Clairvaux siguen contando con buenos maestros de hebreo. Mirad, Rodrigo, se me ocurre una idea: intentaré que podáis ir allí. Cursaré las solicitudes pertinentes.

—¿Nunca hemos contado con la ayuda de buenos sabios judíos? —se arriesgó a preguntar Rodrigo—. Me refiero al Temple.

—No, no, creo que en eso siempre nos ayudó el Císter.

Era evidente que si en algún sitio se sabía algo de los siete desaparecidos, aquel lugar era Clairvaux. Podía ser una buena oportunidad. No perdía nada por intentarlo.

—Jean, ¿y el objeto?

—¿Sí?

—El que traje de París.

—No os lo puedo decir ahora, pero pronto lo sabréis. Os lo

merecéis, sin duda. Seréis un iniciado. —Y con esa enigmática frase dieron por terminada la conversación.

Durante las jornadas siguientes, Rodrigo volvió a emplearse a fondo para ser un buen templario. Silvio de Agrigento le había insistido en que no debían verse, pues era algo que podía perjudicar a la misión, así que una vez por semana bajaba a la posada y entregaba una carta a Beatrice, que la joven hacía llegar al secretario de Lucca Garesi.

Tras el toque de maitines, los caballeros, semivestidos, acudían a la pequeña capilla donde rezaban treinta padrenuestros; después, iban a las cuadras a dar de comer y cuidar personalmente a sus caballos de combate, para luego descansar un poco antes del amanecer. Ése era el momento que solía aprovechar Arriaga para bajar a toda prisa a la posada y entregar el informe a la joven. Ella aparecía en camisón, sin ponerse siquiera una manta o un chal por encima, por lo que Rodrigo adivinaba el perfil de sus tersos pechos tras el inmenso escote rematado en una especie de lazo que cada vez anhelaba más desatar. Solía abrirle por la puerta trasera, con el pelo alborotado y los ojos verdes brillando a la luz de la palmatoria que sostenía en su mano. Olía muy bien. Gracias a ella fue reparando lentamente en que llevaba muchos años sin estar con una mujer.

El templario comenzaba a preguntarse qué hacía allí. Era libre para volver al Pirineo a cuidar de sus tierras y sus animales. Aurora descansaba en paz. Silvio de Agrigento le había dicho que era libre, que podía ausentarse cuando quisiera. ¿Por qué se sometía a aquel riguroso régimen de vida que asfixiaría al más pío de los santos? La verdad era que el reverendísimo Lucca Garesi y su secretario habían mostrado una generosidad que lo había conmovido. Era evidente que no les interesaba contar con agentes poco convencidos de su misión, así que, tras la muerte de Giovanno, habían decidido prescindir de sus servicios. O era eso o que eran muy inteligentes, porque su generoso gesto para con Aurora, añadido a la muerte de Giovanno, había provocado que Arriaga se implicara de nuevo en la misión al sentirse en deuda con ellos. Y de veras.

En el fondo tenía que reconocer que si no volvía a casa no era sólo por lo de Giovanno o porque hubieran cumplido su parte del trato con Aurora. Debía admitir que había recuperado las ganas de vivir gracias a aquella misión. Había vuelto a experimentar la emoción, la zozobra de sus días de espía, el aroma del riesgo. Y eso le gustaba. Además, allí había muchas cosas raras. Se sentía intrigado.

¿Podía esa «cosa» haber matado a un tipo robusto como Giovanno? ¿Qué era? ¿Cómo podía un objeto inerte asesinar a alguien? ¿No habría muerto de muerte natural? Quizá por el miedo, por la sugestión...

Luego estaba su ceremonia de iniciación: aquellas extrañas frases... La negación de Cristo... «¡Ha resucitado!»... Por no hablar del misterio de los siete sabios judíos desaparecidos. Según dijo Jean, los hermanos del Císter, o sea, Bernardo y sus acólitos, ya habían estado traduciendo textos hebraicos desde 1115, año de la fundación de Clairvaux, luego, ¿por qué habían secuestrado a siete sabios en 1130, varios años después? Quizá los caballeros templarios habían dado con algo en las ruinas del Templo que no podían traducir los judíos que ayudaban a Bernardo en Clairvaux, o con algo secreto. Sí, eso era. Secreto.

Jean también había explicado que antes de eso Hugues de Champagne y su entonces siervo, Hugues de Payns, habían traído escritos judaicos tras la cruzada, antes de fundar la orden. La mente afilada y analítica de Rodrigo comenzó a imaginar una secuencia de acontecimientos: una serie de familias del Occidente cristiano tienen un «proyecto» relacionado con el Templo de Salomón. Hugues de Champagne, hombre rico y poderoso, construye un monasterio al joven Bernardo, que previamente se ha encargado de entrar en el Císter con más de treinta acólitos. Bernardo y sus monjes traducen multitud de escritos salidos de no se sabe dónde. Quizá los tenían aquellas familias. Posteriormente, Hugues de Champagne acude a Tierra Santa acompañado de su deudor, Hugues de Payns y de otros miembros de la conspiración como Henry Saint Claire. Van y vienen varias veces de Palestina, inspeccionan el terreno y traen más documentos para los cistercienses y sus sabios judíos. Luego Hugues de Payns funda el Temple y consigue que los emplacen en las caballerizas del palacio, o sea, sobre el antiguo Templo de Salomón. Excavan y a los nueve años hallan algo, lo traen a Europa y entonces ¡secuestran a siete sabios judíos! ¿Por qué? ¿Y por qué no utilizar a los colaboradores que Bernardo ya tenía en Clairvaux? Evidentemente, porque aquello suponía un gran secreto. ¿Dónde estarían aquellos sabios? Muertos, sin duda. Si los siete sabios hubieran descifrado algo grande, lo normal hubiera sido eliminarlos. Claro, eso era: estaban muertos. Era obvio que algo habían hallado. El Temple era rico y parecía extorsionar hasta al mismo Papa, pero ¿qué era lo que sabían?

Rodrigo se proponía averiguarlo. Como decía Silvio de Agrigento, aquel era un trabajo a largo plazo. Tardaría años en poder ascender en la orden, en llegar a cotas de responsabilidad tan altas como para saber la verdad, pero no le importaba. Ahora se trataba de un reto personal. Se sabía valioso.

Por ejemplo, en la misma encomienda de Chevreuse, todos los caballeros excepto Jean eran analfabetos. Rodrigo hablaba varias lenguas e incluso chapurreaba el árabe. Además, había luchado contra el moro en la península, nada menos que a las órdenes de Alfonso I *el Batallador*, uno de los monarcas más queridos por el Temple. Por si todo esto fuera poco, era amigo personal de Jean de Rossal, que le tenía en alta estima; se había ganado la amistad del joven Robert Saint Claire y además le había salvado la vida actuando con suma discreción en el asunto de la posada y el traslado del reo a París. Sí, tenía un brillante futuro en la orden y debía tener paciencia, mucha paciencia.

Sumido en estos y otros pensamientos, llegó donde la posada. Era noche cerrada. Beatrice le esperaba, pues se adivinaba una luz a través de la membrana de piel que recubría las ventanas. La chica abrió la puerta trasera y salió a su encuentro. Olía a brezo y a tierra mojada. Él le entregó la carta y ella le invitó a pasar a la cocina a tomar algo de vino caliente con canela. Corrían los primeros días de octubre y hacía frío. Hablaron durante un rato. Ella se interesó por su vida anterior; sobre todo quería saber si había estado casado.

Él le contó que la vida de un hombre de armas no es para tener esposa e hijos. No pudo evitar el recuerdo de su padre, siempre ausente por las guerras de su señor. También le contó lo de Aurora. Conforme iba narrando aquella desgraciada historia iba advirtiendo que se deshacía del peso de su culpa. Ella yacía en paz. Algún día se reencontrarían. Se sintió mejor, como desahogado. Beatrice sabía escuchar. Él le pidió que hablaran de ella. La joven no había conocido otro mundo que el trabajo en la posada con su padre, un buen hombre. Su madre había muerto en el parto.

Cuando vino a darse cuenta, estaban a punto de tocar vísperas. Tuvo que correr sendero arriba para llegar a tiempo.

*20 de octubre del Año
de Nuestro Señor de 1140*

A la atención de Su Paternidad, Silvio de Agrigento,
de parte de Rodrigo de Arriaga

Estimado hermano en Cristo:

No puedo contar en estas letras que hemos progresado mucho en nuestro encargo pues sería faltar a la verdad. Tanto Toribio como Tomás o este humilde caballero intentamos por todos los medios averiguar algo nuevo respecto a esta hermética orden, pero la verdad es que no es fácil. Algo hemos adelantado; por ejemplo, tanto Toribio como yo nos hemos hecho eco de ciertos rumores que corren por el pueblo que dicen que hay un túnel que comunica los subterráneos del *chateâu* con una cripta bajo la iglesia de la villa. Para que os hagáis una idea, también se dice en el pueblo que los templarios no ahorcaron al joven Saint Claire sino a un estafador, y que Robert escapó al Temple de París y de ahí a Tierra Santa. Como veis no andan desencaminados, así que creo que no es descabellado dar cierto crédito a las cosas que averigua el pueblo llano. Si lo del túnel fuera cierto y lo de la cripta también, tendríamos una respuesta a uno de los enigmas que más nos ocupan: ¿dónde guardan el cofre con esa cosa que mató a Giovanno?

He registrado toda la encomienda, con disimulo, claro, y no he hallado nada; ni en la capilla ni en el despacho de Jean hay nada. Sólo nos queda por registrar esa estancia misteriosa junto a los calabozos donde se reunieron en secreto Jean y otros cuatro aquella noche en que celebraron la extraña ceremonia.

Por otra parte, os diré que Jean aumenta por momentos mis atribuciones y me consta que alguien de «arriba» ha ordenado que se me envíe a Clairvaux a refrescar mi hebreo. Creo que será durante un mes, pero no sé cuándo. Con respecto al destino del joven Saint Claire, siguen pensando que yo mismo lo acompañe a las tierras de sus padres en Escocia escoltados convenientemente, pero según dice Jean el turbado estado de su espíritu no aconseja aún sacarlo de la *Grande Tour* del Temple de París. Por lo demás, aquí todo sigue igual, la misma rutina, los entrenamientos matutinos y la vida monacal. Debo reconocer que, como militares, estos templarios no tienen rival. Son duros, disciplinados, se entrenan y mantienen el material en perfecto estado. Su estructura militar asegura que las órdenes se obedecen al momento y sin temer las consecuencias para la integridad física del individuo. La salvación del alma si se cae en combate está asegurada. Nos ejercitamos a diario. Nos dividimos en «hombres de armas», y cada uno de éstos no es una sola persona sino el conjunto formado por un caballero y cuatro soldados —dos sargentos y dos armigueros— que combaten junto a aquél como un solo hombre. Los ejercicios que practicamos son continuos y todo el mundo sabe lo que tiene que hacer en combate. No me extraña que los infieles nos teman.

Espero poder haber avanzado algo más en mis pesquisas en mi próxima misiva. Sobre todo en lo referente a «esa cosa», al lugar donde se oculta y al misterioso túnel.

Vuestro Hermano en Cristo,
RODRIGO ARRIAGA

Clairvaux

Rodrigo supo que partía hacia Clairvaux unos días más tarde, justo después del servicio de la hora tercia, así que en cuanto pudo se apresuró a escribir una misiva a Silvio de Agrigento en la que le relataba los últimos acontecimientos. Tras la cena durmió bien hasta maitines y después de los rezos y de la atención debida a su caballo esperó a que todos volvieran a dormir. Entonces bajó a la posada. Beatrice no lo esperaba, por que abrió la puerta medio dormida y sonrió al verlo. Rodrigo pudo leer la decepción en sus ojos cuando le dijo que partía de manera inminente hacia Clairvaux para recibir lecciones de hebreo. Sintió una gran satisfacción al ver que la moza parecía algo contrariada, aunque le explicó que, en principio, sería sólo por un mes. Él le entregó la carta y ella le dijo:

—Pasad.

Él la siguió pensando que iban a la cocina a tomar algo de vino o un poco de cerveza, pero ella lo tomó de la mano y lo guió escaleras arriba. Todo ocurrió de manera natural, como si estuviera así escrito desde siempre. El cabello de ella olía a lavanda y jadeaba. No recordaba la última vez que había estado con una mujer ni quería recordarlo. Beatrice era ardiente. No era moza. Rodrigo se dejó llevar. Sintió que una gran energía se liberaba durante el clímax, como si hubiera estado reprimiendo algo grande durante mucho tiempo. Quedaron abrazados, dormidos. Volvieron a hacer el amor al amanecer.

Entonces, como el que sale de un sueño, como el que ha perdido la cabeza, Rodrigo saltó del lecho sobresaltado. ¡Había perdido el oficio de laudes! Se despidió de ella apresuradamente y corrió camino arriba. Cuando llegó se cruzó con Jean, que lo miró con aire despectivo. Él intentó inventar una excusa sobre la marcha. Había cometido una falta grave y sería castigado por ello. Entonces, sorprendentemente, De Rossal le espetó:

—Desde aquí percibo en vos el olor a zorra barata. Id donde las cuadras. Vuestros amigos os esperan para partir. Aprovechad el tiempo en Clairvaux.

Arriaga se preguntó si había notado un destello de celos en la mirada de Jean. Se despidió con un lacónico «hasta pronto» e hizo lo que se le decía. Toribio y Tomás le dieron algo de queso y pan que comió sobre el caballo en cuanto salieron del pueblo. ¿No iba a sancionarlo Jean por su ausencia? Los dos sirvientes le contaron que De Rossal había dicho que estaba haciendo un recado para él. El comendador le había cubierto ante el resto del capítulo. Sintió alivio. Tendría que volver a ganarse a su amigo Jean de Rossal a la vuelta. Había cometido un error. Pensó en los inmensos y tersos senos de Beatrice.

—Vos, Toribio, borrad esa estúpida sonrisa de vuestra cara —comentó Arriaga enfadado.

—Todos caemos en lo mismo mi señor. Las mujeres... las mujeres.

—*Plures crapula quam gladius*[12] —sentenció el joven Tomás.

—No conocéis hembra, ¿verdad, joven? —preguntó Toribio— Pues tendremos que arreglarlo.

Y dicho esto los tres amigos se adentraron en el bello sendero que cruzaba el bosque hacia el sur.

3 de noviembre del Año de Nuestro Señor de 1140

A la atención de su Paternidad, Silvio de Agrigento,
de parte de Rodrigo Arriaga

Estimado hermano en Cristo:

Os escribo estas líneas apresuradamente antes de partir hacia

---

12. Más víctimas ha hecho el vicio que la espada.

Clairvaux acompañado por Tomás y mi buen Toribio. Jean me ha avisado casi de improviso que se había aceptado su sugerencia de enviarme a tomar clases de hebreo para que refresque mis conocimientos de dicha lengua. Al parecer, en Clairvaux los cistercienses cuentan con un grupo de aventajados hombres de letras de origen judío que me instruirán. Sólo dispongo de un mes, según se me ha dicho, pero espero que el contacto con dichos maestros pueda proporcionarnos alguna pista sobre los siete sabios desaparecidos en París hace diez años. No me extrañaría que incluso alguno de ellos permanezca retenido en la abadía o en sus inmediaciones. ¿Qué querrían traducir mis hermanos del Temple? Sigue siendo un misterio.

Por otra parte, tengo noticias sobre el joven Robert Saint Claire: permanece recluido en la *Grande Tour* del Temple de París y, según me cuenta Jean, esto es motivo de graves discrepancias con la familia del joven, que no hace falta que os diga es altamente influyente. Parece que los Saint Claire sostienen que Robert se recuperaría más fácilmente en sus dominios, en la casona familiar de Rosslyn, en la lejana Escocia, pero según dice Jean la inestabilidad mental de que hace gala el joven templario no hace aconsejable su liberación. Incluso el Gran Maestre, Roberto de Craon, ha dispuesto que no se le libere bajo ningún concepto.

Según creo, la reclusión no le ha venido bien, y al parecer las incoherencias que continuamente farfulla ponen en peligro hasta su vida. No sé qué es o qué sabe este joven, pero a la orden parecen preocuparle sus futuras indiscreciones en el exterior. Jean sostiene que la postura de la familia no es lógica, pues debían haberlo ajusticiado y le perdonaron la vida por ser quien es. En fin, que espero poder ver al joven a mi vuelta y sonsacarle.

Y ahora, el plato fuerte de esta misiva: sabemos cómo y de qué murió nuestro compañero y vuestro servidor Giovanno de Trieste.

Debo confesar que por momentos llegué a temer que nos encontráramos ante una suerte de poder sobrenatural, algo maligno y poderoso que nos superaba. Esto es lo que pensaban los muy ignorantes Tomás y Toribio, pero yo me mantuve firme —más de cara a ellos que a mí mismo— y demostré que tenía razón.

Debo recordar a vuesa merced que no sabíamos dónde podían esconder el misterioso objeto —fuera lo que fuese— por lo que tras hacer un minucioso inventario de las dependencias de la encomienda llegamos a la conclusión de que debía estar oculto en la cripta situada junto a las mazmorras, donde Jean y los otros cinco celebraron aquella extraña reunión secreta. Nos pusimos manos a la obra de inmediato para conseguir una réplica de la llave que sólo tiene Jean de Rossal y que siempre lleva colgada al cinto. Corrí un gran riesgo, pues tuve que acercarme a su camastro de noche, cuando todos dormían profundamente, e imprimir una copia de la llave en cera que de inmediato di a Tomás. Éste la llevó a un herrero del pueblo, que nos hizo una copia idéntica a la original y con ella nos dispusimos a desvelar este extraordinario misterio. Hace dos noches, antes de maitines, cuando el sueño de todos se hace más pesado y profundo, nos vimos a la entrada de las escaleras que bajan al subsótano; nada menos que tres figuras embozadas que no eran otras que la mía, la de Toribio y el fiel Tomás. Debo decir sin temor a faltar a la verdad que ambos temblaban de miedo. Unas horas antes de completas, y con la excusa de que iba a echar un vistazo a la mazmorra, donde sólo pena ya un prisionero, estuve hablando durante un rato con el sargento de guardia. Mientras hablaba con él, el bueno de Tomás se encargó de añadir al botijo del agua una buena dosis de polvo de adormidera. Por si vuestra merced no lo sabe, es una especie de amapola que se cultiva más allá de Tierra Santa y que provoca un sueño dulce y profundo en el paciente. Siempre llevo conmigo el pequeño saquito de hierbas medicinales que el mismísimo Jean me autorizó a ocultar como un detalle especial con su amigo recién llegado, pese a ir en contra de la regla. Supongo que pensó que mis habilidades al respecto podrían serle útiles algún día.

En fin, el hecho es que este movimiento previo nos aseguró que, al bajar de madrugada, el centinela de la mazmorra dormía como un niño. Presas del más absoluto temor abrimos la recia puerta con la llave e, iluminados tan sólo con una débil palmatoria, nos encontramos con una sala de aspecto circular, no muy ancha y con una bancada esculpida en la pared a lo largo de todo su perímetro. El techo era bajo, tanto que agobiaba. Aquello no era, obviamente, un almacén, como se me había dicho. Parecía más bien una sala capitular de reducido tamaño, mínima. Del extremo opuesto a la recia puerta de entrada salía un túnel que nos aprestamos a inspeccionar. Yo iba delante, con la luz, y el castañeteo de los dientes de Tomás me hacía sentirme invadido por un miedo que no experimentaba desde mis tiempos de soldado. El túnel era estrecho y bajo, y la humedad rezumaba sin dejar respirar apenas. Al doblar una esquina me di de bruces con una extraña figura esculpida en la piedra; de pronto, de la oscuridad, surgió una cara frente a mí, una especie de rostro barbudo de aspecto maligno que me hizo soltar un grito y perder la candela, que cayó al suelo apagándose para siempre. En aquel tramo la cercanía del río era manifiesta, pues el agua nos llegaba a los tobillos. Quedamos a oscuras. Palpé la pared y en cuanto mis ojos se acostumbraron a la oscuridad pude reparar en que los tabiques de piedra se hallaban, en aquella zona, enteramente labrados de imágenes que al tacto se me antojaban horripilantes y demoníacas.

—¡Vámonos de aquí, mi señor, vámonos! —rogaba Tomás entre susurros.

—¡Silencio! —ordenó Toribio en aquel instante.

Un extraño canto, una letanía lenta y repetitiva, llegaba desde el fondo de aquel túnel. Me armé de valor y dije:

—Vamos.

Así, avanzamos agarrados los unos a los otros, tropezando como ciegos e indefensos ante el mal que acechaba. Un tenue resplandor nos guiaba al fondo, así que, callados como muertos, continuamos caminando.

Llegamos al fin del túnel y hallamos una escalera de piedra. El canto siniestro de aquellos hombres sonaba más cercano. ¡Cantaban en hebreo! Una melodía sorda, grave y repetitiva. Reconocí sus palabras. Eran del Libro de los Salmos, de David. Comencé a traducir:

—Bendeciré... a Jehová en todo tiempo... Su alabanza será... será... siempre en mi boca...

—Pero, entonces... ¿son judíos? —preguntó Tomás.

Toribio y yo chistamos para que el joven callara y nos asomamos a un saliente de las escaleras. Vimos una cripta que estaba, sin duda, situada bajo la iglesia del pueblo. Allí, rodeando una mesa de piedra redonda, había cuatro personajes encapuchados que vestían amplios hábitos blancos. Sabía quiénes eran, pues los identifiqué en su reunión anterior, si bien esta vez faltaba el joven Saint Claire. Cantaban el salmo una y otra vez, y aquello ponía los pelos de punta. En el centro de la mesa estaba el cofre que contenía el misterioso objeto.

¿Qué era aquello que había matado a Giovanno? Debo confesar

a Su Paternidad que sentí miedo de veras. Entonces, por una vez, dudé. Temí por mí mismo y por mis sirvientes.

—Tapaos los ojos —dije.

—¿Qué? —respondieron ellos al unísono.

—¡Vamos! —repuse enérgicamente.

Los encapuchados se inclinaban como adorando aquel objeto que, oculto en el cofre, amenazaba nuestras vidas. ¿Podría aquella cosa matar a alguien con su sola contemplación? ¿Era eso lo que había ocurrido con Giovanno? Recordé el único objeto que conocía con poder para matar a un hombre con su simple visionado: el Arca de la Alianza. De inmediato deseché ese pensamiento, pues el cofre era demasiado pequeño como para contenerla.

—Si me ocurre algo sacadme de aquí a rastras —dije en un susurro.

El chasquido de la cerradura indicó que los templarios iban a sacar aquel objeto, así que Toribio y Tomás agacharon la cabeza y yo me giré hacia el lugar donde los cuatro caballeros se habían quitado las capuchas. Uno de ellos, Beltrán, sacó unos pañuelos húmedos de un cubo y de inmediato se los ataron a la boca. Así, embozados, abrieron la tapa del cofre, que chirrió sobre sus propias bisagras. Comenzaba a entender aquello. Recordé que los caballeros que lo habían empaquetado en el Temple de París también estaban embozados.

Con mucho cuidado y portando guantes sacaron el saco de arpillera del cofre. Entonces Jean se puso en medio. Me cortaba la visión y sólo pude intuir lo que hacían. Supe que sacaban esa «cosa» y que la limpiaban con paños húmedos que habían vuelto a sacar del cubo.

—¡Lo sabía, lo sabía! —dije por lo bajo.

—¿Sabíais qué? —dijo Toribio, que permanecía con la cabeza agachada y los ojos cerrados.

Los templarios se aplicaron durante un buen rato a la tarea de frotar aquello con los paños. Seguía oculto a mis ojos. Sabía que Giovanno había muerto envenenado, así que ya no temía verlo; es más, ardía en deseos de contemplar aquel objeto. Entonces, justo cuando Jean se iba a hacer un lado, el tonto de Tomás hizo un ruido haciendo rodar un canto. Tuve que tirarme al suelo de golpe. Los templarios interrumpieron su quehacer.

—¿Qué ha sido eso? —dijo una voz.

—*Miaaauuuu...* —farfulló Toribio, haciendo gala de las habilidades adquiridas en sus correrías nocturnas. Debo reconocer que no conozco a nadie que imite mejor el canto del grillo, el ulular del mochuelo, los aullidos de los perros o el maullido de un gato.

—Es un gato —dijo Jean—. Tranquilos.

—Voy a ver —comentó otra voz, lo que me puso los pelos de punta.

Empujé a aquellos dos idiotas que tenía por compañeros y volvimos semiagachados por el túnel que nos había llevado a aquel tétrico lugar.

Cuando respiré el aire puro y fresco de la noche, me maldije por no haber podido contemplar el objeto. ¿Qué sería aquello?

Antes de despedirme les insistí en que debían estar tranquilos. Giovanno había muerto envenenado.

—¿Cómo? —preguntó Toribio.

—Sí. Yo tenía razón. Ese objeto, sea lo que sea, ha sido cubierto con una capa de polvo, quizás obtenido a partir de serrín y cubierto con algo de resina para que las partículas del veneno sean respiradas por el infortunado. Cianuro y digital; eso es lo que lleva ese polvo. Por eso los caballeros se cubrieron la boca con trapos húmedos que ataban a su nuca, para no respirarlo. Y por eso limpiaban el objeto con trapos humedecidos, para quitarle los residuos de veneno. Como el veneno queda apelmazado entre las pequeñas partículas de serrín y la resina hace que tarde más en liberarse, por eso Giovanno tardó unas horas en morir. Es ingenioso: si alguien roba o contempla el objeto sin permiso, muere envenenado en pocas horas al respirar ese polvo mortífero.

—Vaya —exclamó algo liberado el joven Tomás.

—Ya no tenemos que temer intervenciones diabólicas. El mal en este mundo es cosa del hombre —sentencié antes de irnos a dormir.

Cuando me eché en mi catre respiré aliviado. Ya veis, vuestro fiel sargento Giovanno de Trieste no murió por la contemplación de algo maligno, sino por el polvo venenoso que lo impregnaba.

No hemos vuelto a tener ocasión de contemplar esa «cosa», pues de inmediato me dijeron que partíamos hacia Clairvaux.

Espero aclarar algo allí. Os enviaré una misiva en cuanto pueda.

Vuestro hermano en Cristo,
RODRIGO ARRIAGA

Υ

Rodrigo y la compaña llegaron a Clairvaux siguiendo el curso del río Aube. El cauce discurría por un estrecho valle que separaba dos montañas que iban desapareciendo poco a poco al acercarse a la abadía. Justo cuando el valle empezaba a ensancharse, uno se topaba con el muro que protegía los inmensos huertos del monasterio. El cansado espía comprobó maravillado que los cistercienses habían logrado hacer de aquel lugar un remanso de paz y un enclave próspero, repleto de huertos y campos de frutales. Cuando Bernardo de Claraval se hizo cargo de la donación que le hiciera Hugues de Champagne, aquel valle, remoto y aislado, era un refugio de ladrones. De inmediato lo llamó el Valle de la Luz, Clairvaux, y tanto él como sus monjes se pusieron manos a la obra. Su trabajo había dado fruto de veras.

Conforme atravesaron la puerta de acceso al huerto que les franqueó un novicio que los esperaba, se dieron de bruces con un panorama edificante. Aquellos dedicados monjes habían dividido el curso del río en dos: hacia la izquierda, un ancho canal de cristalinas aguas se adentraba en las tierras del monasterio; hacia la derecha, el río seguía su curso natural. El novicio tomó a duras penas la brida del caballo de Rodrigo y los guio por aquellas inmensas instalaciones. Según avanzaban contemplaron desde sus monturas que aquellos laboriosos frailes habían ido dividiendo el canal en pequeñas acequias que delimitaban espacios regulares, casi todos de sección rectangular. Por esos pequeños canales discurría el agua con viveza, irrigando la tierra donde se cultivaban verduras y hortalizas y proporcionando el lugar ideal para el desove y la cría de inmensas truchas y carpas que habrían de completar la estoica dieta de los cistercienses.

Tras aquellos huertos regados profusamente por numerosos canales que se entrecruzaban, se advertían otros dedicados enteramente al cultivo de árboles frutales. Había multitud de variedades: manzanos, cerezos, ciruelos y perales, todo cuidado con mimo por los hacendosos frailes.

El complejo de edificios que delimitaban el monasterio era

impresionante. Había cuadras, talleres e incluso un magnífico molino que aprovechaba las aguas que ya habían sido utilizadas y volvían al río Aube, extramuros. Para ello, los confreres de Bernardo habían excavado una poza en una especie de curva que hacía el canal, provocando un salto de agua que daba fuerza suficiente para mover las inmensas muelas que habían de triturar el trigo. Había bodegas y tenerías para los curtidores. Aquello era, en verdad, como una pequeña urbe.

Al llegar a la hospedería los recibió el cirellero que, obviamente, los esperaba.

—*Pax et bonum* —dijo.

Ellos contestaron lo mismo al unísono.

Los tres descabalgaron y mientras Tomás acompañaba a dos novicios para acomodar las monturas en los establos, Toribio y Rodrigo acompañaron al hermano cirellero, Paulus, a un inmenso dormitorio para huéspedes. Según les dijo el fraile, era idéntico al que poseían, justo al otro lado del claustro, los monjes que habitaban el cenobio. Ambas estancias estaban situadas en la primera altura del edificio, aunque a la distancia necesaria para que los visitantes no importunaran la tranquila vida de los monjes. Pudieron descansar hasta vísperas en sus incómodos catres, hora en que se encontraron con Tomás en el exterior de la abadía. No asistieron al oficio. Charlaron un rato con el crío y luego acudieron a la cena en el refectorio de visitantes, que estaba separado del de los monjes por un consultorio, la despensa y la cocina. La cena fue frugal y el ambiente severo. Rodrigo vio que al fondo de la mesa comían cuatro hombres entrados en años, de rostro serio y luengas barbas, que llevaban bonete al estilo de los maestros judíos. Había frailes de otras órdenes que sin duda habían acudido allí a traducir o copiar algún ejemplar de la bien nutrida biblioteca y peregrinos de distintas nacionalidades. Cuando tocaron a completas, acudieron a la iglesia atravesando el sólido y hermoso claustro. La abadía y su entorno eran de indudable belleza, pero no se podía decir que Bernardo hubiera caído en el error de decorarla con los lujos que tanto criticó a Cluny. La capilla era grande. Al fondo estaba el coro para visitantes y el resto del personal laico. Justo delante del altar mayor se situaba el coro de los monjes, que llegaban al mismo por una escalera llamada de maitines y que comunicaba la iglesia directamente con su dormitorio. La iglesia tenía planta de cruz latina y, aunque amplia, resultaba austera, reflejando el carácter duro y ascético de aquella orden que surgió como una escisión de la de Cluny, cuyas costumbres, según Esteban Harding, se habían relajado un tanto.

El oficio fue corto. Junto al capellán, Rodrigo identificó a un hombre alto, delgado, que rondaba la cincuentena. Su pelo rubio y barba rojiza le daban un cierto aire juvenil. Era Bernardo de Claraval. Poseía un cierto halo de paz que exhalaba en todos y cada uno de sus movimientos. Era un tipo fibroso, acostumbrado al ayuno y al ejercicio vigoroso de la vida de monje: *ora et labora*. Al acabar el rezo, fueron a dormir. No se levantaron para asistir a maitines. Al salir el sol fueron al oficio de laudes y al refectorio, a desayunar. Un monje joven fue a buscar a Rodrigo al comedor, y Toribio quedó libre para pasear por aquellas tierras a su antojo. El novicio condujo a Rodrigo por el claustro hasta el *scriptorium*, donde trabajaban afanosamente una docena de monjes cistercienses y algunos invitados a los que había visto en el comedor, todos ellos religiosos de otras órdenes. Los judíos trabajaban al fondo, embebidos en sus propios volúmenes y documentos.

—Esperad aquí —dijo el joven cisterciense.

Al momento volvió acompañado por un hombre de aspecto docto que debía de rondar los sesenta años.

—Éste es Isaías Guior, vuestro maestro en Clairvaux —repuso el joven.

—Shalom —dijo Rodrigo.

—Shalom —contestó el otro—. ¿Tuvisteis buen viaje?

—Sí, bueno y tranquilo.

—Me alegro.

—Vaya, qué casualidad, Guior, «valle de la luz» en hebreo, como Clairvaux en francés...

—En efecto —contestó el maestro—. Caprichos del destino. —Cambió de tema y preguntó—: ¿Descansasteis bien?

—Sí, sí, he dormido como un niño.

—Entonces comenzaremos las lecciones de inmediato. Fray Bernardo en persona me ha pedido que me esmere con vos.

—¿Podré conocerle? —dijo Rodrigo al novicio.

—Os recibirá en su despacho antes de la comida —contestó el joven monje.

—Muy bien —dijo Rodrigo—. ¿Estudiaremos aquí, en el *scriptorium*?

—No —repuso el judío de luenga barba—. Lo haremos en nuestra habitación, junto a la tenería. El olor es algo fuerte pero tendremos la tranquilidad necesaria. Tomaréis lecciones todas las mañanas, desde laudes hasta la hora tercia. El resto del día lo dedicaréis al estudio personal y a vuestro entrenamiento militar, si os place.

—Perfecto.

—Bien, pues seguidme entonces. Gracias, Pierre —dijo el rabí despidiendo al monje.

Salieron al claustro, donde el ir y venir de monjes portando pergaminos y volúmenes en dirección a la biblioteca sorprendió a Rodrigo. Maravillado ante aquel panorama, siguió a su mentor. Era más menudo que Moisés Ben Gurión aunque parecían cortados por el mismo patrón: vestían de manera similar, muy rigurosa, de negro y sin artificios, y sus modales eran serios, sin chanzas ni sonrisas innecesarias.

Salieron del enorme edificio y se encaminaron hacia las habitaciones que tenían los maestros judíos cerca de las tenerías. Rodrigo reparó en que pese a utilizarlos como sabios de renombre, los cistercienses habían dispuesto a los judíos unos aposentos junto a la zona que peor olía en el recinto de Clairvaux. Un monje y tres novicios se afanaban en apalear algunas pieles, metidos hasta los tobillos en pozas de arcilla con agua de distintos colores. No parecía importarles el frío.

Enseguida llegaron al cuarto de Isaías. Era amplio y desde el mismo se divisaba el molino. Una puerta daba acceso a una habitación de tamaño superior, una suerte de estudio donde sobre una inmensa mesa descansaban cientos de añosos pergaminos. Olía a polvo y a madera vieja. Unas vetustas estanterías tapizaban la estancia, albergando libracos y viejos documentos.

—No solemos trabajar aquí durante el día; lo hacemos en el *scriptorium*. Hay libros que los monjes no quieren que saquemos. Por la noche, estudiamos aquí.

—¿Cuántos sois, rabí?

—Seis.

Rodrigo pensó en los siete sabios desaparecidos de París.

—¿Y venís de...?

—Yo soy de Lyon, y mis otros hermanos del resto de Francia.

—¿Alguno proviene de París?

—No, ninguno. ¿Por qué?

—Por si conocía a alguno de ellos —mintió.

Alguien llamó a la puerta. Isaías abrió y apareció otro novicio.

—El recado de escribir —dijo el judío—. Sentaos, Rodrigo.

Cuando el monje los dejó a solas el maestro quitó de en medio algunos papeles y se sentó junto a su nuevo alumno. De inmediato comenzó la lección. Rodrigo comprobó algo azorado que su hebreo escrito había empeorado bastante con el paso de los años. Una cosa era chapurrear, hablar con algún hijo de Sión e intercambiar cuatro frases corteses, pero escribir una lengua de signos distintos a la propia que no había utilizado en tanto tiempo...

Isaías era un maestro exigente. Desde el primer momento demostró a su alumno que no era amigo de perder el tiempo. Rodrigo comprendió que aquello no beneficiaba a sus propósitos, pues se había planteado sonsacar al viejo judío entre ejercicio y ejercicio y éste no parecía proclive a la conversación vana o a las familiaridades excesivas. De hecho, el alumno se ganó una buena reprimenda sólo por haber escrito mal la letra s, la equivalente a nuestra «ס» en la frase «el caballo es bueno». El rabí insistía en que la caligrafía había de ser perfecta.

—¿Veis? Así, sí... —dijo tras escribir טוב סוס.

En cambio, no pareció desagradarle el desparpajo de su nuevo alumno al hablar en la lengua de su pueblo; aunque otra cosa era escribir y sobre todo, leer bien el hebreo. Algo debían de haberle dicho al viejo judío sobre cómo instruir al discípulo, pues en lugar de centrarse en frases coloquiales parecía más interesado en que Rodrigo fuera capaz de leer y, sobre todo, traducir, acepciones y caracteres más típicos del hebreo antiguo. ¿Por qué?

A Rodrigo se le antojaba difícil llegar a intimar con aquel hombre severo; además, ¿qué iba a saber aquella rata de biblioteca de lo ocurrido diez años atrás a siete sabios judíos de París?

Según había dicho, ninguno de sus compañeros provenía de la capital del reino; luego quizá debía buscar en otra parte. No le quedaba más remedio que aplicarse al máximo, tanto para agradar a los gerifaltes de la orden como para hacerse con la confianza de su nuevo maestro. Cuando salió de la estancia situada sobre la tenería portaba multitud de pergaminos, tinta y pluma. Tuvo que pasar toda la tarde trabajando y parte de la noche ejercitando su caligrafía: aquel rabí le había puesto trabajo como para una semana. Y él quería agradarle.

A mediodía pudo conocer a Bernardo de Claraval, que resultó ser un hombre tremendamente educado. Su humilde habitáculo no era sino una extensión de su ascética personalidad. Recibió a Arriaga con amabilidad, con una amplia sonrisa. Era ya un hombre maduro pero su figura, delgada y fibrosa, le proporcionaba cierta agilidad de movimientos que lo hacían parecer más joven. Se notaba que era de buena cuna.

—Vaya, vaya —dijo, indicando a Rodrigo que tomara asiento frente a él—. Aquí tenemos a una de las más esperanzadoras incorporaciones al Temple de los últimos tiempos.

—Favor que me hacéis —dijo humildemente el templario aragonés.

—No seáis modesto, hermano. El proyecto requiere de manos y mentes privilegiadas.

¿Había dicho «el proyecto»?

—Sí —dijo Rodrigo como si supiera de qué le estaba hablando.

—No sólo necesitamos guerreros, buenos comerciantes y sabios, también requerimos buenos traductores y gente de confianza; ya sabéis, buenos oídos, caballeros que hablen idiomas, que escuchen lo que se dice en la corte del rey de Francia, en Roma o en los zocos de Jerusalén.

—Espías.

—Exacto. Pero vayamos a conversar fuera: hace un buen día hoy, Rodrigo.

Salieron al exterior y el templario anduvo entre los frutales con aquel prohombre de la Iglesia, que se paraba aquí y allá para observar las hojas de un ciruelo o arrancar una mala hierba junto a las lechugas. Parecía familiarizado con el trabajo en la huerta, pese que era un auténtico intelectual.

—¿En qué nivel os encontráis? —preguntó el abate.

Parecía creer que Rodrigo sabía más de lo que en realidad conocía. Primero le había hablado del «proyecto» y ahora le preguntaba en qué «nivel» se hallaba. Recordó su conversación con Jean, cuando éste le contó algo sobre «la iluminación» y un largo camino. Era obvio que Bernardo de Claraval pensaba que estaba al corriente de aquel asunto, fuera lo que fuese. Decidió fingir que sabía de qué hablaban.

—Estoy al principio del camino, padre —dijo.

—No sois, pues, un iniciado.

—No —contestó—. Pero con esfuerzo espero serlo.

¿Había dicho un «iniciado»? Aquello se ponía interesante.

—Bien, Rodrigo, bien. Vuestro maestro está haciendo un buen trabajo; lo primero, la humildad. ¿Quién os guía?

—Jean de Rossal.

—El hijo de mi buen amigo, sé que sirve bien al Temple y a la causa.

«¿Qué causa?», pensó Rodrigo. Bernardo, sin dejar de caminar, añadió:

—La gnosis es un camino duro, incierto a veces, pero merece la pena.

—Sí, Su Paternidad, lo es. Pero algún día habremos cambiado este mundo —se atrevió a decir dando un palo de ciego.

—Es verdad, hijo, es verdad. Pero el proyecto ha de ir cumpliendo poco a poco sus objetivos. Tiene sus pasos. Más vale ir despacio, sé que no lo veré concluido, pero...

—No digáis eso.

—Hay que ser realistas —dijo Bernardo de Claraval, mirando a Arriaga profundamente con sus hermosos ojos azules. ¿Podría leer aquel hombre su mente? Parecía que más que caminar, levitara. Era seguro que el abad tenía una gran y profunda vida espiritual. Estaba en otro plano, en otro nivel. Sintió miedo—. No temáis. El camino es largo y azaroso. Vuestro miedo os obceca, Rodrigo, pero confiad en vuestro maestro. Por cierto, habéis yacido con hembra no hace mucho, ¿verdad? Se nota. —Aquel comentario dejó helado al templario—. No temáis, mirad en vuestro corazón y arrepentíos. Los placeres del cuerpo distraen al alma de su camino a la luz. La iluminación es la única salida de este mundo. A propósito, ¿qué tal anda el joven Saint Claire?

Aquel cambio de tema alivió a Arriaga, que se sentía escrutado en lo más profundo de su ser.

—Me temo que mal —contestó—. Ha perdido un poco la cabeza.

—Vaya, es una pena. Algo había oído. Dicen que hace alusiones a nuestro negocio y eso no le importa a nadie, ¿verdad? —Rodrigo asintió—. Puede descubrirnos. Me temo muy mucho que o vuelve en sí o se plantearán eliminarlo.

¿Era cierto lo que había oído? Aquel padre de la Iglesia estaba hablando con absoluta naturalidad de la eliminación del joven. Temió por su amigo Robert; tendría que ayudarle de alguna manera. El abad continuó:

—El hecho de que sea de tan buena estirpe, nada menos que los Saint Claire, dificulta las cosas. No en vano su familia es de las que inició el proyecto, pero este pobre demente puede ponerlo todo en peligro. Rezaré para que vuelva en sí. Si no, me temo que habrá problemas con los Saint Claire, y no pequeños.

Los dos hombres se sentaron en una bancada de piedra frente al inmenso estanque. El abad comenzó a tirar migas de pan que arrancaba de un chusco que había sacado de su hábito. Inmensas carpas y truchas saltaban mostrándose lustrosas.

—Su Paternidad... —empezó a decir Rodrigo.

—¿Sí? —El asceta lo animó a hablar con una gran sonrisa de aire inocente.

—Sobre mi amigo Robert... quizá sería suficiente con alejarlo del centro de todo, de París... creo que sería injusto que le hicieran daño. Es inofensivo, os lo juro. Lo ideal sería llevarlo a las tierras de sus mayores, a Escocia. Allí estará alejado de los asuntos que no le conciernen...

—Sí, es cierto, en aquellas tierras dejadas de la mano de Dios no haría daño; total, sólo podrían escucharle cuatro labriegos analfabetos.

—Exacto. Además, estaría bajo el cuidado de su familia, de

sir Henry. Él no permitiría que su hijo hiciera nada inadecuado para la orden. Ha servido bien al proyecto.

Bernardo de Claraval lo miró como sorprendido. Parecía pensativo.

—Ahora entiendo por qué dicen que sois hombre valioso. Quizá sea lo mejor; no me agrada la violencia: nos aleja del camino. Escribiré al Gran Maestre a Jerusalén.

Rodrigo respiró aliviado.

Un novicio llegó al estanque y comentó algo al oído a Bernardo. Éste dijo con cara de fastidio:

—Me reclaman obligaciones más mundanas, hermano. Os dejo. Nos veremos. ¡Ah!, y aprovechad las lecciones.

Rodrigo vio alejarse a los dos monjes por el camino de tierra bajo las hayas. Le había salvado la vida al joven Saint Claire, eso era seguro.

Tanta vuelta, tanto rodeo y había obtenido más información del mismísimo Bernardo de Claraval en unos minutos que en varios meses de pesquisas aquí y allá. «Así son los grandes hombres —pensó—. No conocen los pequeños detalles y su autocomplacencia les impide ver más allá: se confían en exceso.»

Le había confirmado que había un «proyecto», que había grandes familias en él, que había un camino hacia algo llamado la «gnosis», el conocimiento. Aquello había de ser herético, sin duda. «La iluminación», había dicho. Le había preguntado si era un iniciado. Iniciado... ¿en qué? Allí había gato encerrado. Eran una organización, quizás un nuevo culto religioso, y querían cambiar el mundo, como el propio Bernardo había reconocido. Tenía que escribir a Silvio de Agrigento: aquel maldito cura tenía razón desde el principio.

Nec mora nec requies[13]

Los días pasaban plácidos en Clairvaux. Rodrigo había redescubierto la satisfacción del estudio, se sentía joven, rememorando, quizá, sus días de aplicado estudiante en París. Toribio desaparecía horas y horas por los alrededores del monasterio donde, según suponía Rodrigo, aplacaba sus ardores con las mozas del lugar. Había multitud de viviendas extramuros, aquí y allá, apenas a media legua del cenobio donde residían los menestrales que entraban durante el día a trabajar para los monjes. La demanda de artesanos, artistas y jornaleros era considerable, pues pese a que los cistercienses se aplicaban al máximo al duro trabajo, las dimensiones de Clairvaux eran tales que reclamaba manos y espaldas fuertes para sacar adelante aquellas enormes instalaciones. Tomás, el joven e inexperto boceto de hombre de Iglesia, parecía haberse aficionado a la lectura y pasaba horas y horas entre la biblioteca y el claustro leyendo añosos volúmenes, algunos raros y exóticos y otros proscritos por la Santa Madre Iglesia, que allí, bajo la tutela de Bernardo de Claraval, habían sido traducidos del griego y el árabe o remozados para que no se perdieran. El zagal parecía fascinado con Platón y Aristóteles, leía a Avicena, a Séneca o recitaba poemas. Rodrigo sabía que escribía a escondidas. Quizás algún día contara su historia. Una historia amarga, emocionante, viva...

Dada la nueva afición del zagal y que él se hallaba ocupado en el reaprendizaje del hebreo, decidió encargar al bueno de Tomás que dirigiera sus estudios hacia el Templo de Salomón,

---

13. Ni tregua ni descanso.

la gnosis y todo lo que pudiera encontrar en la fabulosa biblioteca del monasterio sobre ritos esotéricos, que no había de ser poca cosa.

Rodrigo avanzaba en su relación con Isaías. Sentía que la simpatía del rabí hacia él crecía por momentos. Al parecer Moisés Ben Gurión le había escrito deshaciéndose en elogios hacia Rodrigo, así que, con semejante recomendación, más el esfuerzo del templario, el maestro Guior había comenzado poco a poco a mirarlo con buenos ojos.

Rodrigo aprovechaba las lecciones y reflexionaba. ¿Qué habría sido de los sabios raptados en París? Había pasado mucho tiempo desde aquello y hasta era probable que ya estuvieran muertos. ¿Qué sentido tenía llevarse a varios hombres, todos expertos en textos judaicos, si ya había sabios judíos trabajando en Clairvaux?

La respuesta era clara: los templarios tenían algo secreto que no querían enseñar a nadie. Ese algo requería de la ayuda de sabios judíos, y era obvio que no querían compartirlo ni siquiera con sus amigos cistercienses. ¿Sabría algo Bernardo de Claraval de aquello? Seguro. Estaba al corriente del proyecto, tenía que saberlo todo.

Una mañana, después de un mes de estancia en Clairvaux y hablando del bueno de Moisés Ben Gurión con su maestro en el despacho de las tenerías, Rodrigo se arriesgó a preguntar.

—Mi maestro tenía un hermano erudito como él mismo y vos, ¿llegasteis a conocerle?

—No —contestó el rabí—. He oído que era más joven que Moisés, pero mucho más brillante. Una mente privilegiada —dijo señalándose la cabeza.

—Desapareció —repuso el alumno.

—Sí, algo oí de eso.

—Él y otros seis sabios.

Se hizo un silencio. Era evidente que el judío no quería hablar de aquello. Rodrigo se dio cuenta de que era un templario y decidió cambiar de tema.

—Maestro, ¿qué es la gnosis?

Isaías Guior pareció sorprendido. Lo miró con ojos escrutadores.

—Vaya, ¿no sois un…?

—¿Un iniciado? No, rabí, no lo soy.

—Pero Bernardo me…

—Lo sé, creo que aquí piensan que soy más importante en la orden de lo que la realidad impone.

El rabí lo miró con desconfianza, así que Rodrigo añadió:

—Supongo que tienen grandes planes para mí, pero de momento me encuentro al comienzo del camino, un largo camino.

Los profundos y cansados ojos azules del maestro lo miraron de nuevo y Guior dijo:

—Pensaba que erais uno de ellos. Un iniciado, vaya. Pero ahora veo que no. Por eso me habéis preguntado por el hermano de Moisés Ben Gurión, ¿no? ¿Por qué preguntáis? Algún día, al final del camino se os revelarán todas estas cosas.

—Ya, pero ¿y si todo esto no es algo lícito? ¿No creéis que tengo derecho a saber en qué me estoy metiendo?

—Entonces… dudáis.

—Sí, en efecto.

—El hombre cabal debe dudar de todo.

—¿Sabéis de la suerte de David Ben Gurión?

—No. Pero creo que el Temple estuvo tras ese asunto.

—¿Cómo lo sabéis?

—Entre la gente de mi pueblo se rumoreó.

—Pero vos no sabéis nada.

—No. ¿Por qué os interesa este tema?

—Porque mi maestro, Moisés Ben Gurión, me pidió que le ayudara.

—¿Y si con ello perjudicarais a vuestra orden?

—Entonces tendría que decidirme. Pero me gustaría conocer su paradero.

—Me temo que no os puedo ayudar. En aquel momento, me refiero a la desaparición de los siete de París, todos los miembros de la comunidad nos escribieron alarmados. Se hacían una idea de la naturaleza de nuestro trabajo aquí y pensaron que podíamos saber algo.

—¿La naturaleza de vuestro trabajo?

—Sí, llevamos aquí mucho tiempo, trabajando para Bernardo de Claraval; desde la fundación misma del monasterio, diría yo. Siempre nos ha tratado bien teniendo en cuenta la animadversión que, en general, muestran los cristianos hacia nuestro pueblo.

—¿Y para qué os necesitaba?

—Al parecer tenía algunos textos que quería traducir.

—¿Qué clase de textos?

—Antiguos textos judaicos.

—¿Sobre qué trataban?

—Es un misterio, nos daban fragmentos sueltos. Cada uno traducía trozos separados y luego ellos, los monjes, los unían.

—Ya, pero aun así, algo deduciríais.

—Sí, algo.

—¿Y bien?

—Hablaban del Templo.

—¿El Templo?

—Sí, el Templo de Salomón. Y de su caída ante las tropas de Tito. Viejas historias.

—Ya.

—También había otros textos de los esenios, una suerte de anacoretas de Palestina que se entregaban al ayuno y la meditación. Compararon esos textos con algunos que ellos tenían de su mitología. Bernardo estuvo viviendo con ellos antes de profesar. Fue tomando lo que necesitaba de cada culto.

—¿Con ellos? ¿Con quién, con David?

—Con los druidas. Vivió con ellos en los bosques de sus tierras. Conoce a la perfección la mitología celta y sus secretos.

—¿Tienen algo que ver con la gnosis?

—Más o menos. Mirad, Rodrigo: gnosis, en griego, como bien sabréis, significa conocimiento. Conocimiento claro, exhaustivo, conocimiento profundo de algo.

—¿De qué?

—Es difícil de entender. A través del conocimiento trascendental del hombre y del universo, y siguiendo ciertos ritos, se puede llegar a la autorrealización del ser, es decir, de las infinitas posibilidades del alma y la mente humanas. Desde antiguo han existido corrientes gnósticas en Egipto, en el judaísmo, en el culto celta... Bernardo parecía muy interesado en ello. Él y sus amigos tenían textos antiguos que habían sacado de no se sabe dónde. Textos en hebreo.

—¿Y qué decían?

—Cosas... yo sólo recuerdo retazos de los fragmentos que tuve que traducir. Algo así como que aquello era la vía para conocerse a uno mismo, para renacer, resucitar y saber qué somos, qué éramos y hacia dónde vamos. Al conocerse uno a sí mismo al nivel más profundo se termina conociendo a Dios.

—Vaya. Y eso, ¿cómo se consigue?

—Vos lo comprobaréis. Os enseñarán, sois uno de ellos. Creo que abandonando el cuerpo, dominándolo en una primera fase, sacudiéndose del yugo de nuestra envoltura mortal. Luego, una vez conseguido esto, se llega a alcanzar la iluminación en otra fase: el renacimiento.

—¿Renacimiento?

—Sí. Al parecer, para alcanzar la gnosis, la iluminación, hay que regenerarse nuevamente, recrearse. Recuerdo cierta frase... «Algo viejo debe morir en el hombre y nacer algo nuevo». Ésa era la resurrección de los nazareos; entonces se vestían de blanco como estos cistercienses o vuestros templarios...

—¿Los nazareos?

—Sí, vuestro supuesto Mesías lo era. Él resucitó así, nació a la gnosis. San Pablo no entendió nada y lo resucitó físicamente. Creyó que Jesucristo había resucitado, que había vuelto de la muerte, pero no fue así.

Rodrigo comenzó a asustarse de veras ante el cariz que estaba tomando la conversación.

—Pero esos nazareos... —comenzó a decir en el momento en que se abrió la puerta y se presentó allí el cirellero.

—Os llaman, Rodrigo. El abad os quiere comunicar algo. Parece que se os reclama en París. Quieren trasladar al joven Saint Claire a Escocia y dicen que sois el hombre idóneo para acompañarle. Venid conmigo.

Rodrigo lamentó vivamente aquella interrupción. Estaba avanzando de veras en la resolución del enigma.

Y

El secretario de Bernardo de Claraval entregó a Arriaga una esquela que acababa de llegar de París: se le reclamaba inmediatamente en el Temple.

Al parecer, Bernardo de Claraval había utilizado sus influencias y se había ordenado el traslado del joven Robert Saint Claire a su tierra natal, Rosslyn.

No le agradó tener que interrumpir su estancia en Clairvaux pero, al menos, suspiró de alivio al ver que su joven y demente amigo iba a salvar la vida y lo habían elegido a él para escoltarlo de vuelta a casa.

Le costó trabajo encontrar a Toribio. Tomás estaba donde siempre, leyendo en el *scriptorium*. Era casi media tarde cuando dio con su antiguo escudero, que se estaba beneficiando a una moza en un cobertizo junto al estanque. Ni el hecho de vestir el uniforme de sargento de la orden ni hallarse dentro del cenobio lo habían frenado.

Cuando Rodrigo pateó la puerta de la frágil construcción, se encontró con su poco agraciado amigo poseyendo por detrás a una moza no muy favorecida y entrada en carnes. Sostenía sus enormes pechos entre sus manos a la vez que le decía groserías al oído. No tenía remedio. La moza se bajó la falda avergonzada y salió huyendo, mientras Toribio se subía el calzón entre los empellones de su amo, que se mostró enfadado de veras con él.

De camino al dormitorio de invitados para hacer el petate, Rodrigo recriminó su lascivia a aquel sátiro, que le aclaró que estaba «trabajando en la misión».

—¿Qué? —repuso el templario sonriendo. No podía creerlo.

—Sí, sí, Rodrigo. Esa moza es nada menos que la sobrina de don Isaac, uno de los compañeros de vuestro maestro, un judío catalán que acabó afincado en Lyon. La dejan entrar al monasterio durante las horas del día para hacer de sirvienta de los traductores judíos y para que limpie y mantenga ordenadas sus habitaciones junto a las tenerías.

—Pues no hace demasiado bien su trabajo —espetó el templario recordando el desorden de los aposentos de los maestros.

—El caso es que me propuse sonsacarla.

—Difícil y sacrificada misión, tratándose de vos.

—Lo cierto es que la moza es ardiente, sí —dijo Toribio sonriendo con malicia y frunciendo su frente uniceja—. El caso es que hoy mismo me he enterado de algo.

—¿Y bien?

—Su tío, el tal don Isaac, era pariente lejano de uno de los siete sabios desparecidos en París.

—¿Y?

—Cuando se produjo la desaparición, toda la comunidad judía se empleó a fondo para dar con el paradero de los siete sabios. En primer lugar pensaron que los habían traído aquí porque sabían que Bernardo de Claraval tenía sabios judíos trabajando para él.

—Es lógico.

—Bien, pues aquí no los trajeron —continuó relatando Toribio—. Todos los judíos de Francia se conjuraron para dar con los sabios, sin suerte. Parecía que se los hubiera tragado la tierra hasta que un buen día, dos años después de la desaparición, un comerciante judío que comía en una taberna vio entrar a un rabí acompañado por dos templarios, y se sentaron a una mesa apartada. Creo que hubo una trifulca y los dos *milites* se levantaron a poner orden. Entonces, el rabí se acercó al comerciante y con disimulo le dio una esquela. Los templarios parecían llevarlo preso, pues, al parecer, se sentaron uno a cada lado del misterioso hebreo. Cuando pudo salir de la taberna el comerciante leyó la esquela. Era de un sabio judío, en efecto, que decía haber sido secuestrado por el Temple y que pedía que le hicieran llegar a su familia la noticia. La esquela decía que estaba vivo y que lo mantenían retenido en La Rochelle.

—Era el pariente de don Isaac.

—En efecto.

—¿Y dieron con ellos?

—Lo intentaron, pero el Temple cuenta con varias fortalezas allí y la orden es hermética, como bien sabéis.

—Eres tremendo, Toribio... no sé cómo recompensarte.

—No se merece, no se merece —contestó aquel depravado encaminándose a su catre para hacer el equipaje.

Y

*Chevreuse, a 2 de enero del Año
de Nuestro Señor de 1141*

De Rodrigo Arriaga
a su eminencia Silvio de Agrigento

Estimado Padre:

Os escribo con premura nada más llegar al Château de la Madeleine porque mi partida hacia tierras escocesas es inminente. No he podido comunicarme con vos en el mes largo que he pasado en Clairvaux, por lo que son muchas las cosas que os tengo que contar. Intentaré ser breve, pues escribo a la luz de una vela en la posada y debo darme prisa para volver a la encomienda antes de maitines.

En primer lugar, diré que Bernardo de Claraval es hombre preeminente en todo este negocio, eso está claro. Me resulta difícil decir esto pues es un hombre santo, devoto, de costumbre ascéticas y que ha creado con sus propias manos un monasterio maravilloso; es culto, ha escrito tratados que guían a la Santa Iglesia y todo el mundo lo adora, ya que tiene ese aire despreocupado de los místicos que parecen de otro mundo, aunque no me gusta. Tiene algo que me intranquiliza y no sabría decir qué. En mi única entrevista con él comprendí que pensaba que yo estaba al tanto de los tejemanejes de la orden, así que habló conmigo con cierta falta de precaución. Saqué varias conclusiones. La primera es que, en efecto, tienen entre manos una suerte de proyecto que al parecer amenaza con cambiar el mundo que conocemos. En segundo lugar, los implicados en dicho negocio son una banda de herejes. Creo que se hacen llamar iniciados y al parecer han aunado creencias de los antiguos egipcios, los druidas celtas y una especie de secta judía llamada los nazareos. Siguen un camino que por lo visto lleva a la gnosis, el conocimiento. Sea cual fuere dicho camino —en el que yo estoy en las primeras etapas, según creo— no coincide con el de las enseñanzas de la Iglesia de Roma, eso es seguro.

Que Bernardo es uno de los prebostes del asunto me quedó claro en cuanto supe que el joven Saint Claire volvía a Escocia sano y salvo; al parecer iban a eliminarlo —me sorprendió que un hombre de Iglesia como Bernardo hablara de aquello con tanta naturalidad—, pero yo pude sugerirle que era inofensivo y que seguro que la poderosa familia Saint Claire se haría cargo de aquel demente, confinándolo en sus tierras y evitando que se fuera de la lengua. Además, así evitaríamos entrar en conflicto con una familia tan influyente y tan implicada en el proyecto. Me dijo que escribiría al Gran Maestre al respecto y, al parecer, lo hizo: debo escoltar a Robert a Escocia.

Algo averiguamos sobre el probable destino de los siete sabios raptados por el Temple. No están ni han estado en Clairvaux, eso es seguro, pero gracias a la concupiscencia de mi Toribio hemos sabido que al parecer fueron retenidos en La Rochelle.

He coincidido con otros hermanos en las hospederías del Temple que hay en el camino entre Clairvaux y Chevreuse y he averiguado que la orden posee allí el puerto más grande de toda la cristiandad; una red de fortalezas y encomiendas que abarcan más de una jornada de camino rodean el mismo, protegiéndolo. Y yo me pregunto: si la mayor parte de los negocios de la flota templaria se hacen en el Mediterráneo, ¿para qué quiere la orden tener su mejor puerto en las frías y poco transitadas aguas del Atlántico? Me parece raro, no sé que opinará vuecencia al respecto.

Tendríamos que acercarnos por allí a investigar, pero no sé cómo. Y dejo lo mejor para el final.

Justo en el momento de nuestra partida de Clairvaux —y digo bien porque nos alejábamos ya por el camino que lleva a la puerta del muro exterior—, oí una voz que me llamaba. Me volví y vi a mi maestro, Isaías Guior, dirigirse apresurado hacia mí. El novicio y el cirellero que nos habían acompañado abrían ya el portón cuando el rabí me tendió un pergamino enrollado diciendo:

—Olvidáis vuestros ejercicios, nunca haré de vos un buen alumno! —En su tono de voz flotaba un reproche, pero sus ojos me miraban brillantes y divertidos y llegó a guiñarme uno de ellos sin que nos vieran los frailes.

Asentí con la cabeza agradeciéndole lo que supuse en aquel momento, que aquel pergamino debía de contener algo interesante. Se quedó viendo cómo nos alejábamos.

Ni que decir tiene que en cuanto paramos en una posada a hacer noche y en la intimidad de mi cuarto leí con avidez la esquela, que os transcribo íntegra:

«Estimado Rodrigo:

»Aquí tenéis lo único que me queda de nuestro trabajo en los primeros años que pasamos en la abadía, cuando Bernardo de Claraval nos proporcionaba fragmentos de textos judaicos que, la verdad, no sabíamos de dónde habían sacado. Al principio, el abad nos encargaba la traducción de textos antiguos y de relatos relacionados con los nazareos, los esenios y ciertos cultos mistéricos asociados al judaísmo. También nos hizo traducir numerosos textos de la Cábala. Sé que luego los comparaba con textos de origen gnóstico que se suponen del antiguo Egipto (que también traducíamos nosotros) y con otros legajos que al parecer resumían la tradición oral de los druidas celtas.

»Luego comenzó a traer fragmentos de texto que eran copiados de pergaminos que, al parecer, acababan de ser traídos por unos caballeros francos desde Tierra Santa. Supimos que dichos caballeros eran Hugues de Champagne y su siervo Hugues de Payns. Además, otras familias de Inglaterra, de Dinamarca y de Flandes aportaron más textos. No sé de dónde los sacaban; quizá los tenían desde siempre. ¿Cómo sabemos esto? Muy fácil, uno de nosotros, Ezequiel, fiel servidor de las tradiciones de mi pueblo, reparó en que estábamos traduciendo algo relacionado de alguna manera con nuestro llorado Templo de Salomón, así que, como sólo nos daban fragmentos dispersos, se dedicó todas las noches a ir hablando uno a uno con todos nosotros para conseguir juntar las piezas de aquel rompecabezas. No sé muy bien cómo los monjes llegaron a enterarse, pero una noche el bueno de Ezequiel desapareció sin dejar rastro. La carpeta en la que guardaba sus avances se esfumó, aunque bajo su mesa quedó este pequeño pergamino que os adjunto. Ni que decir tiene que el miedo nos invadió y no volvimos a hacer intento alguno para recopilar lo que traducíamos por separado.

»Esto es lo único que me queda. Sé que forma parte del *Manuscrito de Cobre*:

»*En la mina que linda con el norte, en una cavidad que se abre en dirección al norte, y enterrada en su entrada: una copia de este documento, con una explicación sobre sus medidas, y un inventario de cada objeto, y otros objetos.*»

Y este es el texto que como veis, estimado Silvio, mi rabí nos proporcionó. Para finalizar mi carta os quiero hacer notar que el bueno de Tomás ha contribuido a la misión de manera loable. Ya sé que siempre quisisteis aficionarlo a la lectura de cuanto pudiera ser útil en la formación de un joven que podrá ser un prohombre de la Iglesia pese a su origen humilde. El zagal ha orientado sus lecturas —debo reconocer que por consejo mío— hacia el Templo de Salomón, la gnosis y todo cuanto tuviera relación con lo esotérico, incluidas viejas sectas judías, sean esenios o nazareos, cultos mistéricos egipcios y viejos saberes de los druidas celtas. Ha hecho un trabajo excelente que ha ido resumiendo en un volumen repleto de dibujos y diagramas del Templo, su ubicación, medidas y apariencia; normas y forma de vida de los esenios, aspectos desconocidos de la secta de los nazareos y mil cosas más que no he podido leer aún pero que el joven me va resumiendo en las largas conversaciones que tenemos durante nuestros viajes. Le he encargado que haga una copia para su Ilustrísima, el cardenal Lucca Garesi. Os apunto la novedad más interesante que ha aportado Tomás: sabemos qué era aquella cosa embadurnada en veneno que adoraban los templarios y que mató a vuestro bravo servidor Giovanno de Trieste. Bueno, más o menos.

Tomás halló, no sé cómo, una referencia a dicho engendro en un raro tratado, *Bestiarium*, atribuido a un monje irlandés que vivió largo tiempo en Palestina en el siglo VII y acabó siendo conocido como Arnaldo de Tiro. Recordaréis que cuando me entregaron aquel maldito arcón en el Temple de París escuché a uno de los templarios que lo empacaron referirse a aquello como *Il Baphometti*. Pues bien, así viene reflejado en dicho tratado: el *Baphomet*.

No sé cuál es su origen pero, según el sabio irlandés, se trata de una suerte de busto parlante que garantiza que crezcan las cosechas y florezcan los campos, proporcionando dicha y bienes a sus poseedores. ¿Os suena?

Se apunta en el tratado que puede ser, nada menos, que la cabeza del Bautista, que en las noches de luna llena abre los ojos y habla y predice el futuro; o bien una estatuilla de origen demoníaco con barba y cuernos de cabra; o incluso un busto con dos caras, una de hombre y otra de mujer. No sé cuál de los tres supuestos me parece más espeluznante, por no hablar del horrible dibujo que Tomás copió con mucho acierto. Sea lo que fuere es algo muy valioso para el Temple y es cosa segura que se relaciona con cultos heréticos.

Vuestro amigo y servidor en Cristo,
RODRIGO ARRIAGA

Rosslyn

Después de terminar la carta para Silvio de Agrigento, Rodrigo se la entregó a Beatrice y ella lo volvió a guiar a su cuarto. Los dos amantes se reencontraron con anhelo. El templario se sintió como si conociera a la joven de toda la vida; con ella todo era natural, instantáneo, como si siempre hubieran estado juntos, amándose de aquella manera inconsciente y desesperada, como si fuera la última vez. Se dio cuenta de lo mucho que había añorado su voz, sus gemidos, el olor de su pelo, su tacto suave como la piel de un melocotón. Después de alcanzar el clímax permanecieron abrazados largo rato. Ella se lamentó de que tuviera que volver a partir. Rodrigo le prometió que volvería a por ella.

Llegó al Château al amanecer. Jean quería verlo, así que se dirigió a sus dependencias.

Cuando llegó, De Rossal se hallaba enfrascado en la lectura de unos documentos.

—Ah Rodrigo, pasad, pasad.

—Perdonad, estaba en las cuadras.

—No os disculpéis, amigo, estáis sometido a una gran tensión, con tanto viaje... comprendo que un pequeño desahogo se hace necesario. —Parecía demasiado comprensivo, era obvio que sabía de dónde venía—. Sin embargo, cuando volváis de Escocia nos aplicaremos a vuestra instrucción espiritual y eso deberá terminar, ¿de acuerdo?

Rodrigo pensó que nada le haría dejar de ver a Beatrice, pero asintió para no despertar las sospechas de su amigo.

—Ay, Rodrigo, Rodrigo. Os habéis empleado a fondo; sabía

que vuestra incorporación al Temple era valiosa pero no podía imaginar que en tan poco tiempo podríais llegar a prestar servicios tan importantes como los que habéis brindado hasta ahora. Lo de la golfa ésa de la posada es una nadería, de momento. Salvasteis la vida del joven Saint Claire, lo llevasteis con discreción a París, habéis causado una excelente impresión a Bernardo de Claraval, ¡nada menos!; vuestro maestro, ése judío...

—Guior.

—Guior, sí, ha informado favorablemente sobre vuestros progresos, y ahora, desde muy arriba, se os encomienda una misión delicada, difícil y que requiere de mucho tacto y discreción. Sabed que Robert Saint Claire os debe la vida...

—Yo no diría tanto.

—Sí, sí. Es cierto. Bernardo pensó que vuestra propuesta era la más juiciosa. Debéis trasladar a ese idiota de Saint Claire a Rosslyn, con cuidado de que no hable con nadie. Lo último que sé es que está como una cabra, ido.

—No tengáis miedo, no hablará.

—Bien, al llegar a Rosslyn permaneceréis allí durante dos semanas. Estad atento y vigilad el comportamiento del joven y sus familiares. Es muy importante que tengamos la certeza de que no hablará. No debe salir de las tierras de sus mayores ni verse con gente importante. Transmitídselo así a los Saint Claire.

—Así lo haré.

—Si os cabe la menor duda de que se pueda ir de la lengua, si no lo veis claro, id al pueblo. Allí hay una posada, preguntad por Ian y entregadle esto. —De Rossal tendió un pequeño pergamino lacrado con su sello personal—. Él nos informará y enviaremos ayuda. Mientras tanto, vos solucionaréis el problema de manera expeditiva.

—¿Cómo?

—El joven Saint Claire debe morir si juzgáis que puede revelar secretos, si habla con gente inconveniente o pensáis que su familia no lo vigila como prometió. ¿Tenéis aún vuestra bolsa de medicinas?

—Sí.

—Pues en caso de que sea necesario, actuad; algo rápido y que no deje rastro.

—Pensaba que no tendría que volver a utilizar ese tipo de artimañas...

—Si queréis servir bien a la orden deberéis hacerlo cuando se os ordene.

—De acuerdo, pero ¿y si el joven Saint Claire está bien vigilado, no sale de la finca paterna o simplemente mejora?

—Entonces volved a Chevreuse e iniciaremos vuestro camino a la iluminación. Dos semanas, aguardad dos semanas antes de decidir.

—De acuerdo —convino Rodrigo.

Jean se levantó y le dio un abrazo de despedida.

—Confío en vos ciegamente —dijo.

Antes de pasar por el Temple de París, Rodrigo acudió a hacer una visita a su maestro Moisés Ben Gurión. Mientras Toribio y Tomás quedaban fuera con los caballos, Arriaga fue conducido al cuarto de su viejo mentor. Moisés estaba enfermo, según le dijo la sirvienta, Melisenda. Tenía flemas y era rara la noche que no lo consumía la fiebre. El médico no era optimista.

Cuando Rodrigo llegó a los pies de la cama del anciano, éste abrió los ojos y, levantando la mirada, sonrió.

—Siéntate, hijo —dijo, señalándole su propio lecho. Su respiración era agitada.

—¿Cómo estáis, maestro? —preguntó el templario sentándose a la cama de su viejo profesor.

—Cansado, Rodrigo, cansado. ¿Ya habéis terminado vuestros estudios? —Respiraba con dificultad.

—De momento, sí. Me envían a acompañar a Escocia a un confrere que ha perdido el juicio.

—Ese joven Saint Claire al que trajisteis la otra vez.

—En efecto.

—Estáis de paso, entonces.

—Así es, maestro, pero quería hablar con vos un momento. ¿Recordáis vuestro encargo?

El viejo rabí puso cara de no saber de qué le hablaba.

—Lo de vuestro hermano, el caso de los siete sabios desaparecidos.

—Ah... eso. Decidme, decidme.
—Sé a dónde los llevaron. A La Rochelle.
—Vaya.
—Pero no sé el lugar exacto. Los templarios tienen multitud de encomiendas y fortalezas en la zona. Me llevará tiempo averiguar dónde pueden estar.
—Si viven.
—Si viven, en efecto.
—No os veo muy optimista al respecto, hijo.
—Si os soy sincero, no. Sospecho que los secuestraron para traducir textos que hallaron bajo la mezquita de Al-Aqsa, en el antiguo Templo de Salomón, y no creo que quisieran dejar vivos a aquellos que pudieran contar algo.
—¿Y qué crees que encontraron?
—No lo sé, rabí, no lo sé, pero algo grande. Mirad, desde hace tiempo Bernardo de Claraval dispone de un buen equipo de traductores. Hay judíos, árabes... en fin, durante años les encargaron traducir viejos textos judaicos que al parecer aportaban ciertas familias de lo más granado de Europa. No sé cómo, pero esos textos debían de ser algo así como un legado familiar. Los sabios judíos traducían fragmentos, trozos sin sentido. Más tarde, al parecer a raíz de la información obtenida, el fundador del Temple Hugues de Payns y su señor, el poderoso Hugues de Champagne, fueron a Palestina varias veces y trajeron más documentos que siguieron traduciendo en Clairvaux. Isaías Guior me proporcionó un fragmento, escuchad —leyó el párrafo a Moisés Ben Gurion—: «En la mina que linda con el norte, en una cavidad que se abre en dirección al norte, y enterrada en su entrada: una copia de este documento, con una explicación sobre sus medidas, y un inventario de cada objeto, y otros objetos».
—Vaya —dijo el Rabí.
—¿Os suena? Guior hizo referencia a un *Manuscrito de Cobre*...
El rabí quedó pensativo durante un rato. Entonces habló:
—Después de que tradujeran esos textos, se fundó el Temple, ¿no?
—Sí.

—Y consiguieron que los emplazaran en las ruinas del Templo de Salomón, en la mezquita de Al-Aqsa.
—En efecto.
—Esa gente sabía lo que buscaba, no hay duda. Dios los maldiga.
—¿Por qué decís eso, rabí?
—Tienen el tesoro de mi pueblo.
—¡¿Cómo?!
—Ponedme un poco de vino, hijo.

Arriaga hizo lo que le decía el anciano, quien bebió un trago y dijo:

—Gracias. Veamos, la secuencia es ésta, si yo no me equivoco. Bernardo de Claraval funda un monasterio en el que se traducen textos judaicos, al parecer antiguos, aportados por varias familias europeas.
—Correcto.
—Luego Hugues de Champagne, que por lo visto es el alma máter del proyecto, trae más textos de Palestina y hace un reconocimiento del terreno nada menos que durante tres viajes.
—Sí.
—Después se funda el Temple y excavan bajo la mezquita de Al-Aqsa. Y, entonces, desaparecen los siete sabios de París...
—Exacto.
—Pero la pregunta es: ¿por qué no usaron a los traductores que Bernardo tenía en Clairvaux? ¡Porque habían hallado algo que nadie debía conocer!
—Sí, pero ¿qué?
—Rodrigo, sabéis que cuando las legiones de Tito asolaron Jerusalén destruyeron el Templo, ¿verdad?
—Sí, algo sé.
—Roma siempre fue dura con los sediciosos y Palestina se había convertido en tierra abonada para las revueltas, así que quisieron dar un auténtico escarmiento. La ciudad fue destruida, pero bajo el Templo había multitud de subterráneos y pasadizos. Muchos escaparon por allí y escondieron el tesoro de mi pueblo en diversas ubicaciones. Imaginaos la situación, el Pueblo Elegido ante la debacle. Nadie, ni en sus peores pesadillas, podía imaginar algo así: que unos paganos, unos gentiles

como Tito y sus legiones, fueran a acceder al Templo, y no sólo eso sino también al *sanctasanctórum*, donde sólo entraba el Sumo Sacerdote. Todo estaba perdido, el lugar donde durante años había morado el Arca de la Alianza iba a ser profanado. Mis antepasados lucharon como fieras, eran hombres desesperados que peleaban por su fe, por sus familias, por su tierra y por su Dios. Todos creían que Yahvé les auxiliaría en el último momento, que su cólera barrería a las legiones romanas para evitar la profanación del Templo. Pero nada ocurrió. Hicieron lo que pudieron y ocultaron los tesoros. Todo quedó minuciosamente registrado en un documento del que se hicieron varias copias, según se dice en el *Manuscrito de Cobre*.

—Del que Isaías Guior me suministró un pequeño fragmento.

—Es evidente que los templarios se hicieron con una copia de él o que tenían muchos fragmentos del mismo, pero el caso es que excavaron bajo el Templo y hallaron el tesoro de mi pueblo.

—¿Y por eso son tan ricos? ¿Qué incluía dicho tesoro?

—Todo: la Mesa de Salomón, el Arca de la Alianza, todos los saberes recopilados por mi gente durante milenios; conocimientos herméticos sobre construcción de templos que nos acercan a Dios y a las fuerzas telúricas; cartas de navegación que conducen a tierras extrañas, ignotas y desconocidas en las que manan la plata y el oro; el *Shem Semaforash*, el nombre de Dios, la palabra cuya sola pronunciación permite vencer a los enemigos y alcanzar el saber infinito de Dios; oro, plata, riquezas; la Menorah, el candelabro de siete brazos... Algunos de esos objetos fueron llevados a Roma por Tito y cuando dicha ciudad fue saqueada por Alarico, un visigodo, parece que se hizo con ellos. A pesar de esto, no sabemos cuánto ocultaron mis ancestros ni si lo que llegó a Roma era una simple réplica, pues muchos secretos debieron de quedar ocultos en los sótanos del Templo y en la Genizáh, y eso es lo que halló el Temple.

—¿La Genizáh?

—Una suerte de vertedero para objetos sagrados.

—¿Qué había allí? ¿Para qué servía?

—Mirad, Rodrigo, por el Libro del Éxodo sabemos que el

Arca era un cofre de madera de acacia revestido de oro interior y exteriormente. No era demasiado grande, y tenía cuatro querubines cuyas alas se tocaban para formar el trono de Dios. Era tan sagrada que sólo tocarla provocaba la muerte. Pero lo importante no era el Arca en sí, Rodrigo, sino su contenido. Al parecer guardaba un recipiente con el maná, el verdadero maná que vino de Yahvé; la vara de Aarón y, sobre todo, las Tablas de la Ley, la Ley de Dios grabada en piedra. Éstas eran realmente únicas, pues eran fuente de saber y de poder; nada menos que la ley divina. En ellas estaban grabadas las tablas del Testimonio, la ecuación cósmica, la ley del número, medida y peso que la Cábala permitiría descifrar. Las Tablas de la Ley suponen la posibilidad de acceder al conocimiento de la Regla que rige los mundos. Es evidente que Moisés no engañaba a mi pueblo cuando prometía el dominio de la Tierra.

Rodrigo permanecía con la boca abierta.

—Y en cuanto a la Genizáh... los alimentos de las ofrendas entraban en contacto en el *sanctasanctórum* con la Torah, los rollos de la Ley y con la propia Arca, y los sacerdotes no querían que dichos alimentos fueran arrojados fuera del Templo; para ello se tiraban en una cueva, bajo el Templo, la Genizáh. Allí debieron de ocultar el Arca de las legiones de Tito, así como la verdadera Menorah, la Mesa de Salomón y todos los objetos rituales...

—Vaya, rabí. Me temo que este asunto me supera. Creo que empiezo a sentirme algo asustado.

—¡No! —dijo el anciano agarrando con fuerza la mano de Rodrigo—. No os rindáis. Hacedlo por mí.

Tras dejar los caballos en el Temple de París y recoger al joven Saint Claire, los expedicionarios bajaron por el Sena en una barcaza. No llevaban escolta para que el traslado resultara lo más discreto posible. Rodrigo intentó charlar con su amigo Robert, más para sonsacarle que para otra cosa, pero el joven apenas si farfullaba incoherencias y tonterías. Estaba extraordinariamente flaco, su cara se había tornado pálida como la de un cadáver, sus ojos brillaban al fondo de las profundas cuencas y sus pómulos se marcaban a causa de las innumerables sangrías que los doctores le habían prescrito. Todo aquello, así como los fármacos y hierbas que debían de haberle suministrado, había terminado por debilitar su cuerpo y más aún su ya de por sí desequilibrada mente.

Decidió darle una buena dosis de adormidera para evitar que le creara problemas durante el viaje. Hacía mucho frío y la humedad del río calaba los huesos.

Se situó a proa de la ancha barcaza, donde los rayos de sol le reconfortaban un tanto, y se abandonó a sus propios pensamientos. Se sentía obsesionado por aquel enigma. Nunca había trabajado en una misión como aquella.

Cuando Silvio de Agrigento lo reclutara en su casa del Pirineo todo parecía una locura. Ahora, en cambio, hubiera querido que aquello fuera, en realidad, producto de su mente.

Parecía evidente que el Temple había presionado, por no decir chantajeado, al menos a dos Papas. ¿Qué sabían?

La orden se había dedicado en sus primeros años a cavar en los subterráneos del Templo en lugar de proteger a los peregrinos que acudían a miles a Tierra Santa. Buscaban algo concreto, era evidente. Todo formaba parte de un gran plan, un «proyecto» como ellos lo llamaban. Hugues de Champagne había aupado a Bernardo de Claraval. Luego, a través de su siervo Hugues de Payns, había apoyado la fundación del Temple, y luego Bernardo había dado una regla a la orden. Algunas familias europeas estaban implicadas en el asunto. Durante años habían estado traduciendo viejos documentos judaicos en Clairvaux y el mismo Hugues de Champagne había hecho varios viajes a Tierra Santa, para inspeccionar el terreno, sin duda.

Fundaron la orden para poder excavar en el Templo.

¿Qué encontraron? Fuera lo que fuese, necesitaron secuestrar a siete sabios judíos para traducirlo.

Se habían hecho ricos. ¿Tenían el Arca de la Alianza? ¿La piedra filosofal? ¿El nombre de Dios, el *Shem Semaforash*? ¿Las Tablas de la Ley? ¿La Mesa de Salomón?

Eran una secta herética. ¿Qué quería decir aquello de «ha resucitado» que alguien gritó en su iniciación? ¿Por qué negaban a Cristo?

Isaías Guior había dicho que los nazareos, una vieja secta judía, vestían de blanco y «resucitaban», y que San Pablo había malinterpretado el término con respecto a Jesucristo.

Los nazareos vestían de blanco, como los templarios y los cistercienses. Tenía que averiguar más cosas sobre dicha secta judía. Tenía que acercarse a La Rochelle a indagar sobre lo ocurrido a los sabios judíos secuestrados.

¿Por qué había construido el Temple un puerto de tamaña magnitud en el Atlántico? No tenía sentido.

Por no hablar del misterioso *Baphomet*, una cabeza adorada por sus confreres que hacía florecer los campos. ¿Era por eso que eran tan ricos los templarios?

¿Y qué había de la gnosis? Su conversación con Bernardo de Claraval le había descubierto que había un camino espiritual que seguir hacia la iluminación, un camino que llevaba a ser un iniciado.

¿Serían todos los templarios iniciados?

Seguro que no.

Estaba convencido de que sólo unos pocos estaban al tanto de aquel negocio que «iba a cambiar el mundo». Y era evidente que todo aquello apuntaba en una dirección: algo sabían sobre Jesucristo o su mensaje que había asustado nada menos que a dos papas de Roma.

Perdido en estos pensamientos y algo abrumado, decidió echarse un rato bajo el pequeño toldo a descansar. Saint Claire dormía como un niño.

Subieron a un bote que los trasladó a una galera, una nave templaria recia y bragada que había de llevarles a Escocia. Las galeras que surcaban el Atlántico habían sido desprovistas de remos y su casco era de mayor calado. Eso debía asegurar una navegación algo más tranquila en aquellas agitadas aguas.

Marie, se llamaba aquella embarcación. Nada más partir, unas nubes grises amenazaron el horizonte; luego empezó a llover y el viento arreció. Aquella nave se movía como una cáscara de nuez en medio del Canal de la Mancha, así que dobló la ración de adormidera al reo y se dispuso a aguantar el tremendo mareo que lo invadió. Tanto él como Toribio y Tomás vomitaron hasta la bilis, para deleite de los marineros, que parecían divertidos ante el malestar de sus insignes pasajeros. Los truenos comenzaron a retumbar en medio de la tormenta y los rayos caían aquí y allá. El capitán decidió enfilar en dirección a la desembocadura del Támesis, a la que llegaron casi arrastrados. Comenzaba a clarear de nuevo, así que decidieron esperar unas horas barajando la posibilidad de remontar el río y, desde Londres, emprender camino a Escocia a caballo. El capitán, un bretón de nombre Tancredo, juzgó oportuno hacer un último intento, pues decía que al fin pasaría aquella tormenta. Parecía saber de qué hablaba, así que se hizo como decía y, navegando cerca de la costa, lograron llegar a aguas menos agitadas. Al fin pudieron dormir.

Varias horas después, Arriaga despertó y pudo ingerir algo de sopa. Permaneció expectante mirando la costa durante un buen rato y se acurrucó para volver a caer en un profundo sueño.

Cuando despertó —no sabía cuánto tiempo había estado en brazos de Morfeo—, se hallaban cerca de la orilla. Era noche cerrada y le pareció escuchar algo así como «habría que tirarlo por la borda».

Al día siguiente comprobó que los marineros, gente supersticiosa sin duda, se mostraban temerosos por llevar a un loco a bordo, creían que daba mala suerte y le atribuían el mal tiempo que los acompañaba. Tuvieron que ponerse a cubierto en un par de abrigos que encontraron por el temporal que volvía a asolarles. Aquella noche, y aprovechando una leve mejoría del tiempo que les permitió reanudar el camino, Rodrigo salió del pequeño aposento en que dormían Saint Claire, él mismo y sus amigos y bajó en silencio a la pequeña bodega del barco. Se abrió paso entre las hamacas de los marineros y contempló que, justo al fondo, un tipo de tez morena y pelo largo, el que más protestaba por la presencia del loco en el barco, jugaba a los dados con dos compañeros. Antes siquiera de que advirtieran su presencia, Rodrigo lanzó su daga y clavó el pelo del hombre a una gruesa columna de madera. Se hizo un silencio sepulcral mientras se acercaba. El marinero, de aspecto meridional, permaneció sentado; apenas podía moverse con el pelo clavado a la viga de roble.

—He oído por ahí que hacéis comentarios indebidos sobre

el hombre que traslado a Escocia —comenzó a decir Arriaga—. Sobre todo tú, sabandija. ¡Dime tu nombre!

—Alonso Contreras, señor —farfulló el otro.

—Bien. Sabed que mi amigo no se encuentra bien, vuelve a casa a reponerse tras servir a la orden para la que vosotros también trabajais. Sabed que pertenece a una familia de mucha, ¡mucha! influencia en el Temple. Sabed que no quisiera tener que informar a mis superiores de vuestros nombres ni el de vuestras familias, no quisiera tener que contar que habéis puesto en peligro una misión encomendada por el Gran Maestre Robert de Craon con vuestras estupideces y cuentos de viejas...

Se hizo un solemne silencio. Pudo leer el terror en sus caras.

—¿Entendido?

Todos asintieron.

Rodrigo tiró de la daga y la limpió con su manto. Un hilillo de sangre caía por la frente del marinero, que aún permanecía paralizado por el pánico.

Se sintió tranquilo tras poner a aquella gentuza en su sitio y se fue a dormir.

A la mañana siguiente el tiempo mejoró y cesaron definitivamente los vómitos de sus compañeros. Era de noche cuando llegaron a su destino. Hacía un frío horrible. El capitán les indicó que bajaran a un bote que los esperaba. Cargaron con Robert como con un saco y, tras ayudar a remar a dos tipos que habían venido a recogerlos, llegaron a la orilla. Los tres amigos se arrojaron de rodillas a besar el suelo al hallarse en tierra firme.

*Rosslyn, 3 de febrero del Año
de Nuestro Señor de 1141*

A la atención del reverendo
Silvio de Agrigento

Estimado hermano en Cristo:

Al fin consigo escribir. Hace ya más de diez días que llegamos a las tierras de los Saint Claire y hasta ahora no había conseguido ponerme en contacto con su Paternidad. He sido muy prudente a la hora de buscar a alguien que hiciera de correo en estas tierras, pues los Saint Claire son familia preeminente en el proyecto y debía actuar con cautela y tacto. De hecho había pensado haceros llegar esta misiva a través del cura de la aldea, pero enseguida descubrí que también era el capellán de la hacienda familiar, y que les debe la mayor parte de sus ingresos en estas tierras de paganos y alejadas de las enseñanzas de Cristo. Cena dos veces a la semana en la Casa Grande, como llaman aquí al castillo de Rosslyn, y me consta que forma parte de la camarilla de Henry Saint Claire. Mi fiel Toribio fue el encargado de hallar a alguien en el pueblo que os pudiera hacer llegar esta misiva, y así fue como encontró al tal Owen que ha realizado el encargo, pues viaja a menudo a Dun Eideann, como llaman estos bárbaros a Edimburgo.

Nuestro viaje por mar fue desastroso, horrible y se me hizo eterno. Llegamos a desembarcar en un lugar llamado Cove. Era de noche y hacía un frío atroz. Desde el desembarco no hemos vuelto a vestir los ropajes de la orden para no llamar la atención. Allí nos esperaba el mayordomo de los Saint Claire, Charles, un tipo alto, desabrido y malcarado que, con dos criados y las monturas pertinentes, nos llevó a Rosslyn. Tuvimos que cubrir el trayecto de esta manera en lugar de desembarcar en Dun Eideann porque queríamos evitar el paso por localidades demasiado concurridas. A mayor discreción, más posibilidades de que el Temple respete la vida de este pobre desgraciado de Robert.

Estas tierras son frías y húmedas, muy húmedas. No ha dejado de llover desde que llegué y hay poca luz durante el día. Estamos lejos de todas partes y los lugareños parecen bárbaros. Visten faldas como las mujeres, llevan los pelos largos, sucios y greñosos y sus vergüenzas al aire, bajo el *kilt*, que así llaman a sus refajos.

Llegamos tras dos días de camino; era de noche y lloviznaba. El castillo de Rosslyn se adivinaba como una mole oscura y amenazante en lo alto de una colina. Se accede al mismo por un estrecho puente de piedra que hace una curva y que discurre por encima de un altísimo acantilado repleto de árboles. Bajaron el puente levadizo de madera y entramos en el patio, pasando bajo una arcada que atraviesa un primer pabellón con tejado de pizarra. Allí, en medio del patio empedrado, nos recibió el mismísimo Henry Saint Claire envuelto en pieles. Parece viejo y decrépito; debe de tener más de setenta años. Su mujer Elisa, más joven, se abalanzó sobre el joven Robert al que colmó de besos, pero éste no la reconoció.

De inmediato llevaron al demente a sus habitaciones de juventud, en un inmenso y confortable pabellón que queda a la izquierda y que habita la familia que domina estas tierras. Al fondo se adivinaba un inmenso torreón de sección circular que cierra el imponente recinto amurallado. Las piedras que integran el castillo son rojizas y parecen rezumar agua, como toda esta tierra. Henry Saint Claire nos hizo pasar al salón principal, donde ardía un buen fuego, y allí nos dieron de cenar. Me preguntó por mí, sabía lo mucho que había ayudado a su hijo pequeño y me lo agradeció de veras. La señora de la casa no volvió a cumplimentarnos, quizá permanecía en la estancia de Robert. Nos fuimos pronto a dormir.

A la mañana siguiente, desayuné en la cocina y salí a dar una vuelta con Tomás y Toribio; comprobé que estas tierras son de una belleza sin igual. Poca gente vive por aquí, cosa que me tranquilizó, pues sólo se ven unos rebaños aquí y allá, y no creo que Robert vaya a desvelar muchos secretos a estos pastores que aún parecen más paganos que las familias del proyecto.

A la luz del día el rojizo castillo me pareció imponente. Es un lugar cómodo en el que vivir, de fácil defensa e imposible asalto. El puente de acceso está interrumpido por una torre que comunica con el pabellón principal por un levadizo de madera. Dicho pabellón tiene tres alturas y está coronado por un voladizo en el que hay tres torres pequeñas con saeteras para una mejor defensa del conjunto. Cierra el edificio un picudo y oscuro tejado de pizarra que protege dicha construcción, que aparece adosada en forma de L al pabellón familiar. El amplio patio está asegurado por una inmensa muralla que queda cerrada por el impresionante torreón circular que vi en la oscuridad a mi llegada, de más de cinco alturas y último bastión al que retirarse en caso de asalto. Todas las estancias se asoman al empinado barranco que rodea por todas partes al castillo. Es inexpugnable.

Aquella misma mañana pude saludar como corresponde a la dama del castillo, la madre de Robert, y me presentaron a su hermana, Lorena, de extraordinaria belleza. Allí estaban también su hermano mayor, Arnold, su esposa embarazada y sus cinco hijos. También conocí a Theobald, el hijo del mítico Hugues de Payns, y a su madre, mujer de mediana edad, madura y sobrina de Henry Saint Claire, la que unió a la familia con el fundador del Temple. Comimos todos juntos en el salón principal. Bajaron a Robert al evento, pero sólo dijo incoherencias sobre margaritas y no sé qué escarabajo. Aquello desmoralizó a la familia, por lo que el tono inicial, que era más bien festivo, dejó paso a un ambiente más propio de un velatorio.

Aquella tarde salí a cazar con el hermano de Robert y con Theobald. Ambos se deshicieron en elogios hacia mí. Hemos vuelto a salir de caza a diario. Parecen caballeros rurales y no hablan ni de proyectos ni del Temple. De hecho, ninguno de los dos ingresó en la orden, como se hubiera esperado.

Supe que se preparaba una gran fiesta para celebrar el retorno de Robert y que acudirían a ella gentes preeminentes de la orden. Será pasado mañana.

De momento, nada me hace pensar que Robert pueda resultar peligroso para la orden, no porque no pueda pecar de indiscreto —es obvio que sí—, sino porque en estas tierras dejadas de la mano de Dios nadie puede escucharle. Asistiré a la fiesta como se me ha pedido —no quiero caer en falta con mis anfitriones— y volveré a Chevreuse a continuar con mi misión.

> Vuestro amigo y servidor en Cristo,
> RODRIGO ARRIAGA

Templi Salomonis[14]

*L*os preparativos de la fiesta de bienvenida al joven Robert Saint Claire coincidieron con la llegada de ilustres invitados. Rodrigo volvía de dar un paseo con Tomás por las umbrosas tierras que rodeaban el castillo cuando se topó con una pequeña comitiva que llegaba al puente de acceso. Un hombre anciano, quizá de la edad de Henry Saint Claire, encabezaba el grupo. Montaba un impresionante caballo blanco de raza árabe y lucía una espléndida cabellera enteramente blanca, la barba hirsuta y el rostro apacible. Vestía una larga túnica del color de la nieve cerrada con un amplio manto blanco. ¿No vestía como los nazareos?

—*Pax et bonum* —dijo Rodrigo inclinando la cabeza.

—*Pax et bonum* —contestó el anciano de profundos ojos azules.

Iba escoltado por cuatro hombres de armas que inclinaron la cabeza en respuesta al saludo de Rodrigo. En medio de ellos, una mula portaba un arcón que le recordó el que él mismo transportara de París a Chevreuse y que contenía aquella horrible cosa que mató a Giovanno.

—Rodrigo Arriaga —dijo presentándose.

—Vaya —exclamó el hombre divertido. Se notaban a la legua sus maneras aristocráticas—. Ayudadme a bajar, amigo.

Rodrigo hizo lo que se le decía. El anciano hizo una seña y sus hombres atravesaron el puente y entraron en el patio.

—Jacques de Rossal —dijo el otro abrazando a Arriaga—. Mi hijo me ha hablado tanto de vos...

---

14. El Templo de Salomón.

Rodrigo se sintió impresionado ante la presencia de aquel hombre, nada menos que uno de los nueve fundadores del Temple.

—Es un honor, señor —acertó a decir.

Llegaron al patio, donde unos cuantos carneros ensartados en largos troncos se asaban lentamente. Varias inmensas perolas hervían al fondo y las cocineras, ayudadas por mozas venidas de la aldea a tal menester, estaban enfrascadas desplumando pavos, faisanes y urogallos.

Henry Saint Claire salió en persona a recibir al padre de Jean de Rossal. Se abrazaron como hombres que han pasado muchas tribulaciones juntos. A Rodrigo le pareció ver que una lágrima aparecía en el ajado rostro del amo de Rosslyn.

—Luego hablaremos con calma, hijo —dijo De Rossal volviéndose a mirar a Arriaga para, a continuación, preguntar a su amigo—: ¿Cómo está el bueno de Robert?

—Me temo que mal —contestó Saint Claire cariacontecido.

Ambos entraron al salón del pabellón familiar. Rodrigo aprovechó para ir a su aposento, una pequeña y confortable habitación en el otro pabellón, el de la entrada al castillo. La vista que tenía desde su ventana era impresionante y al abrigo de un cálido brasero echó unos tragos de vino caliente con canela para quitarse de encima el frío del paseo matutino.

Tomás, por su parte, se sentó a la pequeña mesa de que disponían y sacando dos volúmenes de su bolsa de piel de vaca continuó con la copia que estaba haciendo de sus apuntes para Silvio de Agrigento.

Rodrigo lo observó pensando que el joven había aprendido mucho en Clairvaux de los copistas de Bernardo. Mientras Tomás raspaba el pergamino y cortaba una caña fina para escribir con ella, Rodrigo se lamentó por tener el secreto tan a mano y tan lejos a la vez. Era seguro que Jacques o el propio Henry Saint Claire estaban al corriente de todo y en una sola conversación habrían podido desvelárselo. Una pena.

—¿Y Toribio? —preguntó Arriaga a Tomás, que parecía enfrascado en su labor de copista.

El joven levantó la mirada y contestó:

—Creo que estaba por las cocinas.

—Persiguiendo a las sirvientas, seguro.

Tomás sonrió.

—La verdad —repuso Arriaga— es que con sus correrías y líos de faldas suele obtener buena información.

—Los criados saben muchas cosas sobre sus amos. *Quot servi, tot hostes.*[15]

—No te falta razón, hijo.

Decidió salir al patio a husmear entre los preparativos de la fiesta. Había salido el sol por primera vez en dos semanas y la mañana, aunque fría, era preciosa. Caminó entre los criados que iban y venían atareados y se sintió hambriento ante el olor de los carneros asados. Pasó junto a un inmenso horno de barro que olía a pan recién hecho y se maravilló ante un gigantesco jabalí que giraba ensartado sobre un gran fuego con una manzana en la boca.

—¿Tenéis hambre? —preguntó una voz detrás de él. Hablaba en francés normando.

Se giró y vio a Lorena Saint Claire, la hermana de Robert, que cortaba rosas ayudada por una criada muy joven.

Vestía un largo vestido de terciopelo granate que ceñía al talle con un cinturón de cuero engarzado de pequeñas piezas brillantes. Una piel sin mangas la protegía del frío. Llevaba su rojo pelo muy largo, recogido hacia atrás. Era pecosa y de ojos azules, muy hermosa.

—Me aburro, y eso me hace pensar en comida, sí.

Ella sonrió.

—Todos dicen que salvasteis la vida a mi hermano.

—Algo así. Cualquiera hubiera hecho lo mismo por un confrere.

—Sí, olvidaba que erais uno de ellos —dijo ella con cierto desdén.

Lanzó las rosas en la cesta que portaba la sirvienta, cogió un delantal y se lo colocó en su delgada cintura. Llevaba grandes bolsillos delante. Murmuró algo en gaélico y la criada los dejó a solas.

—¿Uno de ellos? —inquirió Arriaga.

---

15. Tantos siervos, tantos enemigos.

—Sí, ya sabéis, un templario. ¿Me acompañáis? Voy a coger unas castañas. Quiero asarlas para Robert: era su manjar favorito de niño.

Rodrigo asintió recordando que por primera vez en mucho tiempo no llevaba el uniforme del Temple. Vestía un jubón de cuero de color marrón claro, unas cálidas calzas de algodón con polainas, botas y un manto negro que lo protegía del frío. Todo se lo había proporcionado el hermano vestiario antes del viaje. Comenzaba a cansarse de no tener nada.

Salieron del castillo y tras cruzar el puente que salvaba el barranco, tomaron un camino a la derecha. Se dirigían hacia una pequeña zona alomada en la que arriba, entre los árboles, se distinguía una pequeña capilla de piedra gris.

—Es la iglesia familiar, la capilla de Rosslyn.

Al templario le pareció muy pequeña.

La vegetación era frondosa, abundaban las setas, los enebros, los olmos, las hayas y las castañas. Iban recogiendo los pequeños frutos que ella depositaba en su delantal. Estaba hermosa a la luz del sol.

—No hay muchos días como éste por aquí, ¿no?

—¿De sol? No, la verdad, quizás en verano...

—Es un lugar hermoso, pero...

—¿Sí? —preguntó ella—. ¿Qué ibais a decir?

—No, nada. Quizás un poco inquietante.

—Yo no lo hubiera definido mejor.

Miraron hacia abajo, al camino. Dos hombres delgados, de pelo largo y luenga barba y vestidos con túnicas azul marino ceñidas con cuerdas al cinto, se dirigían al castillo. Detrás iba un hombre a caballo. Vestía de blanco.

—¡André de Montbard! —exclamó Rodrigo sorprendido al identificar al hombre que encabezaba la comitiva del Temple que viera meses atrás en Carcasona. ¿Qué hacían aquellos dos perfectos[16] con André de Montbard, el tío de Bernardo de Claraval y uno de los nueve fundadores?

—Ya están casi todos —dijo ella con fastidio.

—¿Casi todos?

---

16. El equivalente de los cátaros a un sacerdote.

—Sí, faltan algunos huéspedes que llegarán mañana, tras la fiesta de esta noche. Algunos miembros de las familias.

Rodrigo sintió que, de nuevo, alguien pensaba que sabía más de aquel asunto de lo que en verdad había averiguado. Decidió arriesgarse:

—¿Quiénes? ¿Los Montdidier, los Jointville, o quizá los Brienne?

—Viene un Jointville, creo, un tal Pierre, y uno de los Saint Omer... Sigfridus.

—Vaya, menuda reunión —dijo él.

—Sí, empezarán como siempre con sus canturreos y sus túnicas blancas. —De pronto, dejó de hablar—. Perdón, son vuestros superiores. Seguro que gustáis de esos juegos absurdos, sociedades secretas, documentos... ¡imbéciles!

—No os veo muy entusiasmada con el proyecto.

—Desde niña no he oído hablar de otra cosa. Entretenimientos de hombres ricos con sus absurdos anillos y sus historias de otras épocas. En el fondo lo único que buscan es poder y más poder. —¿Había dicho absurdos anillos?—. Mirad a mi hermano. Se halla en peligro de muerte.

—No digáis eso, está en casa, a salvo.

—No seáis ingenuo, Rodrigo. ¿Qué pensáis que van a discutir en la reunión? Hacía tiempo que no veía juntos a tantos miembros de las familias. Van a decidir el destino de mi hermano Robert y, creedme, no se paran ante nada...

—Robert mejorará. Tened fe.

—¿Fe? Eso es lo menos que tengo ahora. ¿Es verdad que enloqueció por una mujer? Al menos eso lo haría más humano. Desde niño le llenaron la cabeza con sus absurdas pretensiones de dominar el mundo. Los varones de esta casa no saben hablar de otra cosa. Mi madre, Elisa, tuvo que criar sola a sus hijos, por no hablar de mi pobre tía Elisabeth o su hijo Theobald, abandonados por mi tío Hugues de Payns por esa maldita orden que fundó.

—En respuesta a vuestra pregunta os diré que, en cierto modo, vuestro hermano enloqueció por una mujer. Estaba enamorado. Sufría porque no sabía cómo dejar la orden; estaba cansado y me temo que quería desposar a esa moza de Chevreuse, pero el padre de ella intentó matarlo y Robert reaccionó como un soldado, lo destripó. La joven le rechazó entonces y su mente no pudo soportarlo.

—Al menos me consuela que mi hermano hallara el amor, que quisiera tener una vida normal, decente, lejos de esta locura. ¿Nunca os habéis casado, Rodrigo?

—Una vez estuve a punto —dijo pensando en Aurora.

—Vaya. ¿Y no echáis de menos el estar con una mujer, llevar una vida sencilla, cuidar vuestras tierras, tener hijos?

—Cada vez más, Lorena, cada vez más —contestó pensativo pelando una castaña.

Los dos se habían sentado, al sol, bajo un inmenso árbol desde donde veían el camino.

—¿Cuántos años tenéis? —dijo ella.

—Treinta y ocho.

—Parecéis más joven.

—¿Y vos?

—Eso no se pregunta a una dama.

—Ni tampoco vos deberíais haber preguntado la edad a un anciano como yo.

Ella rio. Su cara se iluminó con una sonrisa perfecta, de dientes blancos y alineados como piedras.

—Tengo veintisiete —contestó ella—. Y sí, ya sé que a mi edad debería estar casada, pero mi familia me reserva para cuidar a mis padres cuando sean ancianos. No me desposaré.

—Yo tampoco, supongo. El destino de un templario es morir joven, en algún lugar perdido, en la arena del desierto y bajo un sol de mil demonios.

—Porque vos queréis —dijo ella.

Él pensó en Beatrice. Se sintió excitado por el olor de Lorena Saint Claire. ¿Qué hacía metido en ese lío? El destino le había situado en el lugar adecuado en el momento justo. Allí, en aquella reunión de notables, iban a tomarse decisiones importantes y él tenía que enterarse.

¿Qué hacían allí dos perfectos cátaros? Todo se complicaba por momentos.

Y

La comida fue sobria. Rodrigo fue ubicado lejos de la mesa principal en la que se situaban Henry Saint Claire, Jacques de Rossal, los dos perfectos cátaros, de nombres Francisco y Jaime, y el muy influyente André de Montbard.

Arriaga observó que tanto De Rossal como De Montbard vestían amplias túnicas blancas cubiertas con unas largas sobrevestes sin mangas, que estaban hechas de paño de idéntico color. Ni ellos ni los perfectos comieron carne, sólo algo de pescado con verduras y pan. No probaron el vino. Antes de retirarse a hacer la siesta, Jacques de Rossal se le acercó, le dijo que De Montbard quería conocerlo y lo emplazó a que acudiera a su aposento, donde los tres se reunirían a media tarde.

Se retiró a su cuarto para hablar con Toribio y Tomás. Tenía que actuar con diligencia pero con tacto.

—Estamos metidos en algo importante —dijo al llegar.

—¿Cómo qué? —contestó Tomás.

—Parece una reunión de muy alto nivel entre las familias. He sabido que mañana llegarán nuevos invitados de los Saint Omer y Jointville.

Tomás tomó nota en su libro. Rodrigo prosiguió:

—André de Montbard y Jacques de Rossal visten enteramente de blanco, como los nazareos. Necesitamos información sobre dicha secta.

—Si pudiéramos hablar con algún sabio judío... —repuso Tomás.

—Sí. En tus notas sobre el Templo, ¿hay algo de ellos?

—Poca cosa, lo que ya sabemos.

—Lo que me comentó Isaías Guior, que vestían de blanco y que de alguna manera resucitaban.

—Eso mismo.

—Los templarios visten de blanco —dijo Toribio.

—Y los cistercienses —apuntó Tomás.

—Y los druidas celtas —añadió Rodrigo—. Guior dijo que Cristo era un nazareo y que san Pablo malinterpretó su resurrección. ¿Recordáis? En mi iniciación alguien gritó «¡ha resucitado!». No entiendo nada.

—Y negasteis a Cristo —dijo Toribio.

—No quiero recordarlo, ¿sabéis? Esta mañana, hablando

con la dama Lorena, he comprendido que podemos sacar mucha información de las mujeres de la casa.

—Bienvenido a mi mundo —contestó Toribio.

—No, si ahora resultará que vais por ahí folgando con criadas por la misión —dijo Tomás.

—Sí —dijo Toribio—. Un sacrificio, que alguien debe hacer.

—¿Cuántas criadas hay? —preguntó Arriaga.

—De la casa, tres, y dos cocineras.

—¿Y...?

—No, aún no he logrado beneficiarme a ninguna. Sólo hablan gaélico.

—¿Todas?

—Todas no, hay una, la cocinera más veterana, que habla francés normando.

—¿Podríais...? —dijo irónicamente Rodrigo.

—Se intentará, mi señor, se intentará. No es moza pero tiene buenos cántaros.

—Qué sátiro. Escuchad los dos: la dama Lorena hizo una alusión a que comenzarían enseguida con sus cánticos y reuniones. ¿A qué os recuerda eso?

—A la cripta de Chevreuse y esa maldita cosa. Se me eriza el vello sólo de pensarlo —respondió Toribio.

—¡Exacto! Cuando llegó Jacques de Rossal vi que traía un cofre en una mula.

—¿Pensáis que esa cosa está aquí? —preguntó Tomás con aprensión, abriendo su libro de notas por la página en que había un dibujo horrible del *Baphomet*, una horrenda cabeza barbada con cuernos de cabra.

—No, no creo que sea la misma; el cofre era otro. Es probable que cada encomienda tenga su ídolo propio. El caso es que si van a reunirse no creo que lo hagan a la luz del día y en pleno salón de la casa, delante de las criadas. Debe de haber algún subterráneo, alguna cripta. Toribio, esa es vuestra misión. Tomás y yo intentaremos hacer otro tanto.

—¿Y en la capilla de la loma? —preguntó el joven.

—Puede ser, puede ser... —contestó Rodrigo—. Después de mi entrevista de esta tarde echaremos un vistazo.

—Lo ideal sería hacerlo durante la fiesta —apuntó Toribio.

—No sé qué haríamos sin alguien como vos —contestó Rodrigo estallando en una carcajada.

—Pasad, hijo, pasad —dijo Jacques de Rossal—. Éste es mi buen amigo André de Montbard.

Rodrigo y el tío de Bernardo de Claraval se abrazaron e intercambiaron un ósculo de bienvenida.

—Me han hablado muy bien de vos —dijo el hombre con maneras aristocráticas.

La estancia era amplia y ardía un buen fuego en la inmensa chimenea. Había tres butacas junto a la misma, con una pequeña mesita, exquisitamente tallada, en la que aguardaban una botella de vino dulce y frutos secos.

—¿Un poco de vino? —preguntó De Rossal.

—No, gracias —respondió Rodrigo.

—Bien —comenzó el padre de Jean—. Ya nos hallamos todos juntos. Ni qué decir tiene que estamos muy contentos con vuestra incorporación.

—Así es —refrendó André de Montbard.

Se hizo un silencio.

—¿Por qué pensáis que estamos aquí? —preguntó Jacques de Rossal arropándose en su asiento con su amplio manto blanco.

—Por la fiesta de retorno de Robert Saint Claire —contestó Rodrigo.

—Es prudente e inteligente —dijo De Montbard, mirando a su compañero.

—Sí, lo es. No os habrá pasado inadvertida la reunión que mantendremos mañana, aunque aún faltan algunos invitados.

—Fui espía, mis señores, y un espía nunca deja de serlo. Pero soy miembro de la orden y mi discreción me impide hacer cualquier juicio al respecto.

Pareció agradarles la respuesta.

—No sois un iniciado aún, ¿verdad? —preguntó André de Montbard.

—No, estoy al principio del camino.

—Mi hijo es su tutor —añadió De Rossal.

—Bien, bien —dijo De Montbard, que parecía tener voz y mando en aquel asunto—. Pero a pesar de ello estáis desempeñando labores de extrema confianza.

—Me place ser útil a mi orden.

—¿Y qué tal el hebreo?

—Tuve que interrumpir mi aprendizaje para traer aquí a mi amigo Robert.

—Pero ¿lo habéis refrescado?

—Bastante.

Los dos prebostes se miraron. De Rossal volvió a hablar.

—Estamos aquí para decidir qué hacer con el joven Saint Claire.

—Pensé que ya se había tomado una decisión al respecto. El Gran Maestre, Robert de Craon...

—No hagáis caso de lo que diga ése. Es un muñeco en nuestras manos —dijo De Montbard.

Rodrigo pareció sorprendido.

—No os asustéis —continuó el tío de Bernardo—. No se os escapa que éste es negocio dominado por unas pocas familias.

—Las familias.

—En efecto. Y aunque debéis fidelidad al Temple, sabed que la orden es sólo un medio temporal para alcanzar otros objetivos más elevados.

—El proyecto.

—Exacto, Rodrigo. Aprendéis rápido.

Arriaga observó que ambos hombres lucían sendos anillos, gruesos, de oro, con una especie de recia columna grabada en ellos, como un sello.

De Rossal intervino entonces:

—A ver, Rodrigo, ¿por qué el poder del papado es tan escaso? ¿Cómo explicáis que todos los papas necesiten del poder temporal, del apoyo de éste o aquél monarca para mantenerse en la silla de Pedro?

Rodrigo sopesó la respuesta:

—Porque no tienen un verdadero Estado, dineros, ejércitos.

—He ahí el quid de la cuestión —apuntó André de Montbard—. Imaginad, por otra parte, que las tres religiones, el judaísmo, el cristianismo y el islam pudieran ser aunadas bajo un solo credo, amplio, abierto, tolerante... ¿Qué se necesitaría en primer lugar para asegurar la supervivencia inicial de ese nuevo orden?

—No sé... —murmuró Rodrigo.

—Mano de hierro, un verdadero ejército que pudiera protegernos del ataque de Roma, siempre tan inmovilista, tan custodio de esos depauperados valores eternos, del mensaje erróneo de ese inconsciente de san Pablo. Y ese ejército es el Temple, sólo un medio para alcanzar un fin.

—El proyecto —dijo de nuevo Rodrigo.

—El proyecto, en efecto —apostilló De Rossal—. Nunca olvidéis a quién servís. No os ocultaremos que se están produciendo tensiones en relación con el caso del joven Saint Claire. Está como una cabra y ha de ser eliminado. Lo siento por mi hijo Jean y por vos, que le tenéis aprecio; lo siento por mi viejo amigo Henry Saint Claire, que siempre fue un bastión de la causa. Lo siento de veras. Robert iba a ser uno de nuestros líderes en el futuro, pero se torció.

—Oficialmente fue ahorcado en Chevreuse —interrumpió André de Montbard—. Imaginad que en Roma se enteraran de que está vivo. Cada hora que pasa corre en nuestra contra. Debe ser eliminado. Hay disparidad de pareceres, no lo negaré. Los Saint Claire, con Henry al frente y apoyados por su sobrino Theobald, el hijo de Hugues de Payns, piensan que la situación actual no es peligrosa. Quieren al joven, no hay duda. Tienen el apoyo de los Jointville. El resto de las familias está con nosotros. Esto es un problema, pues siempre habíamos sido como un solo hombre. Estamos viejos, cansados, mi viejo amigo Henry no quiere perder a su hijo...

—¿Y queréis que yo...?

—Es probable que, llegado el momento, tengáis que hacerlo, sí. Después de nuestra reunión os lo comunicaremos. Deberéis actuar con rapidez. Si os damos la orden pediréis ver a vuestro amigo antes de vuestra partida. Un barco que os espera en Edimburgo os llevará a La Rochelle y de allí a Palestina, a Jerusalén, donde continuaréis con vuestros estudios de hebreo y con vuestro camino a la gnosis. Hay grandes expectativas puestas en vos. Tendréis que coordinar a un grupo de traductores. Hay mucho trabajo que hacer.

A Rodrigo no le agradó la idea de tener que eliminar a su amigo Robert.

—Pero... ¿cómo lo haré?

—Usad algún veneno que no deje rastro. Vos sabéis de eso. Debe parecer una muerte natural, que quede claro —añadió De Rossal—. Es importante.

—Y ahora dejadnos solos. Tenemos cosas que hablar —dijo De Montbard, dando la entrevista por terminada.

Concilium

*R*odrigo estaba en un apuro. Le iban a pedir que eliminara a Robert, sin duda. Era cuestión de horas, quizá de días. Si no eliminaba al joven Saint Claire caería en desgracia; si lo hacía, en cambio, iría a Jerusalén y podría averiguar el secreto del Temple, de las familias, del proyecto.

Aquellos dos hombres fundadores del Temple le habían reconocido abiertamente que la orden era una tapadera, un brazo armado de una organización formada por unas pocas familias europeas que pretendían cambiar el orden establecido y sustituir a la Iglesia por una suerte de culto universal que aunara todas las grandes religiones. Pero ¿por qué? ¿Qué sabían? ¿Qué habían averiguado? ¿Qué extraños arcanos del Templo de Salomón habían logrado desvelar?

Nunca había sido demasiado religioso, pero aquello comenzaba a darle miedo. Había avanzado mucho, sin duda, pero aún le quedaba un largo camino y estaba cansado. Por otra parte, si eliminaba a Robert se abriría ante él un futuro lleno de posibilidades, la gnosis. ¿Qué sería tal cosa? De Montbard, De Rossal y Bernardo de Claraval eran iluminados que caminaban por el mundo como levitando, como si estuvieran en poder de grandes secretos que los acercaban a Dios. ¿Qué tenían que ver con los nazareos? ¿Era Jesús uno de ellos? ¿Qué sabían sobre la vida del Salvador que asustaba a los papas de Roma? ¿Qué era ese *Baphomet*? ¿De dónde salían las riquezas de la orden? ¿Por qué secuestraron a los sabios judíos? ¿Por qué los llevaron a La Rochelle? ¿Por qué construir un puerto tan grande lejos de las grandes rutas que llevaban a Tierra Santa?

No le agradaba aquella gente. Eran muy espirituales, sí, pero no dudaban en planear eliminarse unos a otros si aquello beneficiaba al proyecto. ¿Y esa iba a ser la nueva religión que dominara el mundo? No lo veía claro.

¿Cómo iba a salir de aquel atolladero?

Podía hablar con Henry Saint Claire, pero De Rossal y André de Montbard no deberían saber que los había traicionado.

Estaba confuso. Le hubiera gustado abandonar aquella historia, recoger a Beatrice y perderse con ella en sus tierras de los Pirineos. Tener hijos, envejecer.

¿Qué iba a hacer? Estaba metido en un avispero, pero en el fondo le picaba la curiosidad.

La gran celebración por el retorno de Robert Saint Claire se desarrolló en dos escenarios. Uno, el salón de la casa principal donde se dieron cita unos cincuenta invitados entre los asistentes de las familias, amigos de la nobleza local, curas, algún obispo y varios hidalgos escoceses. El otro, el patio en el que los lugareños, todos vasallos de Henry Saint Claire, bailaron, bebieron y comieron alrededor de una enorme hoguera a la salud de su joven amo. Sonaban las gaitas en el exterior.

En el Salón Grande, como lo llamaban en Rosslyn, se sirvieron multitud de platos que iban desde el estofado de liebre con setas hasta las mollejas de ternera en rebozo; se pudo degustar también un buen solomillo de cerdo a la mermelada de arándanos, rabo de toro, buñuelos de alcachofa, cordero a la miel, jabalí en salsa de almendras y otros alimentos que denotaban una procedencia más exótica debido a los viajes de los templarios, como palomas moriscas en escabeche y filetones a la Gran Maestre.

Rodrigo observó que De Rossal, André de Montbard, Henry Saint Claire y los dos perfectos comían igual de frugalmente que durante el almuerzo.

A los postres, Robert Saint Claire fue bajado de una silla que portaban dos criados. Estaba mucho peor físicamente. Rodrigo llegó a la conclusión de que las sangrías habían terminado por debilitar su cuerpo y quizá la humedad de la *Grande*

Tour de París le había emponzoñado los pulmones, pues respiraba y tosía como un tuberculoso. Todos acudieron a saludar al hijo pródigo. Rodrigo se tranquilizó un tanto cuando vio que Robert lo reconocía.

—Vaya, mi salvador —dijo, alegrándose al verle.

Arriaga notó al darle la mano que estaba demasiado caliente, y que su respiración era agitada; era evidente que tenía fiebre. Entonces el pobre demente dijo:

—¿Sabes, Rodrigo, que la Virgen María me visita en mi cuarto y que no era mocita cuando se casó con san José?

Estaba peor que nunca. Aquella mente se había ido para siempre. Se hizo a un lado y dejó que otros invitados se acercaran a presentar sus respetos al joven Saint Claire. Menuda blasfemia había soltado, desvariaba. Vio a Lorena y se acercó a ella.

—Vuestro hermano tiene fiebre, debería ir a la cama.

—¿Acaso sois médico? —dijo ella retadoramente, apurando el vino de su vaso.

Él se giró y dio por terminada la conversación.

—¡Esperad! —exclamó ella—. Vayamos afuera.

Se cubrieron con prendas de abrigo y salieron al patio, donde el vulgo bailaba al son de la música. Se apoyaron sobre unos toneles, en el rincón que había junto a la inmensa torre redonda.

—Perdonad, Rodrigo. No os merecéis que os hable así.

—No importa.

—Sí.

—¿Cómo? —preguntó él.

—Que sí, que está enfermo. Esta mañana ha venido a verlo el médico de la familia. Cree que tiene una infección en la sangre, reúma lo ha llamado, por el frío que debió de pasar en aquel maldito calabozo…

Rodrigo lamentó haberle dado tanta adormidera al reo durante su traslado. Quizá lo había debilitado aún más.

—¿Le ha recetado algo el médico?

Ella ladeó la cabeza:

—Vahos con eucalipto y corteza de sauce. Dice que es un joven fuerte y que en verano mejorará. Es evidente que este clima no le beneficia. Habrá que trasladarlo a un lugar más cálido y seco.

—Pero, Lorena, me temo que eso va a ser imposible.
—Lo sé —dijo ella—. Ellos y su maldito proyecto.

Alguien tomó a la joven por el brazo y cuando Rodrigo se giró notó que los llevaban en volandas en medio del gentío donde todos bailaban. La música sonaba en su cabeza y el vino surtía efecto. Comprobó que muchos de los nobles se hallaban danzando junto a la hoguera, a su lado. Lorena parecía divertirse, lejos de las penas que la asolaban un instante antes. Estaba bella. Aquellos bárbaros danzaban dando palmas, haciendo flotar sus faldas de cuadros al viento y saltando como posesos sobre las ascuas, al ritmo del sonido de las gaitas. La música transportó a Rodrigo a un lugar ancestral, verde y tranquilo, como en otra vida. No quiso pensar cuántos capítulos de la regla violaba. Se dejó llevar.

Era casi medianoche cuando Tomás le dio un golpe en el brazo discretamente. Rodrigo recordó el plan y salió inadvertidamente de entre el gentío. Los nobles habían salido del Salón Grande y se habían mezclado con la plebe, que cantaba y bailaba al son de la música de dos bardos y varios gaiteros. Se habían encendido dos inmensas hogueras más, así que, pese al frío, se estaba bien en el patio.

Tomás y Rodrigo salieron del recinto del castillo sin llamar la atención. El muchacho llevaba una bolsa de piel de vaca colgada en bandolera con todo lo necesario. Tomaron el camino a la capilla tras asegurarse de que nadie los seguía. La sombra de la pequeña iglesia se distinguía sobre el cielo pleno de estrellas, arriba, en la loma. Desde allí se oía el jolgorio, la música, las risas; se entreveía el titileo de los fuegos entre las ramas de los árboles del bosque.

Abrieron la puerta de la pequeña capilla y entraron.

Era un recinto de escasas dimensiones con apenas cuatro hileras de bancos y una talla de gran tamaño de una virgen negra presidiendo el altar. Rodrigo encendió un candil y caminaron despacio, con calma, examinando el suelo y las paredes en detalle. El único lugar en que podía ubicarse un posible pasadizo era bajo una lápida que había tras el altar. Era de pequeño tamaño, y, al parecer, contenía los restos de un neonato de la familia Saint Claire muerto a los pocos días de vida, treinta años antes.

—Tiene que ser aquí, Tomás, no hay otro sitio.

El joven sacó una palanca de hierro de la bolsa y Rodrigo metió su daga en el escaso espacio que quedaba entre la lápida de mármol y las recias losas de piedra. Logró separarlas un poco para que Tomás insertara la palanca. Hicieron fuerza y lograron levantarla lo suficiente para acceder a la supuesta tumba. Corrieron la lápida a un lado. No pesaba demasiado.

Se asomaron al interior del pequeño mausoleo iluminándose con la tenue luz del candil y comprobaron que no había restos de caja mortuoria, ni huesos, ni nada que se le pareciera. Unas escaleras empinadas bajaban en la oscuridad.

—Lo sabía. Los pañuelos —dijo Rodrigo.

Tomás sacó dos pañuelos húmedos de la bolsa y se embozaron con ellos. No querían correr la misma suerte que Giovanno de Trieste. Era posible que si Jacques de Rossal había traído un *Baphomet* en el cofre, éste estuviera allí abajo.

Llegaron al final de las escaleras y se encontraron con una recia puerta.

—Las antorchas.

Tomás sacó dos antorchas de la bolsa. Tras encender la primera apagaron el candil. Rodrigo, rememorando sus tiempos de espía, introdujo un pequeño hierro fino y flexible y jugueteó con la cerradura hasta que la hizo girar. Entonces empujó la puerta, que se abrió con un chirrido agudo y estridente que les heló el alma. Delante de ellos se extendía la oscuridad de una amplia sala en la que, al fondo, se adivinaba una especie de pequeño habitáculo donde brillaba el tenue reflejo de una vela.

—Vaya, esto encoge el alma —dijo Arriaga alargando el brazo para que su antorcha iluminara el camino—. No te separes de mí, hijo.

Llevaba la daga en la mano.

Comprobó que se hallaban en una amplia sala rectangular, cuyo techo era bastante alto para ser una estancia subterránea. Justo delante de ellos había dos gruesas columnas. Detrás de cada una de ellas surgía una hilera de pilastras de menor diámetro que llegaban hasta el fondo de la sala.

Rodrigo se entretuvo en echar un vistazo a la de la derecha. Estaba formada por cuatro cilindros, dos de ellos labrados profusamente con motivos vegetales y caracteres hebraicos. Pensó que el que la había tallado desconocía dicho idioma, pues no pudo leer ni una sola palabra.

—Esto... —dijo Tomás.

Rodrigo se giró y vio al muchacho examinando la otra columna. Era más bella que la anterior y los motivos vegetales formaban cuatro cordones que rodeaban la columna en espiral, dándole un aspecto demasiado recargado.

—Esto me suena... —siguió diciendo el criado—. Sujetad mi antorcha.

Mientras Arriaga sujetaba las dos teas, Tomás escarbó en su bolsa y sacó su libro apresuradamente. Pasó las páginas con determinación y exclamó:

—¡En efecto! ¡Aquí están!

Dieron un paso atrás y contemplaron las dos columnas. Luego miraron una ilustración del libro de notas que Tomás había ido completando.

—Boaz y Jaquín, las dos columnas del Templo de Salomón. —leyó el joven.

—Vaya —dijo Rodrigo con la boca abierta.

Tomás comenzó a avanzar por la amplia sala, entre la balaustrada de columnas, mientras miraba el libro y Rodrigo lo seguía iluminando el camino con las dos antorchas.

—Y todo esto es... todo esto es... una réplica a escala del mismísimo Templo de Salomón. Mirad.

Echaron un vistazo al plano de la sección del Templo que Tomás había copiado en Clairvaux y comprobaron que todo coincidía.

—Entonces —comentó Rodrigo—, ese habitáculo del fondo es...

—El *santasanctórum*, el lugar donde se guardaba el Arca de la Alianza.

—Guarda tu libro, Tomás, y por nada del mundo te quites el paño de la boca.

Se acercaron caminando con aprensión hacia el único habitáculo que había al fondo de la amplia sala. No tenía puerta y se adivinaba una especie de mesa o altar con algo depositado en el centro.

Rodrigo se acercó apenas unos pasos y adelantó la antorcha.

—¡Es horrible! —exclamó.

Ante ellos había un busto de un hombre barbado, de aspecto siniestro y ojos saltones. Entraron en la pequeña habitación y rodearon la macabra escultura.

—¡Mirad, por este lado tiene cara de mujer! —exclamó Tomás, asombrado.

—Es cierto, ¿qué querrá decir esto?

Examinaron la tétrica figura durante un rato sin decir palabra.

En la base del lado femenino de la figura había tres letras.

—Mira, Tomás. Y, H ,V…

—Yahvé.

—Estos tipos están locos. ¿Para qué construir una réplica del Templo en estas tierras perdidas?

—¿Para guardar sus tesoros?

—Pero esto… esto está vacío.

—Sí, eso es cierto.

—Sea como fuere, Lorena me dijo que pronto empezarían las reuniones, los cánticos y las túnicas blancas. Se creen descendientes de los nazareos. Debemos aprender más sobre dicha secta pero ¿cómo? ¿Cómo?

—Clairvaux. Guior. Quizás él pueda ayudarnos.

—Sí, debes ir allí cuanto antes, mañana si es preciso. Diré que tienes que ver a tu madre enferma y…

—Descubrirán que he estado allí.

—No si no revelas tu identidad. Intenta hablar en secreto con Isaías Guior o, mejor, hospédate cerca y hazle llegar una esquela. Él o sus compañeros sabrán ayudarnos. Necesitamos pruebas. Sabemos que esta gente trama hacerse con el poder que ostenta la Iglesia, se creen herederos de una verdadera fe que aunará los tres grandes credos. Son herejes…

—Y luego… ¿dónde nos encontraremos?

—Os haré llegar un mensaje como sea. Sigamos mirando.

Dieron la vuelta y salieron de la estancia. Detrás de la misma quedaba un hueco entre ella y el inmenso muro de contención del fondo. De allí, partía un túnel que descendía hacia la más negra oscuridad.

—Esta pared representa el muro oeste del templo —dijo Tomás.

—Y ese túnel debe de conducir al castillo. Veamos.

Sacaron más telas que impregnaron en brea y enrollaron en torno a las antorchas, que revivieron. Comenzaron a descender por el túnel, cuya pendiente era acusada. Se escuchaba el goteo constante del agua que rezumaba desde el bosque situado justo encima de ellos. Las paredes aparecían labradas con caras barbudas y figuras que asemejaban un extraño vía crucis. El camino se les hizo eterno. Rodrigo seguía llevando la daga en la mano y Tomás miraba hacia atrás, hacia la oscuridad del túnel, del que temía que saliera algún horrible monstruo que los devorara. Después de una cerrada curva, el túnel terminaba bruscamente.

—No puede ser, debe de haber alguna salida aquí —dijo Rodrigo tanteando las húmedas piedras.

De pronto se oyó un chasquido, el muro giró, les deslumbró una luz cegadora y gritaron al verse frente a un individuo al que no se le distinguía el rostro.

Rodrigo le puso la daga en el cuello y el otro gritó:

—¡Piedad para un buen cristiano!

—Casi nos matas del susto, Toribio —dijo Rodrigo Arriaga quitándose el pañuelo de la boca.

—¡Señor! ¡Parecíais salteadores!

El bueno de Tomás dio un paso adelante. Se leía el miedo en sus ojos.

—¿Dónde estamos? —preguntó Arriaga.

—En la despensa, bajo el Salón Grande, en el pabellón de la familia.

—¿Y cómo has encontrado el pasadizo?

Toribio se hizo a un lado y contemplaron a una moza bien entrada en carnes que roncaba despatarrada sobre unos sacos de harina. Junto a ella había una jarra de vino y dos vasos.

—Ella me lo dijo. Queda semioculto detrás de este botellero y se abre con esta pequeña palanca —argumentó Toribio señalando a la cocinera con la cabeza—. Y no creáis, que me ha costado folgarla tres veces seguidas; no es de las que queda satisfecha con un revolcón.

—Ay, Toribio, Toribio... —dijo Rodrigo, que reparó de inmediato en que habían dejado la lápida de la ermita abierta—. Tenemos que volver a cerrar la entrada en la cripta o descubrirán que hemos entrado en el Templo.

—¿El Templo? —dijo Toribio.

—Ya hablaremos. Mañana partes con Tomás a Clairvaux, necesitaremos que contactéis con Guior a través de la sobrina de su amigo. La del cobertizo.

Toribio esbozó una sonrisa socarrona

—Huuummm... —murmuró.

—¿Y tenemos que volver allí arriba, mi señor? —preguntó el joven Tomás asustado.

—No, hijo, no. Cerrad el pasadizo. Yo lo haré.

Quedó dentro del túnel y el muro se cerró tras él. Entonces sintió que el miedo lo invadía. Cuando volvía, en la primera curva, reparó en una bifurcación del túnel que no había visto antes. Se adentró en ella y comprobó que apenas si tenía más de veinte pasos. Era una galería ciega. En los laterales del estrecho túnel aparecían excavados en la roca unos nichos, diez o doce; varios ocupados por esqueletos que vestían túnicas blancas. Pensó que podría ocultarse allí a la noche siguiente. Volvió sobre sus pasos y caminó lo más rápido que pudo. Pasó por el Templo como una exhalación, cerró la puerta de madera, apagó la antorcha, encendió el candil y subió las escaleras de vuelta a la ermita. Una vez allí cerró la losa y salió aliviado al frío de la noche.

Entonces oyó una voz.

—¿Qué hacéis aquí?

Se giró y vio la figura de Lorena, que se perfilaba en la oscuridad.

—Buscaba un poco de tranquilidad. Quería orar.

Ella se le acercó mucho, demasiado.

—¿Habéis pecado, Rodrigo? —Había cierto retintín en sus palabras.

—Pues sí, un templario debe mantenerse lejos de las cosas mundanas.

—¿Qué cosas mundanas hay aquí arriba, en la ermita?

—Vine huyendo de mi pecado.

—¿De vuestro pecado?

Estaba en un apuro. No le interesaba que ella pudiera contar que lo había visto allí a aquellas horas de la noche. Lo descubrirían. Tenía que arriesgarse.

—Sí, he pecado de pensamiento. Con vos, desde que os vi por primera vez. —La atrajo hacia sí, tomándola por el talle, y la besó. Sintió cómo la joven se estremecía. La agarró por las posaderas y le besó el cuello. Notó que jadeaba y envolvió sus senos con las manos; eran pequeños y duros.

—Venid —dijo ella.

Fueron a un cobertizo que había detrás de la pequeña iglesia.

Tomás y Toribio partieron al día siguiente. Al tratarse de dos sirvientes nadie le dio mayor importancia. Justo cuando Rodrigo salió a despedirlos al camino se dio de bruces con dos caballeros de mediana edad que llegaban acompañados por gente de armas. Eran los representantes de las familias Saint Omer y Jointville, sin duda.

Cuando volvió al patio del castillo y antes de adentrarse en el pabellón de invitados comprobó que Henry Saint Claire, Jacques de Rossal y André de Montbard recibían a los recién llegados con abrazos y parabienes. Le pareció escuchar algo así como «esta noche hablaremos con calma en la reunión, ahora bebamos un poco de vino».

Subió a su aposento para poner en orden sus ideas, tenía que hacer llegar una esquela a Silvio de Agrigento. Le iban a pedir que eliminara a Robert Saint Claire y luego querrían que partiera hacia Tierra Santa para alejarlo de allí. No le desagradaba pasar por el puerto templario de La Rochelle, así podría averiguar algo sobre el paradero de los siete sabios, pero la idea de eliminar al pobre demente de Robert le hacía sentirse muy angustiado.

Al entrar a su cuarto se sintió reconfortado por el calor del brasero. Entonces sintió una presencia tras de sí, en la penumbra que quedaba junto a la puerta entreabierta. Se volvió alarmado y vio a Lorena Saint Claire.

—Os esperaba —dijo ella—. Ahora tenemos el cuarto para nosotros dos solos.

Dicho esto, dejó caer el vestido que llevaba. Estaba desnuda. Era una mujer de belleza extraordinaria, de tez pálida y pecosa. Tenía los senos pequeños y el vello de su sexo rojizo. Era una noble, no había duda, su piel no había sido curtida por el sol como la de Beatrice.

Ella se le acercó y se fundieron en uno solo. Aquello se le estaba yendo de las manos, pensó el templario.

—No he dejado de pensar en vos desde anoche —dijo ella.

Después de comer, Arriaga salió a dar un paseo para relajarse. Se había sentido algo tenso durante el almuerzo en la Sala Grande, pues Lorena no paraba de lanzarle miradas maliciosas que afortunadamente no llamaron la atención de los demás. Él era un templario y por tanto debía mantenerse célibe. Además, Henry Saint Claire le había abierto las puertas de su casa y él había respondido a aquella hospitalidad deshonrándole al yacer con su única hija. Al menos le quedaba el consuelo de que ella parecía versada en las artes amatorias.

¿Qué pensarían Jacques de Rossal y André de Montbard si le descubrían? Parecían dos ascetas. No lo entenderían.

Intentó poner en orden sus ideas para enviar un mensaje a Silvio de Agrigento. Tenían que verse lo antes posible, pero… ¿dónde? En La Rochelle. Le habían dicho que allí había un barco que lo llevaría a Palestina. Si lograba solucionar el problema que se le planteaba con Robert Saint Claire —ya vería cómo— tendría que marchar hacia el puerto templario. Allí, antes de partir, podría reunirse con el de Agrigento y con Tomás y Toribio.

Una vez hubiera contado lo que sabía al secretario de Lucca Garesi, éste tendría que decidir. Él, por su parte, se encontraba cansado, harto de aquel negocio. Quizás era debido a que no le agradaba la idea de asesinar al joven Saint Claire. Creía haberle salvado la vida tras su conversación con Bernardo de Claraval pero, al parecer, la rama más dura de las familias apostaba por una solución más expeditiva.

Pensaba haber acabado con la parte más desagradable de su

trabajo como espía: la muerte, la daga, los venenos... aquello formaba parte del pasado. Cuando era más joven no se lo planteaba siquiera. Actuaba como se le ordenaba y no reparaba en ello ni un solo momento. Había sido entrenado para hacerlo, era un soldado. Unos eran duchos manejando el arco, otros cargaban a caballo en las batallas, había zapadores que excavaban túneles a fuer de derribar los muros más sólidos de las fortalezas, y él, por su parte, fingía ser lo que no era, obtenía información, sobornaba y en caso necesario... mataba.

No sabía muy bien por qué pensaba en Beatrice y en terminar con aquella misión, volver a Chevreuse y llevarla consigo; vender sus tierras junto a los Pirineos y perderse en una granja lejos de Roma y las familias. Cultivar la tierra y tener hijos; vivir en paz.

Lorena era una mujer excitante, culta y de origen noble, pero había algo en ella que le hacía desconfiar. Se sentía culpable por haber yacido con ella, allí, en la casa de sus mayores. Ella se había vuelto a manifestar muy cansada de todo aquel asunto del proyecto y las familias. Le había descubierto otra cara: la de las mujeres de aquellos confabuladores, sus familias, que habían sido abandonadas cuando la misión lo requería. La prima de Lorena, Elizabeth, la madre de Theobald, había sido entregada en matrimonio a Hugues de Payns a la edad de trece años. Así sellaron su extraordinaria amistad Henry Saint Claire y el fundador del Temple, quienes habían luchado juntos en la cruzada. Hugues de Payns había dejado a su esposa adolescente y a su hijo recién nacido por ingresar en la orden que acababa de fundar. ¿Merecía la pena? Gracias a Henry Saint Claire su sobrina no se vio obligada a ingresar en un convento. Lorena había visto marchitarse a su prima mayor por culpa del proyecto.

Rodrigo, aprovechando las confidencias que suelen hacerse los amantes, preguntó a Lorena por su padre. Henry Saint Claire no había ingresado en la orden. Ella le dijo que su progenitor era uno de los más firmes defensores del proyecto, pero que nunca se había planteado por ello renunciar a su esposa, a sus hijos y a sus tierras. Quizá por esa razón se había sentido culpable y había inducido a su hijo menor, Robert, a ingresar en el Temple; era la contribución de los Saint Claire al brazo armado de las familias. Y así se lo pagaban ahora. Ella le dijo que con seguridad iban a tratar de matar a su hermano. Rodrigo se sintió culpable. No podía decirle que él era el encargado de hacerlo.

Cuando volvió al castillo, Arriaga vio más monturas. Habían llegado nuevos invitados; aquella reunión era importante. Subió a su habitación, pues no le quedaba tiempo, tenía que escribir la esquela para Silvio de Agrigento, bajar al pueblo y dársela a Owen.

Lorena fue a visitarlo tras la cena e hicieron el amor. Era agradable compartir el lecho con una mujer, abrazados, desnudos bajo la manta y al calor del brasero del cuarto mientras en el exterior la nieve hacía su aparición. A punto estuvo de quedarse dormido. En cuanto sintió que la respiración de la joven se hacía rítmica y pausada se deslizó fuera del lecho y se vistió con las ropas que había preparado: calzas oscuras, jubón negro y manto del mismo color. Se pintó el rostro de oscuro con un tizón que había tomado de la inmensa chimenea y salió del cuarto evitando hacer ruido.

La moza de Toribio le abrió la puerta del pabellón principal de Rosslyn y bajaron al sótano. Abrieron la falsa puerta tras el botellero y Arriaga encendió la tenue llama de un pequeño candil.

—Espero que tengamos suerte y se reúnan esta noche.

—Id con cuidado —dijo ella.

—En cuanto cerréis el muro, salid de aquí. Es seguro que entrarán por esta puerta, no creo que usen la de la ermita con lo que está cayendo.

—Así lo haré —dijo la cocinera.

El muro se cerró tras Rodrigo y se le apagó la llama. Sintió miedo. Iba embozado, por si hubiera algún tipo de polvo venenoso en el *Baphomet* del Templo. Esperó a que sus ojos se acostumbraran a la oscuridad y con una yesca pudo volver a encender la llama. Se sintió aliviado. En lugar de avanzar por la galería principal —la que conducía a la réplica del Templo— se internó por el túnel que se abría a la derecha. Pasó santiguándose junto a los nichos ocupados por esqueletos y se introdujo en uno que estaba vacío. Allí, tumbado, volvió a sentir que aquel negocio lo superaba. Sopló el candil y se hizo la oscuridad. Se arrebujó bajo el manto. Hacía un frío atroz y la humedad calaba los huesos.

Debieron de pasar horas. La estancia allí resultaba insoportable, el tiempo no pasaba y tan sólo se percibía el goteo del agua que rezumaba o el correteo de alguna que otra rata sobre el pavimento de piedra. De pronto, cuando ya debía de haber avanzado la madrugada, oyó un ruido inconfundible —el muro de piedra— y una débil y momentánea luz se reflejó en el muro que tenía enfrente. Voces. Eran ellos. Escuchó atentamente los pasos y contempló con aprensión cómo el resplandor de las velas que portaban se reflejaba en las piedras oscuras de las paredes del túnel. Por un momento sintió que lo invadía el pánico otra vez, al sopesar la posibilidad de que entraran donde los nichos; pero no, continuaron túnel arriba, hacia el Templo.

Dejó pasar un rato en silencio y esperó a que la oscuridad fuera completa. Entonces se levantó y caminó palpando las paredes del muro. Cuando llegó a la bifurcación, siguió hacia arriba.

Un lúgubre cántico, grave y de voces masculinas, llegaba resonando en las gruesas paredes de piedra. No entendía lo que decían, pero parecía hebreo. Se fue acercando. La claridad se hacía mayor por momentos. Llegó al fin del túnel, justo tras el *santasanctórum*, donde se situaba la pared que equivalía al muro oeste del Templo de Salomón. Aprovechando que estaba situado en la penumbra y que iba vestido enteramente de negro, decidió asomarse un poco. Habían colocado unos bancos en la sala, entre las columnas, formando un cuadrado. En el centro había una mesa con el horrible *Baphomet*. Los allí reunidos, excepto los dos perfectos cátaros, vestían inmensos mantos blancos con enormes capuchas que cubrían sus cabezas.

Comenzaron a entonar otro cántico monótono, repetitivo, en una lengua que él no entendía, primitiva y gutural. Fueron pasando uno a uno delante de la talla y, reverenciándola, la besaron. Aquello debía de ser más que suficiente para que los detuvieran a todos y confesaran su herejía ante el verdugo. Uno de los encapuchados parecía dirigir la ceremonia. Todos llevaban el inmenso anillo de oro con la columna a modo de sello. Cuando el último de ellos besó al *Baphomet,* tras un gesto del mandamás, cesaron los cánticos.

—Estimados hermanos —dijo con voz recia y solemne André de Montbard—. Nos hemos reunido aquí para tomar decisiones importantes, esperemos que Yahvé nos ilumine para poder recuperar el camino perdido y restaurar la gloria de su Templo.

—¡Así sea! —exclamaron todos al unísono.

Se quitaron las capuchas. André de Montbard prosiguió.

—Debemos tratar con ecuanimidad la cuestión del joven Saint Claire, que en verdad sirvió bien al proyecto hasta que se desvió del camino por culpa de una mujer, cuyo despecho lo llevó a la locura. No todas las familias están aquí presentes y debo destacar que las que no han podido asistir han delegado su voto en mí. Doy la palabra a su padre, mi buen amigo Henry Saint Claire.

Rodrigo se echó hacia atrás y se escondió tras el muro, pues pese a que estando en la oscuridad no podían verle, se sentía indefenso, al descubierto.

—Queridos amigos, André, Jaques, Pierre de Jointville, Sigfridus Saint Omer. Queridos perfectos Francisco y Dimas. Queridos Theobald, Arnold... Quiero defender aquí la vida de mi hijo, Robert, pues como bien ha dicho André, sirvió bien a la orden y al proyecto. Era un joven de brillante futuro que había de ser mi legado a nuestro sueño, pero quiso la mala fortuna que tras unos desgraciados sucesos cayera en las garras de la demencia.

—Aclarad que esos desgraciados sucesos los provocó él folgando a una moza y matando a un paisano —interrumpió André de Montbard.

Henry Saint Claire lo miró con odio.

—¿Y qué? —espetó Arnold Saint Claire—. Mi hermano no ha hecho sino lo que otros muchos.

—Sí, pero se volvió loco —dijo uno de los perfectos—. Y amenaza con desvelarlo todo. ¿Podría vuestra orden proteger a nuestra gente en caso de que Roma viniera al Languedoc a quemarnos en sus hogueras? Recordad que somos gente pacífica y que no tenemos ejército.

—Eso no sucederá —dijo el representante de la casa de Jointville—. Roma no se atrevería...

—No minusvaloréis a la Iglesia de Roma, Pierre —comentó André de Montbard—. Ha sobrevivido más de mil años y no es por casualidad. Sabed que nuestro hombre del papado nos ha hecho saber que el cardenal Garesi ha logrado infiltrar a un nuevo espía en la orden.

—¡Esa rata! —dijo Theobald de Payns.

Hubo un murmullo general de desaprobación mientras Rodrigo sintió que lo habían descubierto.

—¿Y qué más da? —repuso Henry Saint Claire—. Lo descubriremos igual que hicimos con los otros y correrá la suerte que merece.

—No —dijo De Montbard alzando la mano—. Según hemos sabido, Garesi se jactó de que esta vez había colocado a uno de sus perros cerca de la cabeza de la orden. Debemos ser más cautos que nunca. Por lo menos hasta que descubramos quién es. —Rodrigo respiró aliviado—. Es evidente que, en esta situación y sintiéndolo en el alma, Robert debe ser sacrificado. Sus delirios pueden descubrirnos.

—Aquí, lejos de todo el mundo, no puede escucharle nadie —contestó Henry Saint Claire.

—¿No habéis oído lo que ha dicho André? Roma anda cerca. Podría llegar a oídos de sus espías. ¿Y si deciden detenernos a todos? ¿Aguantaríais la tortura? No estamos en condiciones aún de enfrentarnos a ellos. El proyecto discurre según lo planeado, pero aún es pronto, todavía somos demasiado débiles. Cuando esto se inició sabíamos que muchos de nosotros no veríamos culminada la Obra de Dios, pero de momento no estamos en condiciones de imponernos —dijo Jacques de Rossal.

—Es mi hijo, Jacques —repuso Saint Claire.

—Todos hemos sacrificado algo —espetó André de Montbard.

—¡Maldición, yo comencé todo esto con Hugues de Payns!

—¡Y nosotros somos fundadores! —gritó André de Montbard—. Me legitima la casa de Fontaine, mi sobrino Bernardo... Yo coloqué a Godofredo de Bouillon en el trono de Jerusalén y luego a Balduino. ¡Merezco un respeto!

Jacques de Rossal tomó entonces la palabra:

—Amigo Henry, ¿acaso olvidáis que vuestro hijo está oficialmente muerto? ¿Sabéis lo que ocurriría si Roma supiera que está vivo? Su sola existencia nos pone a todos en peligro. Además, recordad por ejemplo el caso de Godofredo de Bouillon, todo un rey que pertenecía a las familias, al proyecto, y fue sacrificado, borrado de un plumazo por convertirse en un obstáculo.

—Ojalá viviera mi buen amigo Hugues de Payns —dijo Saint Claire—. Él os pondría a todos en su sitio.

Se hizo un silencio.

—¿Y qué opina su heredero, Theobald? —preguntó alguien.

—Estoy con los Saint Claire —dijo el hijo del fundador del Temple.

—Y yo —dijo Pierre de Jointville.

—Bien, votemos —propuso De Montbard.

Otro silencio.

Debieron de alzar las manos porque André de Montbard hizo el recuento:

—Tomad nota, Jacques. Votos a favor de la vida de Robert Saint Claire: su familia, Theobald de Payns y los Jointville. Ahora, votos en contra: yo mismo, vos, Jacques de Rossal, los hermanos cátaros, la casa de Saint Omer, la de Montdidier y las de Fontaine y Champagne, cuyo voto delegan en mí.

—La decisión está clara —concluyó De Rossal.

—¡No! —interrumpió Henry Saint Claire—. Exijo la reunión del capítulo extraordinario del Priorato a la mayor brevedad posible.

—No sabéis lo que hacéis, Henry.

—Sí lo sé, sí. A mí no me achantan vuestras amenazas y estoy en mi derecho.

—Hasta ahora nadie había osado enfrentarse a la mayoría.

—La mayoría sois la casa de Fontaine, con vos y vuestro Bernardo, y la casa de Champagne.

—¿Y os parece poco?

—Exijo la reunión del Priorato de Sión.

Se hizo un silencio.

—Sea —dijo André de Montbard—. Declaro cerrada esta sesión de consultas. Esto no quedará así.

Rodrigo escuchó crujir los bancos. Se levantaban. Volvió por el túnel a toda prisa.

La Rochelle

Rodrigo llegó en unos minutos al lugar que marcaba la esquela que se le había entregado. Después de atravesar una estrecha vereda embarrada que atravesaba el bosque llegó a un claro, donde se encontró atados los caballos de Jacques de Rossal y André de Montbard.

Los dos hombres permanecían a la espera. Uno de ellos, sentado en un tronco, se entretenía haciendo dibujos con una fina rama en el barro. El otro miraba hacia el bosque como si pudiera ver a través de los árboles.

Se notaba que eran hombres acostumbrados a la vida a la intemperie del soldado. Arriaga había visto huellas de al menos cinco monturas, así que supuso que habría tres hombres de armas escondidos en el bosque.

—Os esperábamos, Rodrigo —dijo De Montbard.

El padre de Jean de Rossal no levantó la cabeza de sus dibujos. Rodrigo desmontó.

—¿Queríais verme?

—Anoche tuvimos una reunión informal para decidir el futuro de Robert Saint Claire. La situación no es buena. Debéis actuar y rápido.

—¿Cómo?

Jacques de Rossal habló sin levantar la vista del suelo.

—Lo que mi buen amigo André os quiere decir es que debéis acabar con ese pobre demente hoy mismo. Os espera un barco en Dun Eideann, os llevará como dijimos a La Rochelle y de allí partiréis a Tierra Santa. Os quitaréis de en medio una buena temporada y os podréis dedicar al estudio del hebreo. Lo necesitaréis.

—Pero Robert es un templario...

—¡Robert Saint Claire está muerto! —repuso indignado André de Montbard—. Murió ahorcado en Chevreuse. No podemos permitirnos el lujo de que Roma se entere de que aún vive.

Hubo un silencio.

—Mirad, Rodrigo —dijo De Rossal—, os honra la lealtad que mostráis hacia el joven Saint Claire. Le salvasteis la vida en ese oscuro incidente tabernario, le trasladasteis con discreción a París e incluso llegasteis a interceder por él nada menos que ante el mismísimo Bernardo.

—Y con éxito —apuntó De Montbard.

—En efecto. Llegasteis a convencerle —siguió Jacques—. Pero esto se nos va de las manos. Los Saint Claire perdieron influencia en el proyecto años ha, son prescindibles; el hijo de Hugues de Payns, Theobald, es ajeno a estos negocios... juzgamos como muy valiosa vuestra lealtad, pero Robert Saint Claire es como un forúnculo, un absceso que debe ser extirpado cuanto antes. De no ser así, puede acabar con todo el cuerpo.

—De acuerdo —contestó Arriaga—. Se hará como decís.

—Sea. Esta misma noche os esperan en el puerto. Daos prisa.

Cuando Rodrigo subió a su montura, De Montbard le dijo:

—Y recordad, es mejor que parezca una muerte natural. El joven está enfermo.

En el trayecto de vuelta al castillo, Rodrigo intentó tomar una decisión. No tenía tiempo, no podía hablar con Silvio de Agrigento para obtener alguna instrucción al respecto. ¿Qué iba a hacer?

Estaba cansado. La misión ya no le parecía excitante. Había recorrido un largo camino desde que el de Agrigento lo extorsionara en sus tierras del Pirineo. Aurora descansaba en paz; la criatura que albergaba en su seno, también. Había hallado algo de paz con Beatrice, en la que pensaba a menudo. Sabía más o menos lo que estaba ocurriendo: había identificado a las familias implicadas en el proyecto. ¿Qué más le daba todo aquello?

Sabía que se creían de alguna manera herederos de los nazareos. Sólo le faltaba averiguar más sobre dicha secta judía para ir cuadrándolo todo. También sabía que los sabios judíos habían sido llevados a La Rochelle. Allí podría averiguar el paradero del hermano de Moisés Ben Gurión. Quizá podría darle alguna alegría a su viejo maestro, el anciano Moisés, antes de que muriera. Sabía que aquellos siete desgraciados habían contribuido de alguna manera con sus traducciones a que los templarios expoliaran la herencia de su pueblo. Quizá secretos, las Tablas de la Ley, la ecuación cósmica, las leyes que rigen el mundo... quizá grandes riquezas escondidas bajo el Templo. Quizás ambas cosas.

No estaba tan lejos de resolverlo todo, pero no quería matar a Robert Saint Claire. Por otra parte le parecía evidente que el joven demente estaba enfermo; quizás era cuestión de tiempo. Él no haría otra cosa que acelerar lo inevitable. Estaba decidido a marcharse, a desaparecer, a ver por última vez a Silvio de Agrigento y contarle todo lo que sabía.

No obstante, si eliminaba a Robert se abría ante él la posibilidad de ir a La Rochelle, de viajar a Tierra Santa, de poder investigar bajo el Templo, de resolver el enigma... pero no quería matar al joven Saint Claire.

Entonces le ocurrió algo que le recordó su pasado. A veces se sentía asqueado de su trabajo como soldado y espía, sentía ganas de abandonar aquel negocio cuando le encargaban algún asunto que no le agradaba, pero entonces, misteriosamente y pese a que era su deseo negarse, dar la vuelta e irse a sus tierras, se veía a sí mismo cumpliendo con la misión: matando a ancianos, a mujeres, a padres, a madres... Estaba en su naturaleza, había sido entrenado para ello y era como si su mente no pudiera negarse a obedecer una orden. Eso le ocurrió al llegar a Rosslyn tras su reunión con De Montbard y De Rossal. En lugar de acudir a su aposento, hacer el petate, subir a un caballo y desaparecer, se vio a sí mismo como en un sueño, buscando un frasquito en su saco, yendo al encuentro de Lorena y diciéndole que antes de partir quería visitar a su buen amigo Robert.

—Dice el ama que ha pasado una noche muy mala —apuntó ella—. Quizá duerma. Va a peor.

—Aun así me gustaría verlo. —Era otra vez el despiadado asesino del pasado.

Subieron al aposento del demente y cuando entraron lo encontraron sentado en su cama. Estaba morado y aullaba como un perro, se asfixiaba.

—Rápido —dijo Rodrigo—. Dile a las criadas que traigan mi saco de medicinas, que hiervan agua. Tengo algo de eucalipto y un buen estimulante. ¡Rápido o se asfixia!

Mientras la joven salía de la habitación, Rodrigo se giró y fue hacia el enfermo. Había caído hacia atrás en la cama. Su tórax no se movía. Le tomó el pulso. No logró hacerle reaccionar. Robert Saint Claire estaba muerto. Tiró el frasco del maldito veneno al fuego. No lo iba a necesitar. Un golpe de suerte.

Aquella misma tarde partió de Rosslyn. No esperó al entierro, pues argumentó que la orden había dispuesto que partiera de inmediato hacia Tierra Santa. Los Saint Claire lo despidieron a la puerta del castillo agradeciéndole vivamente lo mucho que había hecho por el pobre Robert. Se sintió culpable. Vio lágrimas en los ojos de Lorena.

Antes de llegar a la aldea se encontró con uno de los hombres de André de Montbard. Éste le entregó una nota y una bolsa repleta de monedas de oro. Leyó atentamente la esquela:

Buen trabajo, Rodrigo, recibid nuestra más cordial felicitación. Os aguardan en La Rochelle y en Tierra Santa os espera una sorpresa que os alegrará después de este mal trago. Nos consta que ha sido duro para vos, pero vuestra fidelidad al proyecto ha quedado absolutamente demostrada. Ahora se os abre un camino con el que muchos sólo podrían soñar.

Aquí tenéis una pequeña gratificación. Olvidad la regla, os lo merecéis. Ya sólo responderéis ante nosotros.

Buen viaje.

PD.— Mi hermano Jacques de Rossal no hace más que preguntarse cómo habéis podido eliminar al estorbo sin que se notara el envenenamiento. ¡Hasta los Saint Claire creen que ha sido una muerte natural!

Destruid esta nota.

—Gracias —dijo Rodrigo al enviado, rompiendo el pequeño fragmento de pergamino. No merecía aclarar que Robert Saint Claire había muerto a causa de su enfermedad. Le había favorecido la suerte y debía aprovecharlo. Se sintió aliviado y, por un momento, a punto estuvo de parar y formular una oración de gracias pero... ¿a quién? Recordó el desgraciado destino de Robert Saint Claire y se apenó por ello.

Llegó al puerto cuando era bien entrada la noche. Allí lo esperaba una embarcación de tamaño medio, una galera. No era la misma que les trajo a Escocia, pues ésta se llamaba *La Esperanza*. En cuanto subió a bordo pudo acceder a un pequeño camarote en la popa, con una cama agradable donde se quedó dormido al instante.

A la mañana siguiente despertó y desayunó algo de vino y queso que le llevaron a su camarote. Salió a respirar el aire a cubierta. Hacía frío. Caminó hacia proa agarrándose a todo aquello que podía. No se sentía tan mareado como en su travesía anterior, pues el tiempo era mucho mejor. Permaneció un rato sobre el mascarón de proa, contemplando con aire hipnotizado cómo la nave rompía el oscuro espejo de las aguas frías del norte. Entonces oyó pasos y, al girarse, se encontró a un viejo conocido que se afanaba atando un cabo a no se sabe dónde.

—¡Hombre! ¡Alonso Contreras! —dijo el templario.

El marinero castellano miró a Arriaga como si fuera el mismísimo diablo y murmuró:

—Perdonad, señor, yo ya me iba.

—No, esperad. Quiero deciros una cosa. En nuestro viaje anterior tuvimos un mal encuentro, quiero que sepáis que lo hice porque vuestras habladurías de marineros podían poner en peligro a mi amigo. Estaba enfermo. Era mi deber llevarlo a casa sano y salvo. Ahora él está muerto, espero que descanse en paz. Deseo haceros saber que, por mi parte, está todo olvidado y que me gustaría que comprendierais por qué os tuve que tratar con dureza.

—Está olvidado —dijo el marino de larga melena negra.

—Bien, me alegro. Aun así debéis de pensar que era él quien causaba el mal tiempo.

—Son cosas de marineros, mi señor, la gente de tierra adentro no lo puede entender.

—Supongo que cada uno conoce su oficio y que a vuestra manera tendréis razón. Tomad, por las molestias y el asunto de la daga en la bodega.

El marino quedó sorprendido al ver el sueldo de oro que le tendía Arriaga.

—Vaya, gracias, señor.

—¿Vivís en La Rochelle?

—Desde hace quince años.

—¿Y tenéis algún descanso en vuestra jornada?

—¿Yo? Ahora, al mediodía.

—Bien, Alonso, os espero en mi camarote, tengo que hablar con vos. Que no os vean entrar en él. Es por un negocio delicado.

Se quedó contemplando el mar durante un rato, a la diestra las costas de Inglaterra, a la derecha el horizonte tras el que se encontraba la convulsa Francia. ¿Qué le esperaba en Tierra Santa? ¿Estaría allí oculto el tesoro del Temple?

Entonces lo vio claro. Rosslyn.

¿Para qué habían de construir las familias una réplica en menor tamaño sino para ocultar el tesoro del Templo de Salomón? Era evidente, obvio.

No obstante, aquel lugar estaba vacío. Sólo aquel *Baphomet* presidía el lugar dándole un aire siniestro, maldito. Quizá habían mantenido oculto el tesoro en otro sitio para trasladarlo a Rosslyn. Ése era el lugar idóneo, al norte, en Escocia, lejos de la civilización, en tierra de paganos. Entonces recordó una alusión de Jean de Rossal en Chevreuse acerca de la locura de Robert. «No ha podido ocurrir en peor momento», había dicho.

Perdido en estos y otros pensamientos, llegó el mediodía. Bajó al camarote y ordenó que le trajeran vino. Al rato, tocaron a la puerta y entró Alonso Contreras.

—Sentaos —dijo Arriaga, acostumbrado a mandar a tipos como el marino.

Sirvió un par de vasos de vino y brindó con su invitado. La pequeña mesa a la que se hallaban sentados se bamboleaba mecida por el movimiento rítmico del barco. La madera crujía. Rodrigo comenzó:

—Tengo que hablar con vos de un asunto... delicado.

—Decid.

—Vivís en La Rochelle y trabajáis como marino para el Temple desde hace años.

—Así es.

—Dicen que es un puerto muy fortificado.

—En poco tiempo lo comprobaréis con vuestros propios ojos.

—¿Para qué quiere mi orden un puerto así en pleno Atlántico? Sus negocios están en el Mediterráneo.

Silencio. Leyó el miedo en los ojos del marino. El hombre de mar se levantó.

—Perdonadme, señor, pero si no se os ofrece otra cosa, yo...

—Esperad —dijo el templario. Sacó cinco sueldos de su bolsa y los puso sobre la mesa—. Ahí hay unos buenos dineros que asegurarán que vuestra familia no pase penurias durante mucho tiempo.

El marino miró hacia la mesa. Las monedas de oro brillaban sobre ella.

—Me juego la vida, señor. Además, ¿cómo sé que esto no es una trampa? Me la podríais tener jurada por lo del viaje anterior. Si tomo esas monedas, mi vida no vale un triste maravedí.

—Mi amigo murió en su lecho y eso está olvidado. Sois el único marinero que conozco y soy un hombre de palabra. Os juro que esto no es una trampa. Quiero saber, ¡necesito saber! Mirad las monedas, miradlas bien porque contaré hasta cinco y si no aceptáis el trato olvidad la oportunidad que habéis dejado pasar para siempre. Uno... dos... tres...

—Que más da —repuso Contreras tomando asiento y cogiendo las monedas—. Si en el fondo, en La Rochelle, todo el mundo lo sabe aunque callan por sus vidas... La orden es despiadada con los que se van de la lengua.

—Bien, no os arrepentiréis. El puerto, hablad.

—Sí, sí... el puerto —dijo el hombre de mar sirviéndose

otro vaso de vino que se atizó de un trago—. El puerto. Está situado lejos del Mediterráneo, y es evidente que eso no tiene sentido. Además, queda lejos de la ruta de la lana que, como sabréis, va desde Londres, Inglaterra, a los Países Bajos. Ése es el único movimiento comercial que da beneficios aquí en el norte, en el Atlántico.

—¿Entonces?
—Las tierras más allá del mar.
—¿Otremer?
—No, no. No me refiero a las posesiones del Temple en Tierra Santa, no. No me refiero a ese mar, hablo del océano, del Atlántico.
—¿Hay tierras más allá?
El marino asintió.
—¿No se acaba el mundo navegando hacia el oeste?
Contreras negó con la cabeza.
—Pero... esas tierras... ¿las habéis visto?
—No.
—¿Y cómo sabéis que existen?
—Lo sé.
—¿No serán cuentos de marinos?
—No, todo el mundo en La Rochelle lo sabe.
—Pero es imposible, ¿qué tierras?
—Ricas. El oro allí crece como el trigo, y la plata... ¡la plata! Sabed que ahora se paga mejor que el mismísimo oro. La ruta del oro del Sudán hace que sea menos escaso que la plata y ésta ha aumentado su valor. Eso es lo que vuestros hermanos templarios traen a espuertas desde aquellas tierras: plata.

Rodrigo se atusó el largo pelo y ladeó la cabeza de un lado a otro.

—Pero... ¿cómo se va a esas tierras?
—Hay cartas de navegación que marcan el camino y las corrientes adecuadas que hay que seguir para llegar. Y la vuelta también, claro.
—¿Y conocéis a alguien que haya estado allí, que pueda confirmarme esta historia?
—Ése es el problema. Mi compadre Philipp era el padrino de mi hijo Agustín, el segundo. Él estuvo allí.

—¿Podéis presentarme a ese hombre?

—Está muerto. Todos están muertos. Mirad, hará unos diez años, los templarios armaron un nuevo tipo de buque en el astillero de La Rochelle; mucho más grande que una galera, con más calado, capaz de surcar aguas más profundas, más bravas y con mayor autonomía. Una galera tiene dos palos; pues bien, este tipo de barco tiene cuatro: los dos de popa con velamen triangular, como las galeras; los dos de proa mucho más altos y con varias velas inmensas, cuadradas. Todo auguraba que era una embarcación diseñada para realizar trayectos largos, así que pensábamos que irían a Tierra Santa. No nos extrañó que construyeran un barco de este tipo, pues aunque yo no había visto nunca ninguno sabía de su existencia; además, la orden tiene la mejor flota del mundo conocido. En fin, que lo llamaron *La Madeleine* y lo botaron una mañana de abril. Reclutaron a una buena tripulación, pagaban bien pero no se sabía el destino. Un buen día partieron. No se supo nada de ellos en seis meses. Mi compadre iba en ese barco. A la vuelta regresaron con veinte marineros de los treinta y cinco que habían partido, y de los diez templarios que salieron de puerto sólo volvieron siete; uno de ellos, tuerto. Algo debió de pasarles. Algunos decían que habían encontrado una ruta hacia las Indias, ya sabéis, para comerciar con las especias. Pero no… Nadie contaba nada del viaje. La orden paga bien, pero es un patrón que exige discreción y en La Rochelle lo sabemos por experiencia. El caso es que uno de los marinos, el timonel, un tal Eric, se fue de la lengua al segundo día de la llegada. Le gustaba mucho el vino y en una taberna largó que había estado en unas tierras nuevas, que se habían enfrentado a unos salvajes con taparrabos y que los habían derrotado, que aquellos pobres paganos tenían oro y plata como para cubrir el mundo y que los habían tenido que torturar para que los llevaran a los yacimientos ocultos de donde los extraían. Al parecer, aquellas tierras eran maravillosas. Pasaron otros dos meses costeando y explorando, durante los cuales hallaron más y más plata y oro. Todo el mundo en la taberna lo tomó a risa. Poco a poco, los marinos fueron mostrando a sus familias extraños objetos: hachas, cuchillos, coronas con plumas, todos de aspecto tosco y primitivo. También tenía algunos adornos de oro y pequeñas tallas de lo que parecían dioses paganos.

»Eric apareció muerto en su casa, colgado. Otros dos marinos se esfumaron sin dejar rastro. En ese momento los más listos vendieron sus cosas y se fueron de aquí con sus familias. Esos salvaron la vida, sin duda. Debían de ser cuatro o cinco. Ni que decir tiene que los demás callaron como tumbas. Pese a ello, hubo un goteo lento pero inflexible de muertes. Uno se tiró por el acantilado, a otro lo apuñalaron de noche en un callejón, alguno murió con la cabeza aplastada por su caballo... En fin, un mal asunto.

—¿Y vuestro compadre?

—Su casa ardió con él, su mujer y sus tres hijos dentro.

—Vaya, lo siento.

—En menos de dos años no quedaba en La Rochelle superviviente alguno de aquel viaje.

—Excepto los templarios que volvieron de él.

—Y el judío.

—¿El judío?

—Sí. Mi compadre me contó que los templarios llevaron a un judío, un sabio que siempre vestía de negro. Lo sacaron de la Tour de Saint-Nicolas para realizar el viaje. Iba encerrado en un camarote y le hacían salir sólo para interpretar no sé qué documentos que un senescal de la orden guardaba bajo llave en un cofre.

—Sería una carta de navegación.

—Eso pensaron los marinos.

—Y debía de estar escrita en hebreo, en hebreo antiguo... ¿Sabéis algo de los siete sabios?

—¿Cómo?

—Sí, hace unos años que la orden secuestró en París a siete de los sabios más destacados de la comunidad judía. Sé que los trajeron a La Rochelle.

—Sí, eso tiene lógica, casa con lo del judío que llevaron al viaje.

—¿Os dijo vuestro amigo su nombre?

—Ni idea. Pero tengo un conocido que trabaja de carcelero en la Torre. Podríamos preguntarle si sabe algo.

—Sería de gran ayuda para mí.

—Lo haremos al llegar.

—Por cierto, si murieron todos los marinos ¿cómo han seguido trayendo la plata?

—Fletaron otro barco inmenso como *La Madeleine*, *La Petit Marie*. En cuanto llega el buen tiempo parten hacia la puesta de sol.

—¿Y cuánto tardan en volver?

—Mes y medio o cosa así. Entre abril y octubre hacen unos tres viajes; tres viajes con dos barcos inmensos de amplias bodegas. Los descargan por la noche, pero todos sabemos que los arcones de plata bajan de los barcos bien repletos. Además, están construyendo un tercer navío, éste más grande aún. Quieren tenerlo listo en un par de semanas.

—¿Y las tripulaciones no se han ido de la lengua?

—No han vuelto a cometer el error de enrolar a gente de fuera de la orden. En esos barcos sólo viajan caballeros, sargentos y armigueros. Al llegar octubre, se los llevan tierra adentro, supongo que a sus encomiendas. Así evitan que puedan cometer alguna indiscreción.

—Por eso la orden es tan rica.

—Por eso, señor, por eso.

—Bien. En cuanto lleguemos, me llevaréis a entrevistarme con el carcelero. No tengo mucho tiempo, un barco me espera para llevarme a Palestina.

—¿Cómo? —repuso sorprendido el marinero.

—Sí, me espera una nave en el puerto de La Rochelle.

Contreras negó con la cabeza. Rodrigo lo comprendió todo. ¡Qué ingenuo había sido! El marino aclaró:

—Nunca salen naves con destino a Tierra Santa desde allí, sería absurdo. Es mucho más rápido llegar por tierra hasta el Mediterráneo, hasta Marsella por ejemplo, y partir desde aquel puerto. Y menos peligroso. Bordear Finisterre no es asunto sencillo: son aguas difíciles, hay muchos naufragios. ¿Por qué realizar una travesía tan larga y peligrosa pudiendo acortar el viaje?

Rodrigo, tras pensar un momento dijo:

—Llamad al capitán y decidle que quiero verlo urgentemente. Tengo que desembarcar antes de llegar a La Rochelle; me esperan para matarme. Por cierto, ¿hay alguna manera de enlentecer el avance de la galera una vez baje yo? En cuanto el barco llegue a puerto y vean que no voy dentro, empezarán a buscarme y necesito un par de días. Contad con cinco sueldos más si lo conseguís.

—Puede hacerse, sí, si después de que lleguéis a tierra el timón se rompe, por ejemplo; el mar nos alejará de nuestra ruta y para repararlo necesitaremos un día al menos. ¿Os viene bien?

—Perfecto, y ahora dadme las señas de vuestro amigo el carcelero.

Cuando Alonso Contreras lo dejó a solas, Rodrigo pudo reflexionar sobre lo desentrenado que estaba como espía. ¿Cómo no había reparado en ello antes?

Iban a matarlo. Era tan obvio...

Cuando se encarga un asesinato a un sicario al que no se conoce demasiado no se corren riesgos y se lo elimina tras realizar el trabajo. Así no queda rastro alguno. Aquellos dos conspiradores, André de Montbard y Jacques de Rossal, no habían dudado un instante a la hora de matar a Robert Saint Claire, el hijo de un amigo al que conocían desde niño. ¿Cómo iban a dejar que Rodrigo campara por ahí a sus anchas? Ellos creían que él había acabado con Robert y por eso iban a quitarlo de en medio. Por eso le habían dado el oro y por eso le habían colocado delante un cebo sabroso: viajar a Palestina. Sabían de sobra que desde su ingreso en la orden había manifestado su deseo de ir a servir en Tierra Santa. Era seguro que sus asesinos lo esperaban en La Rochelle. No habían podido matarlo en Rosslyn, pues eso hubiera llamado mucho la atención. Los Saint Claire hubieran sospechado. Nada más llegar a puerto pretendían conducirlo a alguna casa de la orden y Rodrigo Arriaga sería historia.

Tenía que hablar con el carcelero. Sabía por qué habían potenciado el puerto de La Rochelle, sabía que se creían herederos de los nazareos y sabía de dónde venía su inmensa riqueza.

Sólo le faltaba ampliar un poco su información con lo que Tomás averiguara en Clairvaux y podría contárselo a Silvio de Agrigento para que Roma actuara de inmediato. Debía ser cauto. Estaba en territorio enemigo.

—¿Qué se os ofrece? —dijo el capitán cuando hubo entrado en el camarote.

—En cuanto nos acerquemos a La Rochelle, me avisaréis. Debo desembarcar antes de llegar a puerto. Buscad dónde hacerlo con facilidad.

—Pero... eso es un poco extraño...

Rodrigo miró al capitán como estudiándolo, entonces dijo:

—Mirad, cumplo una misión secreta. No os puedo decir más, pues la orden os eliminaría. Mis órdenes vienen nada menos que de André de Montbard y Jacques de Rossal, dos de los fundadores. No puedo desembarcar en lugar tan concurrido como La Rochelle, pues voy de incógnito, pero allá cada uno con las consecuencias de sus actos si cometéis el error de no obedecer y me hacéis llegar a puerto para que todo el mundo me vea, estropeando mi cometido. Ateneos a las consecuencias.

Arriaga vio el miedo en los ojos del marino:

—Se hará como decís —dijo el capitán antes de salir del camarote.

Entonces, al quedarse solo de nuevo, Rodrigo reparó en otra posibilidad que hizo que un escalofrío recorriera su espalda. ¿Y si habían descubierto que era un espía de Roma? En cualquier caso debía actuar rápidamente.

¿Habría recibido Silvio de Agrigento su carta? ¿Le esperaría en La Rochelle como él le había pedido?

El capitán pudo entenderse con unos pescadores, quienes, a cambio de una moneda de oro, llevaron a Rodrigo a tierra. Dejó sus ropas de templario en el camarote —quiso pensar que para siempre— y se cubrió con el manto negro para mostrar lo menos posible el rostro. Cuando llevaba caminando un buen rato a paso vivo se volvió y vio cómo la galera se alejaba aguas adentro. Contreras había cumplido su parte del trato. Tenía que darse prisa.

Llegó a La Rochelle a media tarde. No le resultó difícil hallar acomodo en una posada junto al puerto. Desde su cuarto se observaban las fenomenales defensas de aquel abrigo natural. El acceso a la dársena estaba guardado por dos torres: la de Saint-Nicolas, una imponente construcción de tres alturas, y la Tour de la Chaine, de menos envergadura. Entre ambas había tendida una enorme cadena que sólo se bajaba al paso de los barcos que tenían permiso para entrar en el puerto.

Le llamó la atención la existencia de una tercera torre que permanecía unida a la de la Chaine por un lienzo de muralla, la Tour de la Lanterne, llamada así porque cumplía las funciones de faro para orientar a los navegantes que surcaban aquellas costas. Desde allí veía las dos enormes naves que el Temple había construido para surcar el misterioso y oscuro océano. Había una tercera, más grande, en el dique seco.

Cuando salió a la calle reparó en que aquella era una villa templaria, no sólo por el elevado número de caballeros, sargentos y armigueros que deambulaban por las calles, sino porque también se veía a sacerdotes de la orden, hermanos legos, cooperadores y compañeros del santo deber; carpinteros, constructores y artesanos que servían a la orden desempeñando sus respectivos oficios. Acudió a la Torre de Saint-Nicolas y preguntó por Eugène, el carcelero al que conocía Contreras. Le dijeron que trabajaba por la noche, así que, tras preguntar dónde vivía, decidió hacer tiempo porque supuso que estaría durmiendo hasta la hora en que empezaba su turno. Pasó por todas las tabernas y posadas preguntando por Silvio de Agrigento, pero a nadie le sonaba su descripción. Estaba claro que no se había presentado en La Rochelle. ¿Habría recibido su carta?

En cualquier caso no iba a quedarse allí esperando. Después de cenar un buen palomino asado y algo de queso, salió hacia la casa del carcelero, una mísera vivienda en el barrio de los marineros, extramuros, apenas una chabola. Le abrió una mujer gruesa algo enfadada por los gritos de la chiquillería que albergaba aquella vivienda. Rodrigo preguntó por el hombre de la casa y enseguida apareció un tipo de uniforme limpiándose la boca con el dorso de la manga derecha.

—¿Eugène? Soy amigo de Alonso Contreras, él me envía. Quiero hablar con vos.

—¿Quién sois?

—Eso es lo de menos.

—Perdonadme, pero salía de casa ahora mismo, estoy de guardia esta noche.

—Lo sé —dijo Rodrigo—. ¿Os puedo acompañar hasta la torre?

El hombre dio un paso atrás, desconfiado. Alzó sus puños y dijo:

—Estos amigos me dicen que no.

Rodrigo abrió la mano y mostró una moneda de oro.

—Pues a mí ésta me dice que sí.

—¿Qué queréis?

—Sólo hablar mientras camináis hasta la prisión. Os daré esta moneda y, si vuestras respuestas son útiles, si os veo locuaz, al final del camino os daré otras dos. ¿Qué opináis?

—Que se hace tarde. Andando —contestó el otro tomando la moneda y echando a caminar—. ¿Qué queréis saber?

—El asunto es sencillo. ¿Cuánto tiempo lleváis haciendo de guardia en la Torre?

—Once años, quizá doce.

—Fantástico. Entonces el asunto es sencillo. Siete sabios judíos desaparecieron de sus casas de París. Sé que los trajeron aquí y sé que uno de ellos fue sacado de la torre para viajar en una de las naves que cruzan el Atlántico.

—Sí, el bueno de Moisés. Era el más joven.

—Entonces, ¿los encerraron en la Torre?

—Es el lugar más seguro en muchas leguas a la redonda.

—Y... ¿viven?

Eugène se paró y le miró a la cara.

—Me temo que no —dijo—. Dos murieron nada más llegar. Al parecer los querían para traducir no sé qué papelajos antiguos y se resistían. Los torturaron a los siete. Los dos mayores murieron, eran débiles.

—¿Y los otros cinco?

—Vivir en una celda fría y húmeda debilita la salud de cualquiera. Uno se ahorcó en su calabozo. Los demás fueron muriendo. Hace frío aquí. El último en dejarnos fue el mismo Moisés, hará ahora cosa de un año.

—Vaya.

—¿Eran familia vuestra?

—No, no soy judío. Cumplo un encargo.

—Pues ya lo sabéis.

—¿Y qué querían sonsacarles? ¿Estabais presente en los interrogatorios?

—Es mi trabajo. No querían sonsacarles nada, querían que trabajaran para la orden.

—Y lo hicieron…

—Vaya que si lo hicieron, no he visto a ningún hombre aguantar más de un día el potro, la dama de hierro o las brasas… o muere uno o cede. Es así.

—¿Os suena el nombre de David Ben Gurión?

—Sí, claro, murió hará cuatro, quizá cinco años. Pulmonía.

Rodrigo lo sintió por su maestro.

Llegaron a la explanada que daba acceso al puerto.

—Tomad, os lo habéis ganado —dijo Rodrigo dándole las dos monedas prometidas y perdiéndose en las sombras sin decir adiós.

Entró a la posada y se tumbó en su catre. Durmió mal, entre pesadillas, y despertó al alba. Desayunó, pagó la cuenta y preguntó por unas buenas caballerizas. Acudió a unas cuadras a las afueras, compró un buen caballo trotón, fuerte y de color bermejo, y salió a toda prisa de La Rochelle. El barco de Contreras estaría a punto de llegar.

No sabía hacia dónde dirigirse. Toribio y Tomás podían estar aún en Clairvaux o hallarse de vuelta. Les había dicho que se dirigieran a La Rochelle. ¿Y si se cruzaban en el camino? Por otra parte debía ver lo antes posible a Silvio de Agrigento.

Decidió arriesgarse y acudir al encuentro de sus amigos. Además, le sería útil disponer de la información sobre los nazareos antes de ir al encuentro del secretario de Garesi. En la primera posada que halló escribió una nota para su viejo maestro de París, Moisés Ben Gurión, y durmió lo imprescindible. Se había propuesto dejar recado a sus amigos en todas las hospederías del camino por si se cruzaban siguiendo senderos distintos. La Rochelle era un avispero y a esas horas ya debían de estar buscándolo. No quería que Tomás y Toribio se metieran en la boca del lobo.

Silvio de Agrigento

$\mathcal{R}$odrigo los vio venir. Apenas le quedaba una jornada para llegar a Clairvaux cuando los vio aparecer en el horizonte, justo en mitad del camino, trotando a ritmo lento y charlando animadamente el uno con el otro. No les veía la cara, pero sus gestos, su porte y su manera de montar eran del todo inconfundibles. Puso el caballo al galope y gritó al viento:

—¡Toribio! ¡Tomás!

Ellos bajaron de sus monturas y Rodrigo hizo otro tanto. Los tres amigos se fundieron en un abrazo.

—¡Menos mal que os encuentro! Tuve que salir de La Rochelle por piernas.

—¿Y eso? —preguntó Toribio.

—Es una larga historia, tenemos que hablar. ¿Hay alguna posada por aquí en la que echar unas jarras? Estoy hambriento.

—A no más de dos leguas —dijo Tomás.

—Vayamos, entonces. ¿Habéis averiguado algo sobre los nazareos?

—Poca cosa.

—Bueno, cada cosa a su tiempo. Se os ve bien, bribones.

Rodrigo aprovechó el camino a la taberna para poner al día a sus compañeros: habló de la reunión en el sótano; insinuó lo suyo con Lorena Saint Claire, a lo que Toribio respondió con una sonora carcajada; les contó el encargo que le hicieran De Montbard y De Rossal, la muerte de Robert Saint Claire, su viaje a La Rochelle y sus pesquisas sobre los siete sabios muertos. Se sorprendieron mucho cuando les contó que los templarios habían hallado un nuevo continente repleto de oro y plata.

Al llegar a la posada, una amplia casa encalada con tejado rojo, dejaron los caballos al cuidado de un mozo y entraron a comer algo. Se sentaron a una mesa de roble situada al fondo y entrechocaron las jarras que les sirvió una moza pelirroja de buen ver.

—Mirad, como vuestra Lorena —dijo Toribio.

—Menos chanzas. ¿Y el asunto de los nazareos?

Tomás comenzó a hablar:

—Nos hospedamos en casa de la sobrina del compañero de Guior. Aquí Toribio se encargó de ello. A través de la moza hicimos llegar un mensaje al maestro y le rogamos discreción suma, pues oficialmente no estábamos allí. Un compañero suyo, un tal...

—¡Zacarías! —exclamó Toribio.

—Eso. Otro rabí, Zacarías, se encargó del asunto. Sabía más sobre el tema que Guior y buscó algo en la biblioteca de la abadía... Lo tengo aquí, en mi libro... —El joven comenzó a hojear sus notas—. El judaísmo no era antaño como ahora; ahora hay sinagogas aquí y allá y son los rabinos los que se encargan del ministerio. Antes de la diáspora, el judaísmo estaba muy estructurado, al menos en Israel. Había una casta que se encargaba del culto, los sacerdotes, que recogían tributos y animales para realizar los sacrificios en el Templo. Ellos eran el nexo directo con Dios.

—Los nazareos... —inquirió Rodrigo.

—Sí, los nazareos. Voy a ello —dijo el joven—. Eran una secta judía. Se supone que tenían en su poder ciertos conocimientos esotéricos derivados de la Cábala y del antiguo Egipto, pues no olvidemos que el Evangelio dice que los padres de Cristo huyeron a Egipto, donde residieron un tiempo. Parece haber una relación con el Mesías. Bien, esos nazareos eran personas consagradas enteramente al Templo y practicaban alguna suerte de ritos iniciáticos, de manera que cuando un adepto superaba cierto camino de ascesis, de acceso a la gnosis, se llevaba a cabo una ceremonia y alcanzaba un nivel más alto: era un iluminado, como si hubiera vuelto a nacer. Había resucitado.

—Por eso alguien gritó algo así en mi iniciación.

—Quizá. El caso es que una vez alcanzado este nuevo estatus, el resucitado vestía de blanco.

—Como los templarios y el Císter.

—Y como los esenios —dijo Tomás.

—¿Los esenios? —preguntó Arriaga.

—Sí. Recordad: eran unas comunidades de ascetas que se alejaban de las ciudades y vivían en cuevas dedicados al ayuno y la oración. Hay quien dice que eran nazareos que ya habían alcanzado la iluminación y por ello se alejaban del mundo. El caso es que estos nazareos pertenecían a la casta sacerdotal, cuyo origen era real, todos los sacerdotes del templo eran de estirpe davídica, lo que significa que descendían de una misma rama: la de la tribu de David. ¿Me seguís?

—Sí.

—Jesús era de estirpe real. Era, por tanto, un miembro de esta casta sacerdotal, o, al menos, eso afirma el amigo de Guior, Zacarías. También lo era el Bautista y aquí entramos en terreno escabroso...

—¿Qué ocurre?

—Hablamos de blasfemia, mi señor.

—¿Más graves que las que he escuchado en los últimos diez meses? Seguid.

—Bien, Zacarías afirma que Cristo era un nazareo de la estirpe sacerdotal que controlaba el Templo. Dice que alcanzó el rango de iniciado y que era la cabeza visible de dicha secta, por eso vestía de blanco y por eso se podía decir de él que había resucitado. Cuando san Pablo llegó a Jerusalén se incorporó al culto de dicha iglesia pero no entendió nada. No olvidéis que nada tiene que ver con la Iglesia de Roma que conocemos ahora, pues se trataba de un grupo de hebreos siempre dentro del judaísmo más dogmático. Jesús murió crucificado por los romanos, un castigo que se aplicaba a los rebeldes políticos. A Jesús le pusieron el cartel de REY DE LOS JUDÍOS en la cruz porque era de estirpe real y podía reclamar el trono de Israel. En aquella época los zelotes, unos rebeldes políticos relacionados con los esenios y con los nazareos, comenzaban a atacar a Roma; el clima de rebelión era palpable. Zacarías llega incluso a dudar que Jesús pudiera pertenecer a los zelotes, lo explicaría su crucifixión. Tras la muerte de Cristo lo sustituyó su hermano Santiago.

—¿Su hermano?

—Dejadme hablar. Enseguida surgieron tensiones con san Pablo, que no estaba de acuerdo con la línea que llevaba la, llamémosla, nueva Iglesia de Jerusalén... San Pablo salió a predicar por los países cercanos, Grecia por ejemplo, y fue llevando el mensaje a los gentiles. Ojo: no olvidéis que los nazareos, la Iglesia de Jerusalén, no eran un culto aparte del judaísmo, eran el judaísmo más dogmático, más ortodoxo, el del Templo, al que se añadían ciertos conocimientos esotéricos... Pablo iba por ahí predicando que Jesús era un Dios, que había resucitado. Para Santiago y los nazareos el único Dios era Yahvé y no se planteaban la predicación a los gentiles ni abandonar el judaísmo. De hecho, y siempre según nuestro amigo el rabí Zacarías, Santiago llegó a alcanzar mayor influencia como líder de su comunidad que su hermano fallecido. Entonces ocurrió la catástrofe. Las continuas rebeliones provocaron que Roma arrasara Israel. Como ya sabemos, Jerusalén fue borrada del mapa. Algunos valientes se escondieron en los subterráneos del Templo, entre ellos los nazareos, claro. La supervivencia fue difícil. De hecho, intentaron hacer un túnel para escapar, pero la dureza de la roca, la falta de alimento, de hombres, de materiales, los hizo desistir.

»Santiago, el cabeza visible de los nazareos, decidió llevar a cabo una treta vestido con una túnica blanca y con un manto morado (os recuerdo que es un color destinado a la realeza). Se apareció una noche a los guardias haciéndose pasar por un fantasma. Llegó a cundir el pánico, pero finalmente lo detuvieron y llevaron a las autoridades romanas. Fue ejecutado. Los pocos supervivientes murieron de hambre, se mataron entre ellos o fueron capturados o asesinados. Se supone que lograron esconder los tesoros y los secretos más valiosos del Templo. Recordad el *Manuscrito de Cobre*, que recogía al parecer la ubicación de todos los tesoros escondidos. Los romanos actuaron con brazo de hierro. Arrasaron la ciudad, el Templo, todo... Se estima que murieron más de un millón trescientos mil judíos. El culto de los nazareos quedó extinguido, prácticamente todo el pueblo judío fue aniquilado, la incipiente Iglesia de Jerusalén fue borrada del mapa y reconstruida por un no iniciado que había sobrevivido en el exterior...

—San Pablo.

—San Pablo. Él hizo llegar el mensaje a un público grecorromano. Él elevó a Cristo a la categoría de Dios, un hombre que había resucitado, y terminó convirtiendo aquel legado en una nueva religión que se alejó del judaísmo.

»Por otra parte, dicha religión ya no fue lo mismo, no había Templo, no había sacerdotes, no había Israel... ¿Cómo sobrevivió? En los libros, los escritos, la Torah, los rabinos, los sabios... ellos fueron los encargados de guiar al Pueblo Elegido en la diáspora hacia un culto que ya no era el de antes.

—¿Y Zacarías afirma que Jesús tuvo hermanos? —preguntó Rodrigo.

—Él dice que esta casta sacerdotal se mantenía pura, que no se mezclaban con el resto de los judíos y afirma que Jesús tuvo cuatro hermanos, sí.

—Y estos templarios, o mejor dicho, las familias, es evidente que se creen herederos de alguna manera de aquellos nazareos, ¿no? —argumentó Rodrigo?

—Eso parece.

—Pero... ¿por qué?

—Ni idea.

—Debemos hablar con vuestro amo, con Silvio de Agrigento. Nosotros no podemos averiguar más. Demasiado hemos avanzado. Hemos probado que hay una conspiración que pretende abolir la Iglesia y sustituirla por un nuevo culto, que se creen descendientes de aquellos nazareos, que no creen en la divinidad de Jesús, que han expoliado el Templo de Salomón, que traen plata a espuertas de allende los mares y que están en posesión de saberes que no conocemos. Nosotros hemos hecho nuestro trabajo. Entregaremos el libro, Tomás, vos volveréis a lo vuestro y Toribio y yo desapareceremos. ¿Dónde creéis que podemos encontrar al secretario del cardenal Garesi, hijo?

—Por esta época, espero que cerca de Ostia, en su residencia de invierno.

Y

Los dos alabarderos cruzaron las picas ante los tres recién llegados y un sargento que vestía el colorido uniforme de la guardia papal se apresuró a preguntarles qué querían. Mientras Rodrigo y Tomás parlamentaban con el soldado, Toribio echó un vistazo al bello panorama que se divisaba desde la colina. Era un día frío para aquellos lares pero muy soleado.

—Esperad un momento —dijo el sargento adentrándose en la finca a través de un camino de tierra jalonado por altos cipreses.

La residencia de invierno de su Ilustrísima, el cardenal Lucca Garesi, gozaba de una privilegiada vista de Ostia, a un paso, como quien dice, de Roma. Estaba rodeada de amplios y cuidados jardines con estatuas de corte clásico. Hubiera podido pasar perfectamente por la vivienda de un patricio de la época gloriosa del Imperio romano. Al momento volvió el sargento.

—El secretario de su Ilustrísima dice que no os conoce. Volved por donde habéis venido.

—¿Cómo? —repuso indignado el joven Tomás—. ¿Nos hemos jugado la vida por mi señor y ahora se niega a recibirnos? Es mi amo, yo vivía aquí. ¿Sois nuevo?

—Dejadme a mí, Tomás —contestó Rodrigo—. Mirad, hemos cumplido una misión para Silvio de Agrigento que podríamos calificar de delicada. No sé cómo dice que no nos conoce; él y yo sabemos que sí. Estuvo en mi casa y me hizo un encargo, lo he cumplido y exijo verle para que él decida qué hacer a continuación.

El sargento negó ladeando la cabeza a ambos lados.

—¡Pues no nos iremos de aquí sin verle! —gritó Tomás.

—¡Eso! —añadió Toribio.

El sargento hizo una seña a uno de los guardias, que fue a buscar refuerzos.

—No nos iremos. Esperaremos aquí toda la noche si es preciso —repuso Rodrigo muy convencido. La verdad era que aquello comenzaba a darle mala espina. ¿Por qué iba Silvio de Agrigento a negar que les conocía?

Llegaron tres hombres de armas más que pretendieron empujarles para que despejaran la puerta de acceso a los bellos jardines del cardenal Garesi. Al instante, y con la velocidad de un rayo, Rodrigo desenvainó y puso la punta de su acero en la nuez del sargento. Toribio y Tomás le cubrieron los flancos. Los otros cinco, espada en mano, los rodearon.

—Si vos o alguno de vuestros hombres hace un solo movimiento, caeréis el primero. Sólo queremos ver al secretario de su Ilustrísima. Será un momento y nos iremos. Estoy cansado de este negocio y quiero volver a casa a cuidar de mis vacas, pero antes debo hablar con Silvio de Agrigento. El futuro de la Iglesia corre peligro y él debe saberlo todo. Sólo hago mi trabajo.

Entonces oyeron voces y vieron a un hombre menudo que salía tras la fuente situada al fondo del camino de tierra. Vestía una sobria sotana de color negro y corría con los brazos en alto.

—¡Por el amor de Dios! ¡Quietos, quietos! —gritaba alarmado.

Los guardias dieron un paso atrás. El sargento permanecía con las manos en alto amenazado por la espada de Arriaga en el gaznate.

—¡Dejad pasad a estos señores! Arrigo, Pietro, haceos cargo de las monturas de estos viajeros —dijo batiendo dos palmadas que hicieron aparecer en escena a sendos criados.

Rodrigo envainó el hierro y el sargento le lanzó una mirada de odio que era toda una promesa. Caminaron acompañados por aquel tipo menudo que dijo llamarse Ambrosio Rosellini. Entraron en la lujosa casa con suelo y estatuas de mármol y los llevó a una sala amplia con espléndido suelo de madera. En el centro de la misma había una butaca, por lo que parecía una suerte de sala de audiencias. Los dejó a solas.

Al momento apareció Silvio de Agrigento acompañado por dos guardias. Vestía una túnica de terciopelo azul claro ceñida por un fajín de raso. Tomó asiento y saludó con la cabeza a los recién llegados.

—¿Qué significa esto, jodido dómine? —dijo Arriaga.

Los dos guardias dieron un paso al frente, pero de Agrigento los frenó diciendo:

—¡No! ¡Quietos! No pasa nada.

Volvieron a apostarse a su lado como dos perros fieles. Arriaga reparó en que el cura vestía unos muy costosos mocasines de piel, azules como su saya.

—Comprendo que estéis algo enfadados —comenzó Silvio de Agrigento—. Ambrosio no os conocía y por eso os negó la entrada; además, no os esperábamos, de haberlo sabido...

—Os envié una carta para que vinierais a La Rochelle.

—No pude, estaba ocupado.

—Yo también lo estaba, jugándome la vida por vos y vuestra Iglesia. Y mis dos amigos también.

—Lo siento, Rodrigo, pero me fue imposible acudir. Causas de fuerza mayor —Se hizo un largo silencio—. ¿Y bien? ¿Qué habéis averiguado? —preguntó Silvio de Agrigento.

Rodrigo comenzó a hablar:

—Teníais razón desde un principio. Existe una conspiración. Hugues de Champagne creó el mito de Bernardo de Claraval. De Champagne creó el Temple junto a su vasallo Hugues de Payns. Luego Bernardo, que ya había adquirido prestigio, dio una regla al Temple y lo apoyó sin condiciones. Desde mucho tiempo antes, en la abadía de Clairvaux se estaban traduciendo textos hebraicos. Hugues de Payns y su amo, Hugues de Champagne, fueron varias veces a Tierra Santa, buscando algo. Excavaron bajo las ruinas de la mezquita de Al-Aqsa durante nueve largos años sin admitir más adeptos y encontraron algo valioso. Volvieron a Europa y comenzaron, ahora sí, a reclutar a nuevos caballeros. Entonces desaparecieron siete sabios judíos de París. Ahora sé que fueron llevados a La Rochelle y obligados a traducir textos antiguos, no sé cuáles, quizá las Tablas de la Ley u otros pergaminos que no conocemos. Descubrieron rutas marítimas que llevan más allá del Atlántico, a tierras de donde traen oro y, sobre todo, plata a espuertas. Por eso son tan ricos, por eso florecen sus encomiendas, por eso tienen una buena flota para comerciar y enriquecerse más, por eso actúan como banqueros y su tesoro crece y crece... por la plata que traen de continuo. Hablamos de un grupo de familias europeas que se creen de alguna manera descendientes de una casta sacerdotal del Templo de los judíos, de una secta que se hacían llamar los nazareos que aunaron viejas enseñanzas egipcias y de la Cábala y que practicaban ritos esotéricos que nos son desconocidos. Cuando un adepto alcanzaba la gnosis, se decía que era un iluminado, un resucitado: Jesús lo era. Curiosamente estos conspiradores no piensan que Cristo fuera Dios. No sé muy bien cómo se enteraron de todo esto, de la ubicación exacta del tesoro bajo el Templo. Eso debía de estar registrado en el *Manuscrito de Cobre*, pero... ¿cómo se hicieron con él estas familias? El caso es que tienen, en efecto, un «proyecto»: quieren derribar el poder de la Iglesia de Roma y establecer un nuevo orden, un nuevo credo que aúne a los ya conocidos: judaísmo, islamismo, cristianismo... Los cátaros están con ellos. He conocido a algunos iluminados, Bernardo de Claraval, Jacques de Rossal, André de Montbard... Son varias las familias implicadas en el asunto: la casa de Champagne, la de Saint Omer, Fontaine, De Rossal, Saint Claire, Montdidier e incluso la estirpe de los reyes de Jerusalén como Godofredo de Bouillón y el mismo Balduino. Todos se conocían y todos están en el asunto.

»Han construido una réplica del Templo de Salomón en Rosslyn, bajo la iglesia familiar. Supongo que pensaban guardar allí el tesoro, pero algo alteró sus planes: Robert Saint Claire lo echó todo a perder al volverse loco. Hubo un pequeño cisma en su cerrada organización, que de hecho aún podría ser utilizado por la Iglesia para darles el zarpazo definitivo. Están divididos, dudan. Desconozco dónde esconden ahora el tesoro, que quizá no sea de índole material; la Menorah, el Arca, el oro, las riquezas... Quizá sean manuscritos, las Tablas de la Ley, la ley cósmica que rige el mundo, el saber absoluto... No lo sé, quizás algún secreto inconfesable sobre la vida de Cristo. Sólo sé que les hace poderosos y que lo serán más. Les ha permitido descubrir nuevas tierras que les enriquecen con plata y oro. Deben de tener cientos y cientos de textos por traducir, por eso necesitan a gente que lea hebreo antiguo. Aún estáis a tiempo de detenerlos. Puede que dentro de unos años sea tarde, no sabemos a qué grandes secretos pueden terminar accediendo. Por eso crearon el Temple, una milicia, un brazo armado que los proteja y les permita imponer su credo llegado el momento. Roma no tiene ejército y ellos lo saben, depende de la ayuda del rey de Francia, del emperador del Sacrosanto Imperio Romano Germánico... pero ellos sí tienen un ejército, bien entrenado, bien formado, con la mejor flota de Occidente; son ricos, todos les deben dinero. Llegado el día se impondrán y no son trigo limpio, creedme, no dudan en eliminarse unos a otros, en matar a quien sea si eso favorece al proyecto. Dijeron haber matado ya a dos espías del cardenal Garesi y sabían que había otro infiltrado. Dijeron tener gente dentro de Roma que trabaja para ellos. Debéis actuar o será tarde.

—No tenemos pruebas —sentenció Silvio de Agrigento.

—Yo los he visto. Adoran una cabeza de dos caras, el *Baphomet*, niegan a Cristo, son herejes. Sólo tenéis que detenerlos y darles tormento y lo contarán todo.

—No es tan fácil: hablamos de gente muy poderosa. Gracias a ellos mantenemos las posesiones de Tierra Santa. No se les puede detener, al menos de momento.

—Pero ¿no comprendéis que conforme pasa el tiempo van siendo más y más poderosos?

—Sí, pero insisto, no es el momento. Además, ¿está corrupta toda la orden del Temple?

—No, sin duda no. La mayoría de los templarios no saben nada de esto. Son verdaderos guerreros de Dios, pero las familias controlan en secreto la orden, es un instrumento en sus manos. Se hacen llamar El Priorato de Sión.

—Razón de más para no intervenir. Ahora mismo no podemos.

Rodrigo Arriaga se lo pensó durante un momento.

—Quiero ver al cardenal Garesi —dijo muy convencido.

—El cardenal Garesi murió hace dos semanas —contestó Silvio de Agrigento.

Los tres amigos se quedaron de piedra.

—¡¿Cómo?!

—Apoplejía.

—Lo envenenaron ellos, seguro. Sabían que Lucca Garesi estaba tras el proyecto —apostilló Tomás.

Silvio de Agrigento calló.

—¿No lo negáis? —dijo Arriaga.

—No digo que sí ni que no... Mi señor era un hombre de edad avanzada pero fuerte como un roble. No estamos aquí para juzgar los designios de la Providencia. Su Santidad tuvo a bien nombrarme sucesor de mi fallecido amo.

—O sea que vos sois ahora el hombre fuerte, controláis la red de información de Roma.

—Asombroso, ¿verdad? Debo reconocer que es algo que no me disgusta.

—¡Acabáramos! Ellos lo eliminaron. Estaban de acuerdo con vos.

—¡Cuidado con lo que decís! —El cardenal miró a su guardaespaldas y dijo—: ¡Fuera! ¡Y estos dos también! —Señaló a Toribio y Tomás.

Tras unos momentos y una vez se cerraron las puertas retomó la palabra. Estaban a solas Arriaga y él, como al principio del negocio.

—Ay, ay, mi fiel Tomás, se ha hecho todo un hombre en estos meses. ¿Os ha sido de ayuda?

—Sí, y recopiló todo lo que averiguamos en un libro. —Al instante se arrepintió de haber dicho eso.

—Bien, bien... esa insinuación que habéis hecho antes sobre mi implicación en la muerte de mi señor os podría costar cara, muy cara. Pero sabed *sottovoce* que sí, le envenenaron. No tengo duda al respecto, aunque no se pudo demostrar. Acudí en ese preciso momento a Su Santidad y quise que actuara con contundencia, pero ellos se me habían adelantado. ¡Me habían propuesto como sucesor! Tan sólo a cambio de una cosa...

—Vuestro silencio.

—Digamos que llegamos a un acuerdo: no nos haríamos daño mutuamente. No olvidéis que el Papa debe su báculo a Bernardo de Claraval. Hoy por hoy son intocables. Decidí tomar lo que se me daba de momento y...

—Mirar hacia otro lado.

—Si queréis decirlo así...

—Acabarán con la Iglesia.

—¡No seáis ingenuo, Arriaga! Nada ni nadie ha podido con la Iglesia de Roma en mil años, y cuatro condes con delirios de grandeza tampoco podrán. Además, al Papa le interesa que el

Temple siga en Tierra Santa. Es vital. Los estados musulmanes se están reorganizando y no será fácil mantener aquellas tierras en manos cristianas.

—Os habéis vendido.

—No más que vos. Un espía, un asesino a sueldo, que, por cierto, queda en una difícil situación.

—¿Qué queréis decir?

—Que vos y vuestros amigos estáis en posesión de una información que no beneficia a nadie. Ni a las familias ni a Roma.

Entonces el nuevo amo de los espías de la Iglesia de Roma tocó una campana y se abrieron las puertas. Tras ellas aparecieron Tomás y Toribio, maniatados y escoltados por los cuatro guardias. Otros dos surgieron tras una cortina y se volvieron a colocar junto a Silvio de Agrigento.

—Y ahora, traed el libro del muchacho.

Los guardias hicieron lo que se les decía.

—Y vos, Arriaga, entregaos.

Rodrigo desenvainó la espada.

—No hagáis ninguna tontería —dijo un sargento.

Antes de que pudieran reaccionar, el espía lanzó la daga con la zurda, a la vez que saltó sobre los guardias lanzando dos mandobles tras los que ambos rodaron por el suelo.

Silvio de Agrigento miró con asombro la daga clavada en su pecho que sangraba de manera alarmante. Entonces, Toribio embistió contra los dos piqueros que tenía más cerca y Tomás corrió hacia Rodrigo, que había tomado un hacha de un escudo en la pared. Paró un envite del sargento con la espada y le clavó el filo de la hachuela en la cerviz. Al ver rodar inerte al sargento, los otros piqueros recularon. Rodrigo cortó las ataduras de Toribio, que tomó la espada del sargento.

—No quiero más muertes —dijo Rodrigo—. Si os apartáis nadie lo sabrá. Dejadnos salir y nos iremos.

Los otros cuatro se miraron.

Cuando Rodrigo y Toribio cargaron, dos de los alabarderos les dieron la espalda y huyeron. Uno cayó atravesado por la espada del criado de Arriaga y el otro tropezó con una mesa y rodó estrepitosamente por el suelo.

—¡Ahora! —dijo Arriaga encaminándose hacia la ventana

lateral del edificio. Antes de salir fue cuando Silvio de Agrigento recuperó su daga.

—Os maldigo —murmuró el nuevo cardenal vomitando sangre.

Los tres amigos salieron al jardín, atravesaron corriendo el estanque y llegaron donde estaban los caballos. Salieron al galope de allí.

—¿Lleváis el otro libro en las alforjas, Tomás?

El joven asintió.

Millenium[17]

—Mirad, esto es lo que haremos... —dijo Arriaga con los ojos fijos en el chisporroteante fuego en el que se asaba una liebre. Habían acampado al aire libre, en un claro en mitad de un hayedo, lejos de miradas indiscretas—. Tendréis que ir a Benás, en el Pirineo. Os firmaré poderes plenipotenciarios para que podáis vender mis posesiones. Id primero a hablar con mis guardas, Matías y Eufrasia, son gente del pueblo y se encargarán de todo. Decidles que vendan a buen precio pero que sea rápido. Que se queden con la décima parte del beneficio. Una vez hecho esto, iréis al valle de Bujaruelo. Es un lugar perdido en el Pirineo, hacia el oeste, Matías os guiará. Tiempo ha compré allí un casa, en un paraje hermoso y lejos del hombre. Es un lugar excelente para esconderse porque el valle comunica con el reino de Francia y, dado el caso, se puede escapar hacia uno u otro lado de los Pirineos. La casa es apenas una cabaña de leñadores, pero Matías se ha encargado de que esté siempre habitable y con reservas de leña como para aguantar dos inviernos. Bien, una vez allí esperadme. Cambiad de nombre, aunque en aquel paraje no os toparéis más que con águilas, rebecos o marmotas. Hay mucha caza y viene el buen tiempo. El río queda cerca de la vivienda. No tendremos problemas: entre la venta de mis tierras, el oro que me dio el de Agrigento y la bolsa de monedas que cobré por el supuesto asesinato de Robert, no pasaremos penurias. No habléis con nadie y cubrid el camino hasta allí rápidamente. Hemos matado a un cardenal de Roma,

17. Mil años.

nuestra vida no vale nada. Los templarios nos buscarán también; seguro que saben de la existencia del libro, que debe quedar a buen recaudo. Escondedlo en lugar seguro, puede ser nuestra salvación en caso de que nos capturen. Mañana al alba partimos.

—¿Y vos, a dónde iréis?

—Tengo un negocio...

Toribio interrumpió a su señor.

—Ese negocio... ¿trabaja en una posada?

—Quizá.

Tomás habló:

—No deberíais ir a Chevreuse, es peligroso.

—He sido espía, ¿recordáis? Quiero que Beatrice venga conmigo.

Debía de ser pasada medianoche cuando se abrió la puerta de la cocina y un mendigo entró sacudiéndose el frío del cuerpo. Vestía apenas unos andrajos de color gris y una larga cicatriz surcaba su cara semicubierta por una capucha.

—¿Quién sois vos? —dijo el desconocido a un tipo que vestía un delantal de carnicero y que se empeñaba, hacha en mano, en descuartizar un gorrino que yacía sobre la enorme mesa de roble.

—Yo, el cocinero de esta casa... ¿y vos? No queremos mendigos aquí.

El recién llegado lanzó un sueldo de oro sobre los restos de carne sanguinolenta y contestó:

—Sois nuevo, ¿no?

El tipo grandullón asintió.

—Bien, pues avisad a Beatrice. Decidle que está aquí quien ella sabe.

—Ah —repuso el cocinero de enormes bigotes—. Os esperaba, ella me habló de esto. Seguidme a un lugar más discreto.

Subieron al primer piso, donde las habitaciones, a través de la escalera. La posada permanecía a oscuras, en silencio.

—Me llamo Osvaldo —dijo el grandullón abriendo la puerta y encendiendo un candil con su palmatoria. El cuarto se iluminó débilmente—. Esperad aquí, mi amo también quería hablar con vos. Ahí tenéis una jarra con vino.

Rodrigo se quedó a solas, se sirvió un vaso que apuró de un trago y se sentó en una silla. Entonces reparó en que se hallaba en la estancia en la que se consumó la desgracia del joven Saint Claire. Recordó al burgués despanzurrado sobre la cama, la sangre y a Robert llorando acurrucado en un rincón.

Se tumbó en el lecho. Estaba exhausto.

Al rato pensó que había pasado mucho tiempo. ¿Por qué no venían Beatrice y su padre, Luis? Tardaban demasiado. ¿Quién era aquel tipo? Comenzó a sentirse mareado.

Una luz comenzó a encenderse en su antaño entrenada mente de espía. Decididamente había perdido facultades.

Escuchó pasos y ruido de armas en la escalera. Eran varios. Abrió los postigos para saltar por la ventana y vio las antorchas. Había más de quince sargentos esperándolo y tres templarios a caballo. Veía doble y le fallaban las piernas. Aquel fideputa lo había drogado. Temió por la suerte de Beatrice y su padre.

—Vaya, vaya. Excelente disfraz, Rodrigo —dijo Jean de Rossal—. Me alegro de ver que estáis de vuelta.

Arriaga se giró y vio a su viejo amigo con los brazos en jarras. ¿Cuántos hombres habían irrumpido en la habitación? Diez, quizá doce. No pudo llegar a desenvainar entre aquel gentío. Sintió que decenas de manos lo retenían. Vio la guarda de una espada venir hacia sus ojos. Sintió el golpe seco en el puente de la nariz.

Nada más.

Rodrigo despertó en uno de los calabozos del Château de la Madeleine. No había demasiada luz. Sintió unas intensas ganas de orinar pero al intentar levantarse comprobó que le habían encadenado al muro de piedra. Se ladeó un poco y orinó hacia su derecha. Cuanto antes eliminara aquel maldito veneno antes recuperaría sus facultades. Aún le pesaban los miembros y sentía la cabeza como embotada. Tenía sed. A su lado había una pequeña jarra de arcilla con agua. La tomó con ambas manos haciendo sonar los grilletes. Despedía un olor fétido. ¿Cuánto tiempo llevaría allí?

La tiró. Se moría de sed pero sabía que si bebía el contenido de la jarra le haría enfermar. Sólo le faltaba debilitarse más. Debía conservar todas sus fuerzas para aguantar lo que sin duda le esperaba. Era el procedimiento a seguir. Su vida no valía nada ya. Pensó en Beatrice, seguro que estaba muerta por su culpa; el padre de ella también. Al menos Tomás y Toribio estaban a salvo. Quizás algún día la cristiandad sabría de la conspiración gracias al libro que había recopilado el zagal. No podía respirar por la nariz y sentía un inmenso dolor bajo los ojos. Se palpó con cuidado y lanzó un alarido por la lacerante punzada que sintió. Tenía toda la zona inflamada: aquellos hijos de puta le habían roto la nariz.

La puerta de acceso al pasillo de las celdas se abrió y se oyeron pasos. Una figura vestida de blanco se plantó ante la enorme reja. Era Jean de Rossal. Un sargento que hacía las veces de carcelero abrió la celda y el comendador entró en ella.

—Dejadnos a solas —dijo con el tono del que está acostumbrado a mandar.

Jean esperó a que saliera su subordinado y tendiendo un pellejo a Arriaga dijo:

—Bebed.

El preso dudó.

—No contiene más que agua y algo de jugo de corteza de sauce para que os calme el dolor. ¡Bebed! Os hará bien.

Rodrigo tomó el odre y bebió ansiosamente.

—Me habéis hundido con vuestra traición —dijo el comendador.

—¿Cómo? —repuso Rodrigo.

—Sí, yo avalé vuestra entrada en la orden, yo os apoyé para que os tuvieran en cuenta, para que fuerais ascendiendo... Esto me va a costar caro.

—Vaya, no os diré que lo siento, pero no me gustaría que os ejecutaran por ello.

—No temáis, no llega la cosa a tanto. Mi futuro era brillante, iba a llegar muy muy lejos y de momento me quitan de en medio enviándome a un lugar remoto.

—¿A Tierra Santa?

—Ojalá —dijo Jean riendo con amargura.

—¿A las tierras de más allá del mar?

Jean asintió:

—Sí, la orden quiere crear allí un emplazamiento permanente, obtener oro y plata durante todo el año. Hay un nuevo barco en La Rochelle...

—Lo vi.

—Pues parto en él en unos días. Me habéis hundido, Rodrigo. ¿Por qué lo hicisteis? Yo os quería.

Arriaga se quedó perplejo. ¿Había oído bien?

—Siempre os amé Rodrigo, desde nuestros tiempos de estudiantes. Vos hicisteis despertar en mí este instinto contra natura que me ha acompañado toda la vida.

—¿Y Beatrice? ¿Dónde está? —preguntó Arriaga cambiando de tema. No le agradaba lo que acababa de oír.

De Rossal hizo un gesto inequívoco de fastidio.

—Vos la matasteis, claro —inquirió Rodrigo.

—Yo no fui. No me creáis tan mezquino. Yo sabía que volveríais a por ella. Nos hicimos con la posada y se les ejecutó por traidores. Al padre y a la hija. Pero a la chica la mató alguien... conocido.

—¿Quién?

—¿Y qué importa? ¿Os vais a vengar? Vuestro destino ha sido sellado. Sois hombre muerto. ¿Qué necesidad había de todo esto, Rodrigo? ¿Por qué? ¿Fue por dinero?

—Vinieron a reclutarme a mi casa del Pirineo. Aurora, mi amada, yacía en tierra no consagrada por suicida. La exhumaron y le otorgaron los últimos sacramentos.

Jean de Rossal soltó una carcajada sonora y amarga.

—Todo por una muerta. Vais a tener un fin horrible, amigo. Están furiosos con vos. Vienen de camino, creo que os quieren ver sufrir de veras. ¿Sabéis lo que habéis hecho al matar a Silvio de Agrigento? El Papa está harto de este asunto y ha nombrado sustituto a un hombre de hierro, el cardenal Augusto de Enzo, un antiguo dominico que nos perseguirá sin tregua.

—Me alegro.

—Todos mis superiores están furiosos. Silvio de Agrigento era un tipo manejable, sobre todo ambicioso, se podía negociar con él. La cosa se nos ha complicado. Me habéis arruinado la vida, Rodrigo, pero sé que os harán pagar por ello. Querrán saber del paradero del segundo libro.

—¿Cómo sabéis eso?

—Lo sabemos todo.

—No sé dónde está. Si muero llegará a manos que hagan un buen uso de él.

Jean volvió a reír.

—No seáis idiota, Rodrigo.

—¿Desde cuándo sabéis que estaba al servicio de Silvio de Agrigento?

—Fuimos tontos. Vuestro pasado como espía debía habernos hecho sospechar, pero yo estaba obcecado y convencí a los demás. Lo supimos en Escocia. Mi padre me escribió, dice que hubo una reunión en el Templo. ¿Acaso creéis que gente tan importante se reúne sin centinelas, sin escolta? Cuando se dio por terminada la misma salisteis por el túnel y uno de los vigías os vio. Se hizo evidente que erais el espía de Lucca Garesi. Por entonces, De Montbard os había encargado el trabajito de Robert Saint Claire, así que decidieron esperar a que cumplierais con vuestra palabra y matarais a aquel loco. Una vez completado el trabajo os eliminarían. No quisieron hacerlo allí porque hubieran despertado las sospechas de los Saint Claire.

—Decidieron esperarme en La Rochelle y hacerlo allí.

—Exacto. Pero desaparecisteis.

—Ya.

—Debo decir que sois bueno, vuestros predecesores apenas duraron unas semanas. Los descubrimos enseguida y pagaron por ello, creedme. Pero vos... hubierais servido bien a la causa.

—No me agrada vuestro proyecto. Sois unos locos.

—No tenéis ni idea.

—Sé más de lo que pensáis.

—¿Sí?

—Sí, sólo me queda una duda...

—¿Cuál?

—¿Por qué os creéis descendientes de los nazareos?

Jean quedó pensativo por un instante. Parecía sorprendido. Entonces dijo:

—Total, sois hombre muerto. Os lo explicaré. Como ya sabéis, en el antiguo Israel había una casta que se encargaba del Templo: los sacerdotes. Eran todos de familia real, de la estirpe davídica, y no se mezclaban con los descendientes de las otras tribus; había que mantener la semilla pura. Para ello, los niños y niñas que iban a servir en el Templo eran educados allí. Cuando una niña alcanzaba la edad fértil, era fecundada por uno de los sacerdotes que eran considerados hombres santos, ángeles. Así ocurrió con una joven de trece años, María, que recibió la semilla de un sacerdote llamado Gabriel...

—¡El arcángel Gabriel!

—Y fue dada en matrimonio a un hombre ya anciano para que el niño creciera fuera del Templo hasta la edad de doce años, según la costumbre. Cuando los vástagos cumplían esa edad eran devueltos al Templo y allí eran instruidos por los otros sacerdotes. María tuvo otros cuatro hijos más.

—¿Estáis negando que Nuestra Señora concibió del Espíritu Santo?

—¿Queréis conocer la historia o no?

Rodrigo guardó silencio.

—Jesús volvió a los doce años, vivió en el Templo y alcanzó bastante influencia. Pertenecía a los nazareos y alcanzó el grado máximo de iluminación.

—Era un resucitado.

—Exacto, era un hombre santo, de Dios y de la ley, había seguido los ritos necesarios para vencer su lado humano y las tentaciones del mundo, un iluminado que resucitó y vestía de blanco. Eran tiempos de convulsión, las revueltas contra Roma eran continuas. Los judíos estaban convencidos de que vencerían al enemigo, no en vano eran el Pueblo Elegido. Como ya había ocurrido en el pasado, por muy mal que se pusieran las cosas, Dios vendría en su ayuda y terminaría arrasando las legiones del Imperio. Jesús era de linaje sagrado, se perfilaba como el Mesías, el futuro rey de Israel que habría de llegar según la profecía. Los romanos lo ejecutaron. Le sucedió su hermano, Santiago, de mayor predicamento entre los judíos. Fue entonces cuando se produjo la revuelta y Jerusalén fue arrasada. Santiago murió y algunos de los nazareos (no te olvides que hablamos de miembros de las elites, familias que dominaban Israel, con riquezas y recursos) decidieron que había que sobrevivir. Varias familias muy, muy ricas, ocultaron el tesoro del Templo, el legado y la sabiduría de su pueblo, bajo los subterráneos que habían sido excavados durante siglos. Se registró el lugar en que quedaba oculta cada vasija, cada pergamino y todo quedó anotado...

—En el *Manuscrito de Cobre*.

—Vaya, habéis avanzado de veras... Pues sí, en el *Manuscrito de Cobre*, que fue repartido entre dichas familias. Cada una de ellas conservó un fragmento para que ninguna pudiera hacerse con el tesoro completo del pueblo de Israel. Dichas familias huyeron a tiempo y emigraron a Occidente. Hicieron un juramento para restablecer la gloria del Templo de Yahvé y se perdieron, desperdigándose entre las naciones de Europa. Juraron pasar desapercibidos, asumir las religiones de los pueblos que les acogieran para no llamar la atención con una sola condición: que fueran religiones monoteístas. Pasaron las generaciones y el legado fue de padres a hijos. Así fue como me enteré yo. A la edad de veintiún años, mi padre me llamó y me contó esta historia. Recibí un anillo de oro que representa una de las columnas del Templo, Jaquín. Y así fueron pasando los años. Casi mil. Mil largos años. Un milenio. Cada familia conservó su fragmento del *Manuscrito de Cobre* como pudo. En algunos casos el resto correspondiente sufría deterioros por el paso del tiempo, y entonces las familias pasaban el texto a pergamino. Pero nunca, nunca, ninguna de ellas permitió que se perdiera esa valiosa información.

—Y dichas familias se mantuvieron en contacto.

—De manera muy discreta, sí. Entonces llegó el momento: los turcos conquistaron Jerusalén. El papa Urbano no había destacado por ser ni mucho menos un hombre brillante y no iba a pasar a la posteridad por su perspicacia. No fue difícil convencerle de que había que decretar la cruzada. Las familias se agruparon entonces en una organización secreta...

—El Priorato de Sión.

—Bien, Rodrigo, bien... Las familias ya tenían un candidato para reinar en Jerusalén: nada menos que un descendiente de Cristo, Godofredo de Bouillón.

—¿De Cristo decís?

—No olvidéis que os he dicho que las familias eran todas de origen judío, miembros de la aristocracia y la estirpe real hebrea. La mujer de Cristo a la que vosotros conocéis como María Magdalena, pero que aparece también en los evangelios como María de Betania, la hermana de Lázaro, llegó a costas francesas acompañada por José de Arimatea. Desembarcaron cerca de Marsella y ella llevaba en su seno la semilla de Jesús, un descendiente de la estirpe davídica, de la realeza judía. Los descendientes de Cristo se emparentaron con la nobleza local y crearon una nueva dinastía, los merovingios: los monarcas ungidos. Roma los traicionó y fueron derrocados por los capetos, pero los descendientes de los merovingios, sobre todo varias jóvenes en edad de casarse, entroncaron con los verdugos, nada menos que la estirpe de Carlomagno. Así la Sangre Real llegó hasta nuestros días. Godofredo de Bouillón era un descendiente de los merovingios, un ungido. Vendió todas sus posesiones y se encaminó a la cruzada. El suyo era un viaje sin retorno; o victoria o muerte, no había vuelta atrás. Las familias habían acordado que sería el nuevo Rey de Jerusalén. Afortunadamente, todo salió bien. Se ganó la Ciudad Santa y las familias que lo habían apoyado reclamaron el pago acordado. Querían excavar bajo el Templo, había llegado el momento de juntar los fragmentos del *Manuscrito de Cobre* que había que traducir y hacerse con los tesoros. Godofredo no quiso saber nada del asunto. Las familias lo habían colocado donde estaba y así lo pagaba. Bloqueó el proyecto e hizo partícipe de todo al papa Urbano.

—Ambos murieron entonces, claro.

—Al momento. Las familias se encargaron de ello. Ninguno pudo disfrutar realmente del logro alcanzado. A Godofredo lo sustituyó Balduino, mucho más razonable. Él sí que nos dio permiso para excavar y entonces el Priorato decidió crear la Orden del Temple como tapadera. En aquel momento el más poderoso miembro de las familias era Hugues de Champagne, más rico que el Rey de Francia. Él fue quien sostuvo el proyecto en los primeros años. Lo demás, es una historia conocida por vos.

—¿Y qué hallaron los nueve caballeros en el Templo? ¿Tesoros?

—Algunos, pero los más valiosos no eran el oro, los candelabros...

—¿Las Tablas?

—En efecto, las Tablas de la Ley. En ellas está escrita la ecuación que regula este mundo. Son una fuente de saber eterno. No todo ha sido descifrado, pero tiempo al tiempo. Son un auténtico jeroglífico. La Cábala es la clave para desentrañar su código. De ella surgió nuestro conocimiento físico de este mundo, que es redondo... ¡redondo, Rodrigo! Puedes navegar hacia el este y aparecer meses después por el oeste. Conocemos continentes que los demás ni han soñado, vías de navegación, corrientes favorables... Todo, ¡lo sabemos todo! Sabemos cómo construir un templo para concentrar en él las fuerzas telúricas, conocemos los ritos esotéricos del antiguo Egipto, la Cábala, la gnosis, la vía a la iluminación... y apenas hemos traducido una décima parte de lo que había allí.

—¿Y el Arca?

—Nada. Fue llevada a Roma como la Menorah y suponemos que los visigodos la fundieron para forjar coronas y joyas. Pero lo importante eran las Tablas, que quedaron ocultas bajo el *santasanctórum*.

—Vaya.

—Y hay algo más, el plato fuerte, una nadería, pero a fin de cuentas la baza a nuestro favor que desniveló la balanza: en las galerías del Templo, entre los documentos hallados, se encuentran las pruebas de toda la historia que os he contado sobre Jesús: partidas de nacimiento de Cristo y sus hermanos, su acta de matrimonio, los documentos que demuestran que era un nazareo, un candidato a la corona, la fecha de su defunción... todo. Aquella información nos resultó más valiosa que el oro, mucho más. Nos sirvió para extorsionar a dos papas. No se atreven a meterse con nosotros.

—Entonces las sospechas de Lucca Garesi eran fundadas.

—Totalmente.

—Una conspiración de varios siglos.

—Exacto.

—De mil años... Mil años.

En aquel momento se abrió el portón que daba acceso a las celdas y entró el sargento de nuevo. Abrió la reja y se acercó a Jean para decirle algo al oído. Éste sonrió.

—Vaya, Rodrigo, buenas noticias. Al parecer los daños que vais a causar no van a ser tan cuantiosos como parecía en un principio. Ahora debo irme: os espera una sorpresa.

Arriaga se quedó solo. Fue entonces cuando se dio cuenta de todo. Quizá fue debido a que su destino había sido sellado, a la cercanía de una muerte inevitable y horrible, pero por primera vez reparó en el calado de la investigación que había llevado a cabo. No se trataba de un negocio entre nobles en el que se jugaba el dominio del mundo, no. Era algo más profundo, mucho más. ¿Sería verdad todo lo que Jean de Rossal le había contado sobre Cristo? Ahora entendía por qué no creían en la divinidad de Cristo, por qué negaban a Jesús en el rito de iniciación al Temple. Si aquello era verdad, todo lo que le habían enseñado desde pequeño se desvanecía en el aire, como un sueño. No era una persona excesivamente religiosa pero le reconfortaba la idea de poder reunirse en el cielo con Aurora.

Aurora.

También pensó en la joven Beatrice: había muerto por su culpa. Y en su padre, Luis. Pobre hombre.

¿Sería todo un gran bulo? Jean aseguraba tener pruebas de ello, pero ¿y si se trataba de una burda mentira urdida por las familias? Quizás estaban equivocados. Aunque una cosa era cierta, estaban en poder del *Manuscrito de Cobre* y al parecer habían localizado los tesoros bajo el Templo. ¿Serían sólo una banda de locos o estarían en lo cierto? El comendador dijo que sólo habían descifrado la décima parte de los documentos encontrados bajo el templo. ¡La décima parte! Y sólo con eso eran más ricos de lo que jamás podría ser cualquier Estado europeo. No quiso pensar en el poder que podrían adquirir las familias si algún día se hacían con todos los saberes del Templo, si traducían todos los documentos hallados.

No quería morir. Al menos no hasta que pudiera orientarse, saber si aquello en lo que había creído era verdad. Sintió miedo de verdad por primera vez en mucho tiempo. Miedo a la muerte, al dolor, a la tortura. Le odiaban.

Intentó buscar algún resquicio, alguna fisura en el discurso de Jean, necesitaba hallar un punto débil que al menos le proporcionara una buena baza.

Ellos lo sabían todo, hasta se habían enterado de que Tomás había hecho una copia de su libro de notas. Era obvio que sabían que uno de los volúmenes había quedado en casa de Silvio de Agrigento y buscaban el otro. Era una prueba de todo lo ocurrido. Debía de ser vital para ellos localizarlo.

Siguió pensando, necesitaba hallar algo que él supiera y ellos ignoraran pero no dio con ello. Se quedó dormido.

La luz del sol que entraba por un ventanuco lo despertó a la mañana siguiente. El carcelero vino y le dio unas gachas casi imposibles de tragar aunque tenía hambre.

Cuando terminó de comer dejó la escudilla en el suelo y la observó con la mirada perdida. Sus ojos se habían acostumbrado ya a la oscuridad de la celda. ¿Cuánto tiempo llevaría allí?

Entonces reparó en un pequeño detalle. A veces una simple tontería te salva o te cuesta la vida. En el oficio de espía una palabra a destiempo, una frase, un simple gesto, te pueden descubrir. Por eso era siempre tan minucioso repasando los hechos. Y había dado con un detalle que, aunque nimio, no debía ser despreciado: Jean, al igual que su padre y André de Montbard, creían que él había matado a Robert Saint Claire. Sólo él sabía que no había sido así. ¿Le serviría de algo?

En ese momento se abrió el portón y oyó ruido de pasos. Dos guardias cruzaron frente a la reja llevando a una suerte de guiñapo en volandas. Reconoció el jubón granate de Tomás.

—¡Dios! —exclamó desesperado.

El joven debía de estar inconsciente porque no respondió a las llamadas de Rodrigo cuando los carceleros los dejaron a solas. Gritó y gritó para que su amigo le oyera desde su celda, y al final pudo oír:

—¿Rodrigo?
—Sí, soy yo.
—¿Estáis herido?
—Me duele todo el cuerpo, me dieron una paliza.
—¿Puedes acercarte a la reja de tu celda? Yo estoy encadenado al muro.
—Yo también.
—Tomás… ¿y Toribio?
Silencio.
—¿Tomás?
Escuchó un sollozo, quizá una queja.
—Nos estaban esperando. Cuando llegamos a vuestras tierras y entramos en vuestra casa no vimos nada. Fuimos a la de Matías y Eufrasia. Los habían degollado en la cama. Intentamos salir de allí pero surgieron cuatro esbirros de no sé dónde. Era una pelea desigual. Tres fueron a por Toribio y uno me atacó a mí. Hice lo que pude pero no soy bueno con la espada y me desarmó. Toribio peleó como un bravo, vi caer a uno de ellos pero los otros dos lo ensartaron al unísono. Estaba muerto antes de llegar al suelo. Se pusieron furiosos por lo de su compañero. Eran templarios disfrazados de campesinos. Me tiraron al suelo y me patearon hasta que me desmayé.
—Lo siento, Tomás.
—Fue culpa mía —dijo el crío, que comenzó a sollozar.
Quedaron de nuevo en silencio. Rodrigo le oía respirar con dificultad. Seguro que tendría rota alguna costilla.
—Y ahora ¿qué? ¿Van a matarnos, Rodrigo?
—Me temo que sí, hijo.
—No quiero morir… soy joven… ¡ni siquiera sé lo que es estar con una mujer!
—¡Tranquilo, hijo, sé fuerte!
Otro largo silencio.
—¿Nos torturarán?
Rodrigo no quería contestar. Entonces pensó algo:
—Mira, hijo, hay una posibilidad para ti. Podemos negociar con ellos para que no te hagan daño… déjame a mí.
—¿Cómo?
—¿Dónde escondiste el libro?

—Está en lugar seguro.

—Bien hecho, pero ellos lo quieren, lo necesitan. ¿Dónde está?

—No os lo diré. Si lo sabéis os torturarán y si se lo damos, nos matarán.

—Me torturarán igualmente, pero si me dices dónde está podré negociar y salvarte la vida. Me quieren a mí, ¿entiendes?

El joven comenzó a toser.

—¡Tomás! ¡Tomás! ¿Me oyes?

Nada.

Pensó que debía de haberse desmayado. Rodrigo se sintió morir. ¿Qué iba a hacer? Muchas veces había pensado en la posibilidad de caer en manos del enemigo y ser torturado, era algo natural en su oficio, pero ahora, ante la inminencia del más atroz de los sufrimientos, se sintió desfallecer. Quizá él podría aguantar pero... ¿y Tomás?

Era entrada la noche cuando Jean llegó acompañado por dos tipos de aspecto fiero.

«Ya están aquí», pensó Arriaga.

Jean entró solo en la celda.

—El libro —dijo.

Rodrigo suspiró, no podía decirle que Tomás no había querido contarle dónde estaba la copia que faltaba.

—No sé dónde está, Jean, de veras.

—Voy a disfrutar con esto, ciertamente...

Salió de la celda y fueron donde Tomás. Vio que traían un brasero. El crío lloraba, suplicaba. Entonces comenzó a oír el sonido de los golpes sordos sobre el cuerpo adolescente de Tomás y sus gritos de dolor.

—Dadme el hierro —ordenó Jean.

El inconfundible siseo y el olor de la carne quemada coincidieron con el aullido del crío. Luego vino otro, y otro.

—¡Díselo, Tomás! ¡Díselo! —gritó Rodrigo.

Sólo se escuchaban los alaridos del joven hasta que Arriaga tuvo que taparse los oídos para no oír. Cuando los torturadores se fueron intentó hacer razonar a Tomás, pero éste no contestaba. Debía de estar inconsciente.

Volvieron por la noche. Rodrigo perdió la noción del tiempo, que pasaba muy lentamente. Le hubiera gustado estar en el lugar de Tomás: era una víctima inocente y Jean sabía que hacía mucho más daño a Arriaga torturando al joven. De vez en cuando se asomaba y le preguntaba por el paradero del libro. No quiso escuchar las súplicas de Arriaga, no lo creyó cuando le repitió llorando que él no lo sabía, que dejaran al chico, que hablaría con él. Sabía que llegaba un momento en que un torturado perdía el control sobre su propia mente, un punto sin retorno en el que sólo se murmuran incoherencias. Era de madrugada cuando Jean entró en su celda. Llevaba el hábito manchado de sangre.

—Ha muerto —dijo sonriendo.

—Hijo de puta.

—Me voy a dormir, estoy cansado. Mañana os toca a vos. Disfrutaré de veras. Sois más fuerte que ese chiquillo. Me duraréis más.

—¿Cómo habéis podido hacerlo?

—La culpa es vuestra. Vos lo metisteis en este negocio.

—Yo no, fue su amo, Silvio de Agrigento. Era su criado. Ahora sé por qué la gente del valle de Chevreuse os odia tanto.

Jean alzó las cejas como si le diera igual.

—Os mataré por esto, lo juro —dijo Rodrigo.

—Dejaos de bravatas. Estoy cansado. Ah, y haced memoria sobre el paradero del libro de notas de Tomás.

Lorena Saint Claire

A Rodrigo le costó mucho trabajo conciliar el sueño. Tuvo pesadillas de nuevo, veía a Aurora, a Beatrice, a Tomás, a su madre... todos estaban en el infierno y alzaban las manos para que él los salvara. El chirrido de la reja que se abría lo hizo despertar de un salto.

—Tranquilo —dijo una voz de mujer—. Quiero hablar con él a solas.

Era Lorena.

—¿Qué hacéis aquí?

—No estáis en condiciones de preguntar.

—Cierto.

—Vengo a hablar con vos —dijo ella con un tono muy dulce—. No quiero que sufráis, hacedme caso. Si dijerais dónde se oculta el libro...

—¿Es eso lo que os trae aquí? Os envían para sonsacarme.

—Eso y vos...

La joven le acarició la cara.

—No sé dónde está.

Lorena Saint Claire le dio una sonora bofetada.

—¡Maldito hijo de puta! —exclamó.

—Vaya, ¿es esta que veo la verdadera Lorena Saint Claire?

—No tenéis ni idea de quién soy. Pobre imbécil.

—Así que todo era una farsa.

—¿Acaso pensáis que es la primera vez que lo hago? Los hombres sois verdaderamente manejables gracias a vuestra lujuria. No pensáis con la cabeza, lo hacéis con el vientre.

—Ya, y yo era peligroso...

—En efecto, sabíamos que los mandamases del proyecto querían eliminar a mi hermano. No podían hacerlo en la *Grande Tour* de París, eso hubiera provocado un cisma sin precedentes. Así que resolvieron realizar la pantomima de traerlo de vuelta a casa para que luego vos lo mataseis. Os tenía que vigilar de cerca. Por eso os seduje. —Rodrigo sonrió amargamente—. Sólo lo hice por obligación. No podía permitir que eliminarais a mi hermano.

—Pues parecíais disfrutar de veras con esa obligación —repuso él.

—¿Acaso creéis que no sé que bebíais los vientos por esa puta de la posada? Yo misma la despaché. Murió degollada como un cerdo.

—Hija de puta.

Entonces lo comprendió todo. Supo cuál era la baza que tenía que jugar. Era como jugar a naipes junto al fuego de campamento. A veces sólo tiene uno una buena carta y debe jugársela. Era el momento. Una pequeña luz se abría al final del túnel; era sólo una remota posibilidad, pero debía intentarlo. La última oportunidad. Dijo:

—Vaya, vaya. Entonces supongo que se han restablecido las buenas relaciones entre la familia Saint Claire y el resto del proyecto...

—Así es.

—Y ahora el tesoro será trasladado a Rosslyn como se había planeado en principio.

—¿Cómo sabéis eso?

—Es mi trabajo, ¿recordáis?

—Mañana saldrán las cajas hacia allá.

—¿Me permitís una pregunta?

La joven asintió.

—¿Dónde ha estado guardado el tesoro durante todos estos años?

Ella estalló en una carcajada. Le miró divertida.

—Donde menos se podía esperar. En la misma guarida de la bestia.

—¿En Roma?

Ella asintió.

—Me asombráis. Un golpe maestro. Si pudiera avisarles... —dijo lanzando el anzuelo.
—No serviría de nada, ya no está allí. —Había picado.
—Claro, claro, estará en el Temple de París...
Ella negó con la cabeza.
—¿No? —repuso él—. ¿Dónde lo guardáis entonces?
Ella sonrió.
—¡Está aquí! ¡En el subterráneo! —exclamó Rodrigo. Ella volvió a reír. Rodrigo pensaba con rapidez.
—Lorena...
—¿Sí?
—Supongo que si voy a morir, debo ser sincero. Vine a Chevreuse a hablar con Beatrice. Le había dado palabra de matrimonio y creí deberle una explicación. Vine a decirle que había conocido a otra mujer, que os quería a vos... —mintió—. Iba a ir a Rosslyn a por vos. Pensaba que podríamos perdernos y vivir en Irlanda, lejos de todo esto. Pero había un problema...
—Me tomáis por idiota si pensáis que voy a creerme esta estúpida historia.
—Seré sincero, desde que salí de Rosslyn no he hecho otra cosa que pensar en vos, pero había un obstáculo. ¿Cómo iba a desposar a la hermana de Robert Saint Claire si...?
Ella puso cara de no saber de qué hablaba Arriaga.
—Yo maté a Robert, Lorena.
Ella volvió a carcajearse.
—Tengo que confesarlo. He de irme tranquilo a la tumba.
—¡No seáis imbécil! Mi hermano falleció de muerte natural.
—Cumplí el encargo que me hicieron.
—¡Mentís!
—Jacques de Rossal y André de Montbard querían que pareciera una muerte natural para evitar conflictos con vuestra familia.
—¿Olvidáis que yo estaba allí?
—Sí, cuando Robert se ahogaba salisteis del cuarto por encargo mío, ¿recordáis? Os pedí que avisarais a las criadas para que me trajeran mi bolsa... —Ella guardó silencio repasando mentalmente los hechos—. Sí, sí, pensad, me quedé a solas con

él durante unos instantes, se ahogaba. Tomé un cojín y le tapé la cara. Estaba a punto de asfixiarse ya, así que no tuve que presionar mucho... fue rápido.

Ella abrió los ojos como el que ve la verdad. Entonces volvió a pensarlo y dijo:

—No os creo.

—Sabéis que es cierto. Es fácil de comprobar. ¿Por qué creéis que me hicieron partir de inmediato sin poder asistir al entierro? Además, me dieron una bolsa de monedas de oro por el trabajo. Haced averiguaciones. Iban a eliminarme en La Rochelle, rápidamente, para que no pudierais averiguar nada sobre ese horrible crimen.

—¡Hijo de puta! —gritó ella dándole un puñetazo en su tumefacta nariz.

Rodrigo soltó un alarido de dolor. Ella comenzó a caminar por la celda.

—¿Cómo no me había dado cuenta? ¡Os querían eliminar en La Rochelle! Nada más bajar del barco, claro... era raro... sin tortura... sin averiguar nada... ¡Malditos hijos de puta! Juro que pagarán por ello.

—Lorena, os amo... ¿podréis perdonarme?

Ella le miró sorprendida. Al menos había logrado confundirla lo suficiente como para albergar esperanzas. Faltaba un último empujón.

—Yo también los odio, ¿sabéis? Daría lo que fuera por vengarme de lo que le hicieron a Toribio y a Tomás... Los quiero muertos como vos. A Jacques, a André, a Jean.

—Jean parte mañana por la tarde hacia La Rochelle. Ha de coger el barco que le llevará a su destierro al otro lado del Atlántico.

Quedaron en silencio. Se escuchaba el aullido del viento.

—Yo podría eliminarlos por vos. Sería fácil, nadie podría culparos. El reo que escapa y los mata, una pérdida... pensadlo.

—Sabrían que yo os he dejado escapar...

—No —dijo él—. Puede arreglarse.

Ella le miró atentamente.

—Ahí fuera, en el pasillo, sobre el banco, hay un pequeño saco. Buscad entre mis remedios, hay un receptáculo que contiene una cápsula de hierro. Cabe en una mano. Necesito que me la deis. Eso y una daga. Es la mejor forma de hacerlo. Nadie os podrá culpar.

—No permitiré que os suicidéis.

—No, no, confiad en mí. ¿Queda algún otro preso en las mazmorras?

—Un paisano del pueblo, un timador.

—Será un golpe maestro. Sé que es difícil, pero dejadme redimir mi pena. Os amo, dejadme hacerlo por Robert, por vos, luego haced lo que queráis conmigo.

Lorena parecía pensárselo. Salió de la celda y pasó un rato. Volvió con algo en las manos.

Jean entró en la celda como una furia. No podía creerlo.

—¡Idiotas, ineptos! —gritó golpeando a sus hombres con su vara—. ¿Cómo no lo habéis vigilado? ¿Dónde está?

—Se ha estrellado contra las rocas —dijo el carcelero sangrando abundantemente de una brecha en la cabeza.

—Llamad al médico. ¡Rápido! ¡Rápido!

—Es inútil, ha muerto —contestó el esbirro.

Jean llegó al fin del pasillo y se asomó por la ventana. Abajo, en posición antinatural, yacía el cuerpo de Rodrigo Arriaga. Ni siquiera la llegada de Jacques de Rossal y André de Montbard calmó al comendador, que comenzó a golpearse la cabeza contra el muro.

Pudieron sujetarlo entre varios. Lloraba desesperado. Estaba fuera de sí.

—¡Era lo único que me quedaba! Mi venganza antes de partir al destierro…

Jacques de Rossal se acercó lentamente y dio una bofetada a su hijo.

—¡Basta ya! —bramó.

Todos se miraron asustados por la humillación que había sufrido el dueño de la encomienda. Se sabía que partía a un destierro por haber sido engañado por el espía, pero aquello era demasiado. Jean miró a su padre con odio. Entonces André de Montbard se le acercó y lo miró con fiereza, sin decir palabra.

El comendador bajó la mirada y al instante pidió disculpas. Lo soltaron.

Un individuo de aspecto exótico, piel oscura y que lucía un extraño turbante llegó al pasillo. Era el médico de confianza de Lorena y los prebostes.

—Vuestro hombre ha muerto. Vengo de examinar el cuerpo, se reventó la cabeza contra las rocas.

—¿Cómo pudo escapar? —dijo Jacques de Rossal mirando al carcelero.

—Se abalanzó sobre mí y me golpeó cuando iba a entrarle su comida. Cuando iba a levantarme vi que iba hacia la celda del paisano ése que teníamos al fondo, el timador. Perdí el conocimiento.

—Esto es una negligencia —protestó Jean.

De Montbard y Jacques de Rossal miraron a Jean como inculpándole.

—¿Quién despachó al timador? —dijo el galeno árabe mirando al otro preso, que yacía inmóvil al fondo con una gran herida en el estómago.

—Yo —habló Lorena—. Había bajado a intentar convencer a Rodrigo y los sorprendí. Ése desgraciado se echó sobre mí y le clavé mi daga. Di la alarma y Arriaga corrió hacia la ventana del fondo, intentó descolgarse por las rocas pero resbaló.

Jean de Rossal dijo:

—Esto no ha sido culpa mía.

Entonces su padre, Jacques, se arrebujó bajo su blanca capa y sentenció:

—Hijo mío, no lo estropeéis más. Desde que se inició este negocio no habéis dado una a derechas. Me alegro de vuestra partida. Intentad reorientar vuestro espíritu en el Nuevo Mundo y quizá dentro de unos años, cuando todo esto se haya olvidado, podáis volver. Mientras tanto, preparad vuestras cosas, partiréis de inmediato. El otro libro ha escapado definitivamente de nuestras manos. Tomad el cuerpo de Arriaga. Llevadlo con el otro muerto. Esta noche se les enterrará en el cementerio del pueblo. Andando.

Una horrible sensación de ahogo lo despertó del profundo letargo en que se hallaba. Se estaba ahogando en su propio vómito. Su mente reaccionó a tiempo y ladeó la cabeza. No podía levantarse. Tosió y logró respirar. ¿Dónde estaba? Esperó un rato. Tiró hacia arriba de un brazo y sintió que sus ropas se rasgaban. Buscó la daga en la parte trasera de su calzón y con ella, tanteando, arrancó los otros tres clavos que mantenían sujetas sus ropas a la tabla. Buscó en la oscuridad y, palpando el muro, llegó a una puerta. La abrió con cuidado y vio algo de luz. Salió al pasillo. Estaba en el pabellón principal de la encomienda. Tomó una palmatoria de la pared y volvió sobre sus propios pasos al cuarto de donde había salido. Allí estaba el cuerpo de Tomás. Contempló el rostro desfigurado por la tortura del pobre joven y lloró amargamente por él. Volvió a sentir náuseas y vomitó de nuevo. Al fondo de la estancia yacía el cuerpo del timador, con las ropas de Arriaga y la cabeza reventada tras el choque con las rocas. Había sentido tener que arrojarlo por la ventana, pero era su vida o la del otro, y no había duda.

Echó un vistazo de nuevo al pasillo y salió. Subió hacia la primera planta con tiento, sin hacer ruido. Si el tesoro estaba en Chevreuse debía de haber guardias por todas partes. Salió al camino de ronda de la muralla. Hacía mucho frío. Vio la figura de un guardia que se perfilaba sobre la luna. Se acercó con cuidado a él y sujetándole la frente con fuerza con la zurda, lo degolló con la diestra. Tomó su ballesta, su espada y su pequeña hacha. Se dirigió al otro pabellón, entró y subió al segundo piso. Oyó voces tras la puerta del aposento reservado a las visitas ilustres. Se preparó. Empujó la puerta de un golpe y entró en la estancia. Jacques de Rossal estaba sentado junto al fuego, con la cabeza apoyada en una columna de madera. Parecía cansado y permanecía con los ojos cerrados mientras hablaba con su amigo André. La saeta que salió de la ballesta zumbó por la habitación y se incrustó profundamente en su frente, De Rossal quedó inerte, con los ojos abiertos, y clavado en la recia madera.

André de Montbard se quedó petrificado un instante, mirando a Arriaga.

—¡Vos! —dijo—. ¡Si estáis muerto!

La daga voló clavándose en su pecho. Rodrigo se le acercó lentamente y recuperó el puñal tirando hacia sí del mismo. Entonces golpeó con su rodilla la entrepierna del ilustre fundador de la orden, que se dobló como un junco. Cogiéndolo por el pelo pasó la daga por su gaznate suavemente y continuó andando hacia la estancia contigua. André de Montbard quedó agonizando en el suelo. Gorgoteaba, desangrándose como un cerdo.

Arriaga atravesó el otro cuarto y tras abrir una recia puerta de roble cruzó un largo pasillo. Llamó a otra puerta que al instante abrió Lorena Saint Claire.

—Está hecho —dijo él entrando.

—Estáis horrible, parecéis un muerto.

—No me jodáis —dijo él apoyándose con la espada en el suelo a modo de bastón. Vomitó algo de color verde.

—¿Están muertos? —preguntó ella.

—Os he dicho que estaba hecho, ¿no?

—He preparado algo de vino para brindar —dijo ella señalando una pequeña bandeja de plata con dos pequeñas copas.

—¿Qué hora es? ¿Cuánto tiempo ha pasado?

—Es más de medianoche.

—¿Y Jean?

—Partió esta tarde hacia La Rochelle.

—¿Lleva escolta?

—Cuatro sargentos. Bebed algo, os hará bien. Parecéis un pordiosero con las ropas del timador. Estáis verdoso. No todos los días se vuelve de la muerte.

Él se sentó delante de las dos copas. Estaba muy cansado.

—¿Tenéis algo de comer?

—Unos frutos secos —dijo ella girándose hacia un aparador donde había una fuente con nueces y pasas.

Rodrigo hizo girar la pequeña bandeja de plata cambiando los vasos de sitio sin que ella le viera.

—Pero primero, brindad —repuso ella dejando el plato sobre la mesita, junto a las copas.

Alzaron los vasos.

—Por la venganza —dijo él.

—Por la venganza —añadió ella.

Bebieron. La joven preguntó:

—¿Cómo lo habéis hecho? Debo confesar que no creía que pudierais conseguirlo.

—No ha sido una experiencia agradable, creedme. Es una vieja receta que me preparó un médico árabe en Toledo. Hace muchos años de aquello y me costó una verdadera fortuna. Según decía él, el polvo que ingerí este amanecer y que produce una muerte aparente, capaz de confundir a cualquier médico, fue ingerido por Jesucristo para engañar a los romanos y que le bajaran de la cruz. Como veis estoy acostumbrado a escuchar todo tipo de blasfemias... pero el caso es que es efectivo.

—¿Y qué contiene?

—Nunca me reveló la receta exacta pero sé que hay huesos de animales, algunos venenos de serpientes del África y una toxina de un pez traído de más allá de la India, el pez globo.

—Nunca oí hablar de él.

—No os acostaréis sin aprender algo nuevo. ¿Qué veneno había en mi copa?

Ella lo miró con los ojos muy abiertos. Él sonrió. Lorena miró la bandeja. Comprendió.

—Sois bueno —dijo—. Habéis girado la bandeja y he bebido...

—Era evidente que no os interesaba dejarme vivo.

—Bastardo —repuso Lorena.

Entonces se dobló, atravesada por un profundo dolor.

—Es por Beatrice. Mi venganza.

Ella levantó la vista y lo miró implorante.

—Parece doloroso. Sólo tendréis la muerte que me habíais preparado —dijo él—. Beatrice era una joven inocente, trabajaba en la posada de su padre y no sabía de estas conspiraciones. No debíais haberla matado. Sé que ahora os arrepentís.

Comenzó a registrar la habitación ajeno a la agonía de Lorena, que emitía pequeños gemidos de dolor.

—¡Aquí! —dijo Rodrigo sacando una llave de un pequeño arcón—. ¡Fantástico!

Entonces se acercó a ella, que yacía junto a una cortina, moribunda; un hilillo de sangre resbalaba de su boca y caía hacia un lado de su bello rostro. Se arrodilló junto a aquella pérfida mujer y le dijo al oído:

—Ah, se me olvidaba... Yo no maté a Robert, murió de manera natural. Os mentí.

—Hijo... de... puta... —le pareció oír que murmuraba mientras él abandonaba la cálida estancia.

Salió al exterior y bajó al patio. Tenía que darse prisa. Llegó a la muralla norte y luego a los calabozos. No había nadie de guardia, pues ya no quedaba allí preso alguno. Sacó la llave de Lorena y abrió la puerta que daba acceso al recinto secreto. Escaparía desde allí por el túnel que llevaba a la iglesia del pueblo. Cuando iluminó la pequeña estancia con la antorcha que portaba, quedó boquiabierto, pues estaba repleta de papeles, cajas y pergaminos.

El tesoro. El legado. Tenía que salir de allí a toda prisa si quería alcanzar a Jean de Rossal. Sólo había un pensamiento en su mente: venganza.

A pesar de ello no pudo evitar que la curiosidad lo hiciera detenerse un momento. Allí estaban los miles de documentos que el Temple había hallado bajo la mezquita de Al-Aqsa. Aquellos papeles les harían invencibles, conocerían secretos, armas, que les harían imponerse a toda la humanidad. Los odiaba. Habían matado a Tomás, a Toribio, a Beatrice...

Había miles de pergaminos, cajas añosas a punto de reventar con papiros en hebreo. El tesoro. Los secretos de una cultura antigua que se perdía en el tiempo, cuando los hombres veían la cara de Dios. La cara de Dios.

¿Podría hacerle llegar un mensaje al sustituto de Agrigento? Imposible.

Además, aunque lo consiguiera, aquellos desalmados cambiarían el tesoro de sitio antes de que Roma pudiera hacerse con él.

Reparó en una caja de mayor tamaño. Tomó una lámpara de aceite de la pared y la colocó junto al cofre. La encendió. La caja era de roble y estaba adornada con pan de oro en los lados. Era pesada y apenas pudo moverla, pese a que no era demasiado grande. En aquella caja habían guardado las tablas, sin duda. En ausencia del Arca, aquel era el continente de las losas sagradas. La forzó haciendo palanca con la espada y fue sacando unos pesados volúmenes que había dentro, para hallar una bolsa aterciopelada que contenía algo pesado. La extrajo y se dispuso a abrirla.

—Aquí hay luz. ¡Venid! —exclamó una voz desde la galería de los calabozos.

Cuando se dio cuenta tenía a un templario tras de sí. No lo conocía. Sería nuevo en la encomienda. Rodrigo se dio prisa, golpeó el rostro del otro con la guarda de la espada y empujó la puerta, cerrándola de golpe.

—¡La llave, la llave! —escuchó decir al otro lado.

El joven templario que había entrado en el cuarto acertó a levantarse y lo atacó con su daga. Arriaga lo atravesó de parte a parte con su espada y el otro se dobló como un junco apoyándose sobre él. Estaba muerto.

Le costó zafarse de su abrazo, así que le empujó con fuerza sacándole el hierro del cuerpo. El templario cayó con estrépito sobre el arcón reventando la lámpara de aceite. Su cuerpo y sus ropas prendieron como una tea. La inmensa caja que había contenido las tablas comenzó a arder y los pergaminos adyacentes se incendiaron inundándolo todo con mil lenguas de fuego. El sonido de la llave girando en la cerradura le hizo volverse, la puerta se abrió y vio cómo un pie y una mano se asomaban. Volcó unas cajas obstaculizando el portón. Detrás de él la estancia ardía. Tenía que salir de allí cuanto antes. Arrojó su antorcha a las cajas que obstaculizaban el paso tras la puerta y, esquivando las enormes llamas del arcón, huyó por el pasadizo. Volvió a por la bolsa de terciopelo.

—¡Se queman los pergaminos, se queman! ¡Agua, por Dios, traed agua! —escuchó gritar tras la puerta.

El enorme resplandor que dejó tras de sí le hizo saber que aquella sabiduría robada del Templo se perdía para siempre. Debía darse prisa o le alcanzarían antes de salir de la iglesia del pueblo. Al menos el fuego los mantendría ocupados. Salió de la iglesia caminando junto a los muros, entre callejones. Nada. Ganó la oscuridad de los huertos, luego el bosque, y corrió hasta el pueblo más cercano, Saint Remi. Allí despertó al posadero, que al ver un sueldo de oro le ensilló su mejor caballo: un potro negro y brioso con el que voló hacia La Rochelle en mitad de la noche.

Consumatum est[18]

No le costó trabajo encontrar el rastro de Jean y los cuatro sargentos que le servían de escolta. Gracias a la bolsa de monedas siguió su camino, basándose en la información obtenida en dos posadas. Más adelante los leyó en el barro: había seis monturas. Jean llevaba dos caballos, uno para sí y el otro cargado con sus pertrechos. Los halló a media jornada del puerto de La Rochelle, acampados en mitad de un bosquecillo, en un claro. Estaban arrebujados bajo sus mantas alrededor de un fuego. Era noche cerrada.

—Mañana saldremos a primera hora —dijo De Rossal—. El barco parte a mediodía y no quiero llegar tarde. Nadie me conoce allí y no querría comenzar el viaje dando una mala impresión.

Dejaron a uno de los sargentos de guardia mientras que los demás se acurrucaban a dormir. Rodrigo decidió esperar.

Una sombra surgió de entre la maleza y pasó junto al vigía, que cabeceaba al calor de la hoguera. Éste se desplomó degollado. Uno de los sargentos abrió los ojos y se vio frente a un rostro demoníaco que desapareció de pronto.

—¡El muerto, el muerto!— gritó despertando a los demás.

El fuego lanzó entonces una suerte de explosión, una llamarada inesperada que lo llevó hasta el cielo.

Los tres sargentos dieron un paso atrás horrorizados.

18. Todo ha terminado.

—¡Brujería! ¡El fantasma!
—¿Qué decís?— gritó Jean malhumorado.
—¡Ese Arriaga ! ¡Lo he visto! Junto a mí, ahí... me ha susurrado «¡Vais a morir!».

Jean miró a su alrededor conmocionado. El vigía se desangraba luchando por respirar. Los sargentos comenzaron a recular. Uno de ellos alzó el índice y dijo:

—¡Mirad!

Unas extrañas luces comenzaron a encenderse frente a ellos en el bosque.

—Es Arriaga —dijo el sargento más joven—. Yo lo escuché, en el calabozo, juró que se vengaría. Ha vuelto desde la muerte a por vos.

—¡No seáis ignorantes! —gritó Jean tomando su cinto del suelo y desenvainando la espada. Entonces se oyó el zumbido de una saeta que surgió de la oscuridad para clavarse en la frente de uno de los sargentos. Antes de que pudiera darse cuenta Jean, los dos soldados restantes huyeron monte a través gritando:

—¡Es su fantasma! ¡Es su fantasma!

Al momento, una figura andrajosa se perfiló delante de la hoguera. Portaba la espada delante de sí, sujeta con las dos manos, y tenía las piernas abiertas, en posición de combate.

—¡Lo veo y no lo creo! —dijo Jean—.¡Maldito y taimado hijo de puta!

La aparición se acercó lentamente. De Rossal volvió a hablar:

—Claro, el cuerpo que se estrelló contra las rocas era el del otro preso, el timador. Esa perra os ayudó... Debí suponerlo... Es igual, os alcanzarán. La orden es poderosa y poseemos encomiendas en todas partes.

—Vais a morir —dijo Rodrigo—. Como Lorena Saint Claire, vuestro padre o André de Montbard. Y disfrutaré haciéndolo.

Jean quedó perplejo ante aquellas noticias, como el que encaja un golpe.

—Vamos, vamos —contestó el comendador de Chevreuse bajando su espada y apoyándola en el suelo—. Los dos sabemos que éste es un combate desigual. No peso ni la mitad que vos, sois soldado y mi cargo, puramente administrativo, me ha impedido entrenarme en los últimos cinco años...

—¿Y?

—Que no mataréis a un hombre que no va a luchar con vos.

—Creéis conocerme muy bien.

—Por eso os amaba, amigo.

—Hijo de puta.

Estaban situados frente a frente. Rodrigo quedó mirando a su viejo camarada. Parecía cansado, muy cansado. No era la clase de hombre que mata a un tipo indefenso. Entonces se giró y justo cuando parecía que iba a alejarse dio la vuelta lanzando un mandoble de revés que seccionó de golpe la cabeza de Jean de Rossal. La testa del templario rodó por el suelo golpeando la tierra con un ruido sordo que lo transportó al pasado. La detuvo pisándola con el pie y entonces se fijó en el cuerpo de Jean boca abajo. Una mano a la espalda escondía la daga traicionera que iba a utilizar contra él.

—*Consumatum est* —dijo satisfecho.

Entonces pensó. ¿A dónde iría? No podía ir hacia Roma, tenía que recorrer el camino hacia atrás y era evidente que de aquella dirección vendrían partidas en su busca. ¿A París? Imposible. Allí el Temple le encontraría enseguida. A sus tierras de Benasque no podía ni acercarse. El Temple estaba en todas partes. Ni luchando contra el moro en Aragón y Castilla lograría deshacerse de ellos, lo perseguirían sin descanso toda la vida, como sabuesos que hallan el rastro de una presa y no se rinden hasta verla muerta.

«El Temple está en todas partes», pensó otra vez.

¿En todas?

Las palabras de Jean de Rossal junto al fuego vinieron a su memoria: «El barco parte al mediodía y no quiero llegar tarde. Nadie me conoce allí y no querría comenzar el viaje dando una mala impresión».

Se encaminó hacia el equipaje del muerto.

Llegó a La Rochelle poco antes del mediodía y encaminó su caballo directamente hacia el puerto. Una vez allí, no le resultó difícil encontrar la enorme embarcación.

Bethania se llamaba aquel barco inmenso, de recia madera

negra, como un fantasma oscuro, fuerte, con cuatro palos e inmenso velamen. Era aún más grande que las otras dos naves que surcaban el Atlántico hacia las tierras ignotas del oeste. Aquel barco no tenía remos a babor y estribor, sólo navegaba a vela. Su casco era colosal y se hundía en gran medida bajo el agua. No era una embarcación tan marinera como una galera, pero estaba diseñada para atravesar las frías y revueltas aguas del océano cubriendo amplias distancias. A su lado permanecían ancladas *La Madeleine* y *La Petite Marie*, ambas embarcaciones templarias que, aun siendo más pequeñas, eran el mismo tipo de nave que la *Bethania*, una nueva clase que llamaban galeón.

Rodrigo, que se había cortado el pelo a la manera militar con su cuchillo, se presentó ante el capitán vestido de templario y mostrando la credencial de Jean de Rossal.

Bernard, el hombre al mando de la nave, al igual que los capitanes de las otras dos naves, era un templario. La orden se había encargado de bragarlos, a ellos y a sus tripulaciones, pues no podían confiar en gente ajena al Temple y por ello las tripulaciones de aquellos tres grandes barcos estaban integradas por armigueros, sargentos y caballeros de la orden. Rodrigo supo por su capitán que en cada barco viajaban siete caballeros y que él, Jean de Rossal, estaba al frente de la expedición. Entonces se presentó a bordo el capitán de *La Madeleine* disculpando a su colega de *La Petite Marie*, Antoine Vallat, que se hallaba indispuesto. Según supo Rodrigo era un viejo conocido de Jean de Rossal que deseaba verlo lo antes posible y le pedía excusas por no haberse podido presentar al tener suelto el estómago. Rodrigo ordenó que las naves partieran de inmediato pese a que su capitán aconsejaba esperar a que mejorara el tiempo. No podía permitirse un encuentro con Antoine Vallat. Le descubrirían.

Durante los días siguientes pensó en su situación. Nadie conocía a Jean a bordo, así que hasta que llegaran a su destino podía estar tranquilo. Maduró su plan. Al llegar, ordenaría que la *Bethania* desembarcara primero. Así se aseguraría poder escapar antes de que ese tal Vallat pusiera el pie en tierra firme. ¿Cómo serían aquellas tierras? ¿Podría perderse en ellas y sobrevivir? ¿Hallaría a aquellos salvajes de los que le habló Alonso Contreras?

Después de trece días de navegación llegó la calma: una total ausencia de viento, una tranquilidad que aflojó las velas y detuvo el avance de los barcos. Una mañana escuchó voces al despertar, se levantó frotándose los ojos y cuando salió de su camarote se dio de bruces con un tipo que resultó ser Antoine Vallat. Aprovechando la calma chicha, se había acercado en un bote a saludar al jefe de la expedición.

—Éste no es Jean de Rossal —dijo.

Rodrigo no tuvo tiempo de reaccionar. ¿A dónde iba a ir? ¿Cómo escapar en medio de un barco?

Rápidamente se vio rodeado. Alzó los brazos mostrando a las claras que se entregaba.

—¿Quién sois entonces?

—Me llamo Rodrigo Arriaga. Dadme un vaso de vino y os contaré.

Había llegado bastante lejos pero supo que su aventura terminaba allí. Era obvio que iban a torturarle para saber qué había hecho con Jean de Rossal, así que se lo contó todo. El capitán y Vallat se miraron cuando Rodrigo les relató lo ocurrido. Sin duda, Arriaga era una buena captura. Aquello les haría progresar en la orden. Rodrigo pensó que al menos faltaba más de un mes para la vuelta; quizá podría escapar al tocar tierra, de no ser así se quitaría la vida antes de que lo llevaran de nuevo a Francia. Quedó recluido en la bodega, hacia la proa, en un pequeño hueco que quedaba delante de los caballos, que habían introducido allí abriendo la tripa del barco y sellándola con brea.

Encadenado a una argolla de la pared, en la semioscuridad de la bodega y compartiendo el olor de las bestias, su nerviosismo y su miedo, Arriaga sintió que todo le daba igual. Aquello había sido una locura. No sabía a dónde iba ni si podría escapar en aquel mundo nuevo. Todos sus amigos estaban muertos y él con ellos...

El tiempo comenzó a empeorar lentamente. Primero fue un viento atroz que aullaba como mil lobos, luego oyó la lluvia, que al principio golpeaba la nave de manera suave y continua para terminar sacudiendo la madera violenta y despiadadamente. Se oían carreras en la cubierta y órdenes para que los marineros hicieran esto y aquello. Le pareció que arriaban las velas. Los truenos eran ensordecedores y las bestias se mostraban asustadas.

—¡Tierra a la vista! —gritó alguien en el exterior.

El barco se bamboleaba de manera preocupante, el oleaje afuera debía de ser espantoso. Estaban en mitad de una tormenta. Oyó gritos de los hombres. Los siete caballos se agitaban nerviosos. «¡Hombre al agua!», le pareció oír. Un candil de los que alumbraba tenuemente la bodega para que las bestias no se sintieran intranquilas en la oscuridad cayó al suelo y prendió la paja. El fuego comenzó a avanzar y las bestias relincharon por el pánico. Un caballo tordo, al fondo, comenzó a agitarse frenético al quemarse las patas por el efecto de las llamas. Los demás golpearon las paredes y dieron coces a su alrededor presas del miedo. El humo lo llenó todo anulando la visibilidad y Rodrigo se arrojó al suelo para poder respirar.

—¡Hombre al agua! —volvieron a gritar arriba.

Una yegua que había junto a él comenzó a cocear y casi le patea la cabeza, y una de las patadas del animal arrancó la argolla de la recia pared de madera. Pese a estar esposado, Rodrigo corrió entre las bestias hacia la escalera. El agua comenzaba a inundar la bodega y el fuego comenzaba a extinguirse. Los relinchos de los caballos hacían ensordecedor aquel ambiente y le ponían nervioso.

Pateó la puerta como pudo y se encontró frente a frente con el carcelero. Se abalanzó sobre él y le rodeó el cuello con la cadena. El agua caía como una cascada por las escaleras de madera que accedían a la cubierta. Apretó la cadena todo lo que pudo y esperó a que aquel hombre quedara inmóvil. Entonces le quitó las llaves y se liberó de los grilletes. Pasó al pequeño camarote del capitán para buscar la bolsa con sus cosas. No le fue difícil hallarla bajo la única litera del cuarto. Subió las escaleras y salió al exterior, agachado para no ser visto y con la daga en la mano. El barco se inclinó y él rodó chocando con la borda. Sintió un dolor horrible en la pantorrilla y cayó al suelo. Apenas si podía levantarse.

Debía de haberse roto la pierna. Agarró un cabo y se levantó a pulso. No había nadie en la cubierta y el viento atronador, la lluvia y los truenos, no dejaban percibir ningún otro sonido. Vio a hombres que saltaban por la borda, aquí y allá. Vio que los mástiles se habían partido. El barco estaba a la deriva y se movía como una cáscara de nuez. Iba a hundirse.

Se asomó como pudo. Las olas eran inmensas. Había un barril flotando en el agua, maderas... se dejó caer.

Un caballo que le lamía la cara lo despertó en la playa. Miró a la derecha y, al fondo, contempló los restos del naufragio de la enorme *Bethania*. Parecía un gigante embarrancado con la tripa abierta. El frío y el olor pútrido del cieno lo hicieron caer en la cuenta de que se hallaba en la orilla de algún estuario, quizás un río. La pierna le dolía de manera horrible. Se giró. Tenía que arrastrarse fuera del agua o moriría de frío. El rostro de un marino que yacía junto a él, destrozado por los cangrejos, le hizo gritar de miedo. Intentó bracear hacia delante, arrastrándose, aullando de dolor a cada impulso. Se situó boca arriba cuando dejó de sentir el contacto con el agua. Había salido el sol. Eso le secaría. Volvió a desmayarse.

Abrió los ojos y vio a dos hombres de aspecto salvaje frente a él. Otro, al fondo, acariciaba a uno de los caballos. Los dos vestían cómodos jubones de piel de ciervo, calzas con flecos y mocasines de gamuza con tiras de vivos colores. Lo levantaron y lo llevaron a una especie de parihuelas. Él señaló la bolsa de terciopelo un poco más allá. Ellos entendieron y fueron a recogerla. Vio cadáveres de sargentos y armigueros flotando en el ancho río, aquí y allá.

Despertó junto a un fuego. Estaba cubierto por pieles suaves y cálidas. Sintió que la pierna estaba inmovilizada, se la habían entablillado. Cantaban una extraña letanía al son de unos tambores. Vio que llevaban el pelo suelto, largo, hasta el final de la espalda, y adornaban sus lisas y negras melenas con plumas de aves. Una joven de ojos enormes y tez rojiza, como tostada por el sol, se le acercó y señalándose a sí misma dijo:

—*Chu´ma ni.*
Entonces lo señaló a él.
Contestó:
—Rodrigo.
Ella le dio algo de beber y al instante se sintió invadido por una maravillosa sensación de paz. Durmió de nuevo.

Augusto de Enzo, el nuevo hombre fuerte de Roma, el nuevo jefe de los espías de la Iglesia, jugueteaba con los senos de Donatella a la vez que introducía dulces granos de uva en la sensual boca de la mejor cortesana de la ciudad. Alguien golpeó la puerta.
—¿Sí? —dijo con fastidio.
Su secretario, Bartolomé de Chartres, asomó su afilado rostro tras la puerta y dijo:
—Lo siento, Ilustrísima, pero es algo urgente.
—Pasad.
El hombre de confianza del cardenal De Enzo entró con un volumen de tapas de cuero bajo el brazo.
—Ha llegado esto para vos. Me temo que debéis echarle un vistazo. Lo envía un tal Tomás, un criado de Silvio de Agrigento que acompañó al desaparecido Rodrigo Arriaga en su misión.
—Sin duda los mataron a todos —repuso el prohombre de la Iglesia.
—Sin duda, sin duda… pero echad un vistazo al libro, merece la pena.

Rodrigo despertó sintiéndose mejor. Logró levantarse apoyándose en un largo bastón que le habían dejado junto a las parihuelas. Habían acampado en una colina. Oyó voces. Caminó con dificultad pese a que ya no sentía dolor. La droga que le habían estado dando aquellos salvajes era efectiva, sin duda.
Entonces los vio, despreocupados, practicando con palos un extraño y vigoroso juego de pelota, con los torsos descubiertos y sus largas melenas al viento.

Al fondo, sobre inmensas tierras de verdes pastos, corrían manadas de enormes animales que parecían toros cubiertos de denso pelaje.

El sol se perdía por poniente. Estaba vivo y lejos de cualquier lugar conocido. Quizá debía dar gracias por ello. No pudo evitar que los recuerdos lo invadieran. Pensó en Aurora, en su padre, en su madre... Pensó en el joven Tomás, en su horrible muerte; pensó en Toribio, que de existir el cielo andaría persiguiendo mozas aquí y allá; recordó a Giovanno de Trieste; pensó en Beatrice, la dulce Beatrice. Se sintió bien al saber que los había vengado a todos.

Y culpable.

Culpable por estar vivo.

La joven que lo había cuidado se le acercó sonriendo. Era bella y llevaba un bonito collar ceñido a su esbelto cuello.

Se señaló a sí misma y dijo:

—*Chu´ma ni*.

Entonces lo señaló a él y antes de que pudiera contestar «Rodrigo», ella dijo:

—*So a e Wa´ah*.

Comprendió que le habían dado un nombre. Un nombre nuevo.

Aquellas tierras eran hermosas, vastas, repletas de luz. Aquellas eran gentes sencillas. Un buen lugar donde esperar el día en que volviera a reunirse con todos aquellos que dejó en el camino.

Sonrió a la chica y se señaló a sí mismo a la vez que asentía y decía:

—De acuerdo, *So a e Wa´ah*.

Murcia, 14 de enero de 2006

Jerónimo Tristante

Jerónimo Tristante nació en Murcia en 1969. Estudió Ciencias Biológicas en su ciudad natal y en la acutalidad se dedica a la docencia.

En 2001 publicó su primera novela, *Crónica de Jufré*, seguida por *El Rojo en el Azul* (2004), *El misterio de la Casa Aranda* (2007) y *El caso de la viuda negra*. Estas dos últimas han sido traducidas al francés, al italiano y en breve, al polaco.